Sept. α

La de Bringas

Letras Hispánicas

Benito Pérez Galdós

La de Bringas

Edición de Alda Blanco y Carlos Blanco Aguinaga

NOVENA EDICIÓN

CATEDRA

LETRAS HISPANICAS

1.ª edición, 1983
9.ª edición, 2006

Ilustración de cubierta: Amalia Avia

© Editorial Hernando y herederos de Benito Pérez Galdós
De esta edición: Ediciones Cátedra (Grupo Anaya, S. A.), 1983, 2006
Juan Ignacio Luca de Tena, 15. 28027 Madrid
Depósito legal: M. 2.175-2006
ISBN: 84-376-0425-7
Printed in Spain
Impreso en Anzos, S. L.
Fuenlabrada (Madrid)

Índice

Introducción

1

En los treinta años que van desde que escribe *La Fontana de Oro* (1867-1868)[1] hasta el principio de la Tercera Serie de *Episodios Nacionales* (abril-mayo, 1898), sólo dos veces «descansa» Galdós algo más de un año entre novela y novela[2]. En esos mismos treinta años apenas se encuentran otros tres ligeros altos en su producción, de menos de un año cada uno[3]. Tan sostenida labor, asombrosa aun si consideramos que Galdós escribe en un siglo de novelistas desorbitadamente fecundos, por fuerza ha de significar en su visión del mundo un predominio de la continuidad evolutiva sobre las rupturas. Sin embargo, dentro mismo de esa continuidad se encuentran replanteamientos, cambios y hasta virajes, que se perciben especialmente —y es lógico— a raíz de las «pausas» mencionadas. De ahí que la obra de Galdós, que durante esos treinta años configura su versión de una «comedia humana» situada en el hacer, decir, ser y querer ser de la sociedad española de la Restauración,

---

[1] Aunque escrita en 1867-68, *La Fontana de Oro* se publica en 1871.

[2] Entre *El audaz* (escrita en octubre de 1871) y el principio de la Primera Serie de *Episodios* (enero-febrero del 73), y entre el final de la Segunda Serie de *Episodios* (noviembre-diciembre del 79) y *La desheredada* (enero-junio de 1881).

[3] Diez meses entre la terminación de *Lo prohibido* (marzo de 1885) y *Fortunata y Jacinta* (iniciada en enero del 86); diez meses entre el final de *Fortunata y Jacinta* (junio de 1887) y el principio de *Miau* (abril de 1888); y nueve meses entre la terminación de *Realidad* (julio de 1889) y el inicio de *Ángel Guerra* (abril de 1890).

pueda dividirse en etapas diferentes. En estas etapas se encuentran a veces núcleos de dos o tres novelas en las que Galdós —por lo general en muy breve espacio de tiempo— se adentra como alucinado en un asunto, en un problema particular, en un aspecto cualquiera de las relaciones humanas de aquella sociedad burguesa que, según explicó él mismo, había de ser el material, el asunto de una nueva novela de «costumbres»[4].

Es típico en este sentido el inicio de las que Galdós mismo calificó de novelas españolas «contemporáneas»[5]. No es sólo que con *La desheredada* (enero-junio de 1881) Galdós se inicie en un modo de novelar que —distinguiéndose de su primera manera por su carencia de tesis obvias, por un menor apego a las valoraciones simbólicas, por una mayor complejidad narrativa, etc.— puede considerarse como característico de toda su larga y fecunda madurez de treinta años[6], sino que las seis primeras «contemporáneas» *(La desheredada; El amigo Manso,* enero-abril, 1882; *El doctor Centeno,* mayo, 1883; *Tormento,* enero, 1884; *La de Bringas,* abril-mayo, 1884; *Lo prohibido,* noviembre de 1884-marzo de 1885) forman un ciclo particular que, tras breve pausa, culmina y se cierra con *Fortunata y Jacinta* (enero de 1886-junio de 1887)[7].

---

[4] La idea la expresa ya Galdós en 1870, en un artículo publicado en el núm. XV de la *Revista de España:* «Observaciones sobre la novela contemporánea». Se amplía en el discurso de entrada a la Academia (1889), *La sociedad presente como materia novelable.* Cfr. el volumen I del *Galdós* de J. F. Montesinos, Madrid, Castalia (1968-1973). También el excelente comentario de Vicente Llorens a toda esta temática en «Galdós y la burguesía», *Anales galdosianos,* 3 (1968), pág. 51.

[5] Remitimos al lector a las clasificaciones, en verdad poco divergentes, de Joaquín Casalduero, *Vida y obra de Galdós,* Madrid, 3.ª edición, 1973, y de J. F. Montesinos, *op. cit.*

[6] Treinta años de los que, insistimos, no quedan excluidos los cambios que, después, en la etapa final de su obra, serán mucho más radicales. Cfr., de nuevo, Casalduero, *op. cit.*

[7] Una vez más, véase el libro ya citado de Casalduero y, más recientemente, el de Stephen Gilman, *Galdós and the Art of the European Novel,* Princeton, New Jersey, 1981.

En este ciclo, Galdós se ocupa por primera vez del desbarajuste moral y de la falta de principios de una sociedad en formación en la que una nueva clase —la burguesía ascendente— lucha por llegar al poder político viéndose obligada a cambalachear con la anterior clase dominante, con la cual llegará para mediados de la Restauración a los acuerdos necesarios para crear un nuevo poder sociopolítico. La historia de esta clase ascendente y de sus arreglos en «este pastelero valle de lágrimas»[8] es, por supuesto, larga. En sus primeras novelas, *La Fontana de Oro* y *El audaz* (1871), así como en los primeros *Episodios Nacionales*, Galdós se acerca a esa historia desde principios del siglo XIX. Sin embargo, no tarda demasiado en ver que, por continuo que sea a lo largo de todo el XIX el difícil y conflictivo ascenso de la burguesía española al poder, se encuentran en el siglo ciertos momentos particulares que significan inflexiones decisivas: la desamortización del 36; la Revolución del 54, y, sobre todo, la Revolución del 68 («la septembrina», «la Gloriosa», «la de los tristes destinos»)[9], cuyos antecedentes inmediatos se remontan, en lo económico, a la crisis alimentaria y al *crack* financiero del 66[10], y en lo político, al «gesto» de Isabel II[11], a la «Noche de San Daniel»[12], y a la rebelión de «los sargentos»[13].

---

[8] *La de los tristes destinos*, cap. I. Cfr. *Obras Completas*, Madrid, Aguilar, 1951, vol. 3, pág. 636.

[9] Cfr. nota anterior.

[10] Cfr. Nicolás Sánchez-Albornoz, «El transfondo económico de la Revolución», en *La revolución de 1868*, Clara Lida, Iris M. Zavala, eds., Nueva York, 1970, págs. 64-79.

[11] El «gesto» de Isabel II fue su propuesta de ayudar a la decaída economía nacional vendiendo los bienes del Patrimonio Nacional, de cuya venta Isabel se reservaría para sí el 25 por 100, en tanto que el 75 por 100 iría al Tesoro. El escándalo que produjo la propuesta fue mayúsculo puesto que, en primer lugar, el Patrimonio no pertenecía a Isabel, sino a la Corona; y, en segundo lugar, porque se trataba de un gran negocio para los posibles compradores.

[12] El escándalo provocado por el «gesto» aumentó a raíz de un artículo de Castelar en el que atacaba la propuesta de la reina. El artículo provocó la expulsión de Castelar de la Universidad, lo cual, a

Por supuesto que estos acontecimientos han de entenderse en el contexto de la expansión económica que —con su correspondiente euforia— va, precisamente, del 54 al 66, momento en que financieros e industriales españoles, con una gran inyección de capital extranjero (francés y belga, principalmente), piensan que, por fin, España va a entrar en el concierto de las naciones modernas[14]. Parece tener razón Gabriel Tortella cuando propone que el exceso de inversiones en los ferrocarriles y la limitada inversión en la industria durante aquella década, significaron a la larga la imposibilidad de un verdadero desarrollo económico[15]; pero él mismo está de acuerdo en que tal «error» no excluye que estos años —a pesar de los gobiernos conservadores que siguen al liberal del 54— sean de gran expansión, caracterizada especialmente por la gran circulación del dinero, por una avalancha del crédito[16]. El *crack* del 66 supone el final de este periodo y de ahí, por ejemplo, que, en carta a Prim, Pascual Madoz escriba lo siguiente el 12 de enero de 1867:

> La situación del país, mala, malísima. El crédito a
> tierra. La riqueza rústica y urbana, menguando prodi-
> giosamente [...]. Nadie paga, porque nadie puede pa-

---

su vez, originó motines estudiantiles (alrededor de la Puerta del Sol) que fueron reprimidos violentamente durante la noche del 10 de abril de 1865: la noche de San Daniel.

[13] Poco después de los hechos resumidos en las notas 11 y 12, una conspiración militar, de la que se responsabilizó a los sargentos del cuartel de San Gil, desembocó en el levantamiento del 22 de junio. El levantamiento fracasó y «los sargentos», después de paseados por las calles de Madrid, fueron fusilados en las tapias de la antigua plaza de toros, calle de Alcalá arriba. Galdós fue testigo presencial de todos estos hechos.

[14] Cfr. el epígrafe del artículo de Gabriel Tortella, «Ferrrocarriles, economía y revolución», en el ya citado libro *La revolución de 1868*, pág. 126.

[15] Cfr. art. cit.

[16] Cfr. N. Sánchez-Albornoz, art. cit.

gar, porque nadie tiene para pagar. Si vendes, nadie compra, ni aun cuando des la cosa por el cincuenta por ciento de su coste[17].

El «gesto» de Isabel II, naturalmente, no resuelve nada. Provoca, en cambio, el violento artículo de Castelar, el cual, a su vez, da lugar a la expulsión de Castelar de la Universidad. Y a esto sigue la algarada estudiantil de la «Noche de San Daniel» —y los demás hechos conocidos que acaban por llevar a la Revolución de septiembre de 1868. Revolución que, como demuestra Nicolás Sánchez-Albornoz, tiene, además del apoyo popular, el de los financieros, comerciantes, contratistas y propietarios[18].

Se trata, pues, de una revolución burguesa y librecambista[19] que trae consigo, primero, un Estado acéfalo, luego un monarca de corto reino, después una República todavía más breve, luego un golpe de Estado y, por fin, en 1875, la Restauración. Siete años caóticos y apasionantes —que Galdós vive, desde su inicio, directamente— durante los cuales, habiendo buscado la burguesía que continuara la expansión característica del 54 al 66, se lleva a cabo una transformación decisiva en la vida política, social y económica de España. Cierto que si Prim quería «destruir en medio del estruendo los obstáculos que se oponen a la felicidad de los pueblos» para luego «edificar en medio de la calma y la reflexión»[20], la Restauración, al devolver al país el «orden» con el regreso de los Borbones, levanta nuevos «obstáculos» y «edifica» de manera infinitamente más conser-

---

[17] Citado por Sánchez-Albornoz, art. cit., pág. 77.
[18] Art. cit., págs. 77-78.
[19] Existe un acuerdo generalizado sobre esta interpretación, no sólo entre Tortella y Sánchez-Albornoz, sino en las obras básicas de Vicens-Vives, P. Vilar, R. Carr, Tuñón de Lara, y otros.
[20] De estas palabras de Prim suele generalmente citarse la primera parte para demostrar, suponemos, la irresponsabilidad política de los liberales. Véase la juiciosa reflexión que hace Vicente Llorens sobre este asunto en el prólogo al ya citado La revolución de 1868.

15

vadora de lo que algunos de los revolucionarios del 68 hubieran deseado; y cierto también que aunque —de la mano del ministro Laureano Figuerola— la legislación librecambista de 1869 vuelve a facilitar las inversiones de capital extranjero y la expansión del crédito, la economía tarda en despegar y no será hasta bien entrada la Restauración cuando pueda hablarse en serio de desarrollo[21]. Sin embargo, más allá de devolver el trono a los Borbones, la Restauración es incapaz de dar marcha atrás en ningún otro sentido. Económicamente, aunque siempre a tirones entre proteccionismo y librecambismo, el país se desarrolla; políticamente, el sistema de turnos de partidos resulta ser un «pasteleo» útil que permite la eliminación de algunos «obstáculos»; y socialmente, según lo sabemos por la realidad y según lo novela Galdós insistentemente, a pesar de leyes retrógradas de diversa índole, se va creando una nueva burguesía y amplias capas de una creciente pequeña burguesía (a más, por supuesto, de una nueva clase obrera).

A partir de *La desheredada,* con aquella notable lucidez histórica suya, Galdós entiende que se encuentra frente a una *nueva* estructura social en formación que poco tiene ya que ver con la de 1812 ó, incluso, con la del Mesonero Romanos tardío; realidad que no se puede ya novelar a la manera —por ejemplo— de *Doña Perfecta.* La nueva sociedad se caracteriza por la movilidad y por ese «pasteleo» que consiste en la casi obsesiva pretensión de armonizar cosas tan contrarias como, según dice un personaje de *El amigo Manso,* «la insurrección y el Estado, la Monarquía y la República, la Iglesia y el libre examen, la Aristocracia y la Igualdad»[22], así como por el ansia de trepar y la necesidad de aparentar lo que todavía no se es plenamente (burguesía y pequeña burguesía ascendentes), o que se sigue siendo lo que se fue (aristocracia venida a menos y dispuesta al

---

[21] Cfr. Gabriel Tortella, *Los orígenes del capitalismo en España,* Madrid, 1975.
[22] *El amigo Manso,* cap. 18.

compromiso con la burguesía). Mundo de valores en transición cuya comprensión le exige a Galdós, a la vez, una observación certera de lo que está ocurriendo en los años 80 y el conocimiento previso no ya sólo de la historia española de principios de siglo, sino del pasado inmediato: de los años decisivos que van del 66 al 75.

La nueva estructural social y su historia. O, más bien, la estructura en su historia. De ahí que en este primer ciclo de las «contemporáneas» Galdós escriba tanto novelas en que los hechos ocurren en el momento mismo de su escritura (por ejemplo, *El amigo Manso,* cuya trama nos lleva del 77 al 80; o *Lo prohibido,* donde todo ocurre en el mismo año en que se escribe, 1884-85) como novelas en las que, para fundamentar lo actual, sitúa los acontecimientos del texto entre 1867 y 1873 *(La desheredada, Tormento, La de Bringas).* El ciclo culmina, como hemos dicho, con *Fortunata y Jacinta,* que, aunque en sus primeros capítulos nos remonta hasta el siglo XVIII, empieza de hecho en 1866 para terminar con la Restauración ya firmemente establecida[23]. (Años después, la serie de Torquemada recorrerá todavía más tiempo; pero quedará claro que los cambios decisivos en la vida del prestamista-financiero tuvieron también lugar a partir de 1868)[24].

Podría, pues, decirse que, en este ciclo, con notable intención dialéctica, Galdós trata de novelar la vida de la Restauración sincrónica y diacrónicamente. Gracias a ello, estamos siempre en estas novelas en el centro y en los orígenes de una sociedad en transición en la que se confunden el ser, el querer ser y el parecer: torbellino que arrastra a una serie de personajes que, aunque espléndidos como tales, tienden a ser los antiheroicos representantes de una manera de vida que se caracteriza

---

[23] Cfr. C. Blanco Aguinaga, «Entrar por el aro: restauración del orden y educación de Fortunata», en *La Historia y el texto literario. Tres novelas de Galdós,* Madrid, 1978, págs. 53-54.
[24] Cfr. C. Blanco Aguinaga, «Historia, reflejo literario y estructura de la novela: el ejemplo de Torquemada», en *op. cit.,* págs. 99-100.

por su falta de grandeza, por un oportunismo al que, una y otra vez, Galdós califica sarcásticamente de «positivismo». En este sentido, ¿qué es —por ejemplo— *El amigo Manso* sino la historia de un estudioso, pero ineficaz, profesor de filosofía que intenta educar a un joven inteligente, hijo de una carnicera rica, para acabar resignándose viendo cómo el joven asciende de clase según acepta todos los enjuagues y chapuzas de la «nueva» política de turnos?[25]. Y *La de Bringas,* situándose su trama en 1868, ¿no es acaso la vulgar historia de una descendiente de antigua familia de burócratas, mujer vanidosa y no demasiado inteligente que, por aparentar lo que no es —por querer aparecer como su amiga la marquesa de Tellería—, sufre angustias casi grotescas a lo largo de seis meses para poder pagar las deudas en que ha caído al comprar una ropa de lujo cuyos precios están fuera de su alcance?

No puede sorprendernos que, insistentemente, la crítica hable de la frivolidad, la inmoralidad, la mediocridad del mundo en que se mueven los personajes de estas novelas contemporáneas. Pero, ¿cuál era, realmente, la clave de aquella «frivolidad», del funcionamiento de aquella sociedad tan propicia para los oportunistas que se vestían más allá de sus posibilidades, paseaban pretenciosos por el Prado, iban al teatro para ser vistos, o hablaban vanamente de sus «ideales» en elegantes tertulias en las que se iban estableciendo los lazos sociales del nuevo poder político y económico? ¿Sobre qué *nuevos* principios se sustentaba aquello que, una y otra vez, Galdós nos presenta como *nuevo,* tan nuevo como que le ha llevado a la *nueva forma de novelar* que se inicia con *La desheredada?*

Creemos que en este primer ciclo de las «contemporáneas» la clave se encuentra en *La de Bringas* y en *Lo prohibido,* novelas que en continuación natural de *Tor-*

---

[25] Cfr. C. Blanco Aguinaga, en el libro ya citado, «*El amigo Manso:* la educación pequeño-burguesa y el 'ciclo céntrico' de la sociedad».

mento, y enlazando parcialmente con *La desheredada,* desvelan (podría incluso decirse: desmitifican) el secreto del verdadero «motor» de las nuevas relaciones sociales que acabaron por imponerse con la Restauración. *Lo prohibido,* al final del ciclo, captando amplia y densamente la estructura profunda de la nueva sociedad[26]; *La de Bringas,* precisando el momento de su origen.

2

Ya Montesinos había notado que en *Tormento, La de Bringas* y *Lo prohibido,* especialmente en las dos últimas, domina lo que calificó de «locura crematística»[27]. Así es, en efecto, sobre todo si entendemos —como Montesinos en rigor no lo hace— que la crematística, si algo pretende ser, es la «ciencia» de la acumulación y la circulación del dinero. Asunto éste, según hemos indicado, de fundamental importancia en la España de transición de 1866 a 1875.

Ahora bien, es de notar igualmente que en estas novelas los personajes centrales son, en cada caso, mujeres. En principio, desde luego, ello no tendría por qué llamar nuestra atención ya que son varias las novelas de Galdós dominadas por figuras femeninas, desde *Doña Perfecta* y *Gloria* hasta *Tristana,* pasando por *Fortunata y Jacinta.* Sin embargo, lo que une —y por lo tanto distingue— a las mujeres de nuestro núcleo novelístico es que —con dos únicas excepciones que aquí no vienen al caso— su relación con los demás personajes, y especialmente con los hombres, se encuentra totalmente mediatizada por el dinero. «Locura crematística», pues, cuya razón de ser ha de encontrarse en el hecho de que

[26] Cfr. Alda Blanco, «Dinero, relaciones sociales y significación en *Lo prohibido*», de próxima aparición en *Anales Galdosianos* (1983-1984).
[27] Cfr. J. F. Montesinos, *op. cit.*

si en el nuevo tipo de sociedad —que empieza ya en España a ser la sociedad burguesa o capitalista— el dinero es la mercancía suprema sin la cual es imposible la adquisición de ninguna otra mercancía, las mujeres, salvo rarísimas excepciones, no tienen acceso a él si no es a través de los hombres. Así, al atender a la situación de la mujer en la nueva estructura social, Galdós descubre el verdadero sentido de esa estructura que, como sabemos, se levanta sobre el fetichismo de la mercancía (y por tanto del dinero)[28]. Podría decirse, también, que la comprensión del papel que juega el dinero en la nueva sociedad que está viendo nacer en España, permite a Galdós entender, de manera inusitada entre los españoles de su tiempo, cuál era el papel asignado a la mujer en la sociedad burguesa.

En *La desheredada,* por ejemplo, según han visto diversos críticos, se plantea, centralmente, un caso de «quijotismo» femenino. Por culpa de las enseñanzas de un seudo-pariente fantasioso (es manchego y se llama Santiago Quijano-Quijada), Isidora Rufete, huérfana y pobre, cree ser hija de una marquesa y, por tanto, futura marquesa ella misma. Se ha trasladado a Madrid para serlo y hasta que no se convence de que todo ha sido una patraña inventada por quien dice ser su tío, vive en un mundo de ilusiones que le permite arrostrar su pobreza en la certidumbre de que un día será rica y podrá vivir con lujo aristocrático. Por debajo de su fantasía, la realidad le ofrece a Isidora dos modos de sobrevivencia: o el trabajo manual, al que «provisionalmente» se dedica, o un matrimonio dentro de su propia clase (o, tal vez, algo más arriba)[29]. Pero su visión completamente tergiversada del lugar que ocupa en el mundo le impide aceptar cualquiera de estas dos alternativas ya que ninguna le permitiría vivir como anhela, satisfaciendo —por ejemplo— «aquel su afán de ver

---

[28] Cfr. K. Marx, *Capital,* primera parte.
[29] Tiene, por ejemplo, la oportunidad, que rechaza, de casarse con un pequeño industrial catalán residente en Madrid.

tiendas, aquel apetito de comprar todo» que le mueve[30]. Cuando tras una entrevista con la verdadera marquesa, y en el mismo día en que llega la Primera República, entiende por fin que ha vivido en el engaño, Isidora (que hasta entonces ha insistido en decir: «Soy quien soy»[31]) declara que ya es *otra,* y se lanza a la vida cortesana. A partir de ahí, habiéndose convertido ella misma en mercancía, podrá vivir por un tiempo rodeada por los objetos de lujo que tanto le atraen en aquel Madrid que, según el narrador, era «un encanto, abierto bazar»[32].

Luego, gastada por el uso, Isidora irá decayendo hasta acabar en la calle. Pero queda ya anunciado el tema que, tras *El amigo Manso* y *El doctor Centeno,* vuelve Galdós a retomar en *Tormento:* situación de la mujer en la sociedad-bazar; alienación en el mundo del fetichismo de la mercancía que se describe minuciosamente en *La de Bringas* y, repetimos, de manera excepcionalmente brillante en *Lo prohibido.*

En *Tormento,* las hermanas Amparo y Refugio Sánchez-Emperador, hijas del portero «de un establecimiento de enseñanza»[33] que, al morir, sólo les había dejado

---

[30] *La desheredada,* Madrid, Alianza Editorial, 1980, pág. 229. «Afán» que en el cap. 7 de la novela («Tomando posesión de Madrid») Galdós describe ampliamente: «Al punto empezó a ver escaparates, solicitada de tanto objeto bonito, rico, suntuoso. Esta es su delicia mayor cuando a la calle salía [...]. Sin dejar de contemplar su faz en el vidrio para ver qué tal iba, devoraba con sus ojos las infinitas variedades y formas del lujo y de la moda [...]. Aquí las soberbias telas [...]; allí, las joyas [...]; más lejos, ricas pieles, trapos sin fin, corbatas, chucherías [...] el oro, la plata, el níquel, el cuero de Rusia, el celuloide, la cornalina, el azabache, el ámbar, el latón, el caucho, el coral, el acero, el raso, el vidrio, el talco, la madreperla, el chagrín, la porcelana y hasta el cuerno [...]. Necesitaba comprar algo, poca cosa... Pero con el tiempo... cuando ella saliera de su destierro social, qué gusto ir de tienda en tienda, mirar todo, escoger, esto tomo, esto dejo, pagar, mandar llevar a casa el objeto comprado, volver al día siguiente [...]. *Op. cit.,* págs. 117-119.
[31] *Op. cit.,* pág. 221.
[32] *Op. cit.,* pág. 229.
[33] *Tormento,* Madrid, Alianza Editorial, 1979, pág. 29.

21

«los treinta días del mes»[34], no tienen más remedio que hacer «ese voto de heroísmo que se llama *vivir de su trabajo*»[35] —lo cual, explica el narrador, para «la mujer sola, soltera y honrada, era y es como una patente de ayuno perpetuo»[36].

Fundamentalmente, Amparo y Refugio viven de la costura pero, además, debido a un muy remoto parentesco que les une con los Bringas (modesta familia de la burocracia isabelina), Amparo trabaja en la casa de éstos, manteniendo allí esa relación ambigua en la que «se confunden las relaciones de amistad con las de servidumbre»[37]. Refugio, altanera y enemiga de servir, se niega, en lo posible, a frecuentar la casa de los Bringas y pronto pasa de costurera a modelo de pintores («Modelo vestida, se entiende. Gano mi dinero honradamente...»)[38], hasta que se «dispara» «sin freno por la pendiente abajo, y ya no era posible contenerla»[39]. Por su parte, tras liquidar un viejo asunto amoroso pendiente, Amparo acabará viviendo en unión libre con Agustín Caballero, un severo, generoso, enamorado y —relativamente— moderno indiano.

La novela es sumamente compleja, y no es uno de sus menores aciertos el juego literario por medio del cual Galdós establece relaciones irónicas entre realidad y ficción: la realidad de la difícil vida de las mujeres pobres, «solas, solteras y honradas» en el Madrid de 1867, y la ficción de la literatura folletinesca, en la que esas mujeres pueden resolver sus vidas con matrimonios espectaculares (o resultando ser a veces aristócratas, como no lo era Isidora Rufete). Parte de la clave de este juego radica en que Amparo —tras muchas peripecias— logra la felicidad con un hombre rico que se ha enamorado de ella... aunque no se casen y tengan que irse a

---

[34] *Op. cit.*, pág. 27.
[35] *Op. cit.*, pág. 28.
[36] *Op. cit.*, pág. 28.
[37] *Op. cit.*, pág. 17.
[38] *Op. cit.*, pág. 61.
[39] *Op. cit.*, pág. 169.

vivir a Francia (porque la sociedad española en formación no había llegado todavía a la altura de tolerar
parejas «libres»)[40]. Ha de entenderse, sin embargo, que
si este «final feliz» es una de esas sorpresas que, a pesar
de todo, puede ofrecer la realidad de vez en cuando, de
ahí no se puede llegar a conclusiones normativas: lo
normal, lo general, lo común, lo que corresponde a la
situación real de la mujer de las clases populares en la
España de 1867-1868, es lo de Refugio.

Así, excluido el trabajo manual (que, por lo demás,
era duro, poco abundante, mal remunerado y alienan-
te)[41], excluido el servicio doméstico y excluido —también explícitamente— «eso del monjío» (porque: «¡Hacerse monja! ¡Eso es de países muertos!»)[42], no le queda
a la mujer «pobre y sola» más que la alternativa tradicional del matrimonio. Ninguna de las dos jóvenes de
Tormento lo logra; pero de maneras que, en última
instancia, no son tan antagónicas, las dos acaban por
relacionarse con el mundo a través del hombre, es decir,
de quienes controlan el dinero: los que pagan a Refugio
la cortesana, y el indiano que —a más de amor— da la
tranquilidad económica a Amparo.

Acto seguido, sin descanso, Galdós escribe *La de
Bringas*. La protagonista, Rosalía Pipaón de la Barca,
no será ya ni joven, ni pobre, ni sola. Esposa de burócrata, perteneciente ella misma a la pequeña burguesía

---

[40] En *La de los tristes destinos,* Galdós vuelve al tema haciendo que
Santiago Ibero y Teresa, pareja sin matrimonio, se vean obligados a
marcharse a Francia para vivir en paz, libres «de los disgustos que en
España les ocasionaría el fanatismo» *(Obras Completas,* Madrid, Aguilar, 1951, vol. 3, pág. 734).
[41] En *Fortunata y Jacinta* (cap. V, 3, primera parte), al narrar el
viaje de novios de Jacinta y Juanito Santa Cruz, se nos describe el
trabajo femenino de una fábrica y Jacinta comenta: «esas infelices
muchachas que están aquí ganando un jornal, con el cual no tienen ni
para vestirse, no tienen educación; son como máquinas, y se vuelven
tan tontas [...]; más que tontería debe de ser aburrimiento [...].
Llega un momento en que dicen: Vale más ser mujer mala que
máquina buena».
[42] *Tormento,* ed. cit., pág. 54.

burocrática, madre que está entrando ya en la edad madura, sus problemas serán, por fuerza muy otros que los de Isidora, Amparo o Refugio. La diferencia —que obligará también a dejar atrás el tema folletinesco— será la que permita a Galdós descubrir y revelarnos en qué radica lo nuevo de la sociedad en que vive y cuyo origen y funcionamiento está empeñado en novelar: cuál es el verdadero motor del comportamiento social de las gentes de la Restauración. Pero vayamos despacio, empezando por el principio.

3

La de Bringas nace directamente de *Tormento*. Ante todo porque, según hemos visto, sus protagonistas, Rosalía y su marido, Francisco Bringas, eran ya personajes importantes, si no centrales, en la anterior novela. También porque si lo narrado en *Tormento* nos lleva de fines de 1867 a principios de 1868, terminando la novela con unos primeros augurios sobre una probable revolución venidera, los acontecimientos de *La de Bringas* ocurren entre marzo y septiembre del 68, culminando con el triunfo de la revolución anunciada.

Hasta tal grado es directa la relación entre *La de Bringas* y *Tormento* que la entrada en nuestra novela depende en varias ocasiones de que el lector conozca ya la novela anterior. Cierto que *La de Bringas,* según veremos, tiene uno de los principios más concretos y autogeneradores que haya escrito Galdós; y cierto es también que a los Bringas y sus peripecias iremos conociéndoles poco a poco *aquí,* según evolucionan en *esta* obra. Sin embargo, no deja de ser difícil la entrada en *La de Bringas* para quien no haya leído *Tormento.* Por ejemplo, cuando al principio del capítulo II se menciona a «nuestro buen Thiers» (pág. 57) como si el narrador supusiese que sabemos de quién se trata, ya que así se le llama a Bringas en *Tormento* (porque se parecía físicamente al político francés); cuando en el mismo lugar se nos habla de «Paquito» como de alguien conocido, sin especificar lo que sólo sabemos por *Tormento:* que se trata del hijo mayor de los Bringas; o cuando, mucho más adelante, ya bien avanzada la novela, se hace mención brevísima a los «regalitos» que en su día —en *Tormento*— hizo Agustín Caballero a su prima Rosalía (pág. 92), detalle éste particularmente grave puesto que, según veremos, son precisamente esos «regalitos» la «manzana» de la tentación original que llevará a Rosalía *aquí* a todas sus aventuras y desventuras.

Sin embargo, estos obstáculos —torpeza narrativa que resulta, seguramente, de que Galdós concibió *La de Bringas* como ahondamiento de *Tormento,* a sabiendas de que *sus* lectores le seguían ya fielmente— no impiden que el lector se adentre en el relato autónomo y fascinante; relato que es la historia de la pasión de Rosalía por los «trapos», que vienen a ser como un símbolo del poder de las apariencias ya que representan el mundo del lujo y la elegancia de una clase dominante a la que Rosalía aspira no ya a servir, sino a pertenecer. Por oposición a su «vida sosa y rutinaria», se nos explica, los vestidos eran para Rosalía «el principal hechizo» (pág. 124). Hay que tener en cuenta que los Bringas viven ahora —no en *Tormento*— en un Palacio Real en cuyos diversos y laberínticos pasillos, escaleras y salones aparecen no pocas veces juntos los que son, los que han sido y los que quieren llegar a ser. Este ambiente es el que permite que la esposa de un oficial mayor, porque se codea —por ejemplo— con la marquesa de Tellería, quiera vestir con la elegancia que, a su entender, caracteriza a la aristocracia. Sin duda, pues, como ha dicho más de un crítico, *La de Bringas* nos remite a una realidad social de la cual puede decirse, en términos generales, que funcionaba por su dedicación «al culto de las apariencias».

Pero no basta la generalización para entender nuestro texto, ya que bien podría decirse, justamente, que también el Siglo de Oro estaba dedicado «al culto de las apariencias» y son, sin embargo, demasiadas las diferencias sociales, culturales y literarias entre aquel siglo y los años de *La de Bringas* como para que la generalización nos resulte críticamente útil. Porque no se trata ya en *La de Bringas* de aquel *parecer ser* que daba el *ser* a los personajes calderonianos, ni de la imposibilidad de pasar del *parecer* al *ser* que propone la visión crítica del Siglo de Oro (en el *Quijote,* por ejemplo, o en el fracaso de la ilusión de movilidad social de los pícaros). Hemos de insistir en que durante los años de *La de Bringas* España se encuentra en un proceso de transformación de primera importancia, y el hecho de que la movilidad hacia arriba resulte, en general, imposible para las clases populares, no excluye que en aquel proceso de transformación de la sociedad toda se fueran creando nuevas fracciones de clase y hasta nuevas clases. A lo largo de este proceso unos son, otros parecen ser y otros están llegando a ser algo distinto de lo que eran: tómese en cuenta que si Isidora Rufete, según hemos indicado, al llegar a ser *otra* acaba en la mayor de las degradaciones, un Torquemada, salido de «la nada», se transforma de usurero a la antigua en financiero moderno. La diferencia con el Siglo de Oro —que hemos tomado como ejemplo comparativo por ser en él un tópico la cuestión de las «apariencias»— es abismal, y no han de valernos, por tanto, las generalizaciones para entender en su concreción un texto cuya trama nos lleva desde marzo de 1868 hasta la revolución de septiembre del mismo año; un texto cuyo lenguaje, con toda precisión, nos obliga a referirnos específicamente a las transformaciones que *entonces* se estaban llevando a cabo en la sociedad española. Véamoslo.

    La de Bringas se inicia con un capítulo dedicado exclusivamente a la descripción de un estrafalario objeto de pretensiones artísticas que sólo al final del capítulo se identifica como un cenotafio «de pelo o en pelo, género de arte que tuvo cierta boga» (pág. 56). La descripción es detallada, prolija, y el narrador se recrea irónicamente en lo grotesco de una obra abigarrada en

26

la que se encuentran rasgos clásicos, barrocos, románticos, religiosos, míticos, escultóricos, arquitectónicos, pictóricos... No es sino hasta las páginas finales del capítulo cuando se nos dice que el autor de tal obra es «don Francisco de Bringas», poseedor de una «habilidad benedictina», de una extraordinaria «limpieza de manos» y de una «seguridad de vista» que «rayaba en lo maravilloso» (pág. 56). En éste y en los dos próximos capítulos se insistirá en lo «nimio, escrupuloso y firme» del trabajo (pág. 55), así como en la «habilidad, paciencia y pulcritud» que exige una obra cuyos detalles, en su «enredosa prolijidad», llegan casi hasta «lo microscópico» (págs. 63-64).

La ironía se agudiza cuando a quien dedica tanta habilidad, paciencia y escrupulosidad a trabajo tan disparatado y tan nimio se le llama «el artista» (pág. 55): hombre de tal «fantasía» que llega a padecer «espasmos» por causa de la «enfermedad epiléptica de la gestación artística» (pág. 60). Inmediatamente se califica a Bringas de «enfermo idealista» para, a continuación, en el mismo párrafo, en las palabras que cierran el segundo capítulo, calificarle, sorprendentemente, de «hombre práctico» (pág. 61). Pero la contradicción no es sino aparente ya que al inicio de ese segundo capítulo se nos ha explicado que el tal cenotafio era un «delicado obsequio» con el que Bringas pretendía «pagar diferentes deudas de gratitud» a los Pez (pág. 57) regalándoles algo que «no le costara dinero» (pág. 58).

La relación entre la meticulosidad de mal gusto con pretensiones artísticas y el espíritu ahorrativo de Bringas queda subrayada por el hecho de que si el capítulo I y gran parte del II son la descripción del cenotafio mismo, el capítulo III se inicia con un sencillo, pero preciso, ejercicio de contabilidad que le permite a Bringas situar en sólo «unos veintiocho a treinta reales» (pág. 62) el costo del material de su obra. De ahí que al «artista» «práctico» pueda llamársele más adelante «el economista» (pág. 124), «nuestro economista» (pág. 294), e incluso el «gran economista» (pág. 220). Su especialidad, según iremos descubriendo —y según, por lo demás, sabíamos ya desde *Tormento*— es «la economía doméstica», su «segunda religión» (pág. 144).

Este «gran economista» que ya desde *Tormento* se caracterizaba por la capacidad ahorrativa, «tenía por sistema no comprar nada sin el dinero por delante» (pág. 101): su «gran principio» era «no deber nada a nadie» (pág. 204). De ahí que, a pesar de lo ahorrativo, sea perfectamente capaz de experimentar «la satisfacción honda y viva de pagar» (pág. 241). Tales observaciones sobre los «principios» económicos de Bringas corresponden perfectamente, claro está, a ese inicio de la novela en que le vemos afanarse en el cenotafio para «pagar» las deudas de gratitud con Pez, «el arreglador de todas las cosas» (pág. 75) en el sistema burocrático isabelino.

En *Tormento*, estos principios económicos de Bringas se contraponían indirectamente al comportamiento general de una sociedad que, según el «buen Thiers», vivía por encima de sus posibilidades, engañándose a sí misma; pero las costumbres y principios de Bringas no entraban en *Tormento* en conflicto directo con nada, ya que si él gastaba poco y ahorraba, también su mujer, Rosalía, se ajustaba plenamente a los dictados de la economía doméstica «bringuística»: *otros* compran y no pagan en *Tormento; otros* viven de las apariencias; los Bringas, modesta familia de burócratas, viven como lo que son y tratan de ahorrar para el día de mañana. Incluso al principio de *La de Bringas*, cuando vemos que Rosalía va a caer en la tentación de comprar «trapos» de lujo que no podría pagar, se nos hace notar que a la tentación se contrapone la angustia que le produce la idea de salirse de sus costumbres, ya que hasta entonces, y al igual que Bringas, Rosalía ha tenido la costumbre de ir siempre «con el dinero por delante»: «si algo compraba, después de pensarlo mucho y dar mil vueltas al dinero, pagaba siempre a tocateja» (pág. 97).

Nuestra novela trata, precisamente, de la crisis y liquidación de esos principios; es decir, del final de todo un modo de vida. Ya en *Tormento,* por culpa de ciertos regalos recibidos de su primo Agustín, la imaginación de Rosalía había empezado a abrirse a la idea de la posibilidad de otro estilo de vida. Empieza a verse ahí lo que, ya en *La de Bringas,* se llamará «su pasión de lujo» (pág. 118), que desembocará en su «pasión trapística» (pág. 244). Pero no ocurre nada grave hasta que esta pasión soterrada entra en conjunción con la tentación concreta de adquirir ciertos «trapos», adquisición a la que Rosalía se ve incitada por el ejemplo y la palabra de su amiga Milagros, la marquesa de Tellería.

En compañía de Milagros, Rosalía ha cogido la costumbre de ir de tiendas y, según hemos indicado, resiste bien al principio las tentaciones de comprar lo que no debe. Hasta que «un día» ve en «casa de *Sobrino Hermanos*» una «soberbia prenda», cierta «manteleta» tras de la cual se le van «los ojos». «¡Qué pieza —comenta el narrador—, qué manzana de Eva! [...]. En su casa no pudo apartar de la imaginación todo aquel día y toda la noche la dichosa manteleta...» (pág. 98).

El problema, obviamente, está en que, aunque Bringas tiene dinero ahorrado, el presupuesto familiar es pequeño e inflexible. Es decir, Rosalía no tiene acceso a dinero alguno para pagar la manteleta «a tocateja». Pero junto a la «manzana» está Milagros, que hará de «serpiente» cuando, a sabiendas de que Bringas *tiene* dinero, anima a Rosalía a llevársela. Cosa por lo demás fácil, explica, porque «yo tengo aquí mucho crédito» (pág. 99).

El conflicto, pues, queda claramente anunciado: frente a la costumbre de «pagar a tocateja», la posibilidad de comprar «a crédito»; dos maneras no sólo diferentes, sino contrarias de «economía». La una, como la manía de hacer cenotafios de pelo, estuvo «en boga» en otra época; la otra es la nueva manera de circulación de las mercancías y del dinero (que es la mercancía última, el equivalente universal). Nueva manera necesaria para aumentar la producción ampliando las posibilidades de consumo, y necesaria para aumentar el capital financiero con los intereses de los préstamos.

Y Rosalía se lleva la manteleta. Luego, poco a poco, empieza a coger la costumbre de llevarse diferentes prendas de *Sobrino Hermanos* a su casa donde, en compañía de Milagros y a escondidas de Bringas, se entretiene estudiando modelos —desarrollando así sus propias habilidades «artísticas»— según ella y Milagros imaginan y diseñan prendas de vestir en largas y secretas conversaciones sustentadas con el apoyo de toda la moderna terminología «trapística» francesa. El secreto, por supuesto, es necesario: porque Bringas no aprobaría la compra de tanta tela a «crédito» al suponer, lógicamente, que todo aquello tendría que pagarse tarde o temprano; y porque Rosalía piensa sisar de sus gastos diarios y, a ser posible, sacarle a Bringas parte de sus ahorros. La primera consecuencia de tal clandestinidad es que Rosalía empieza a cuestionar los principios «económicos» de su marido:

> Bringas tenía sus ahorros, reunidos cuarto a cuarto. ¿Y para qué? Para maldita la cosa, por el simple gusto de juntar monedas en un cajoncillo (pág. 126).

Empieza así Rosalía a formarse la opinión que, años más tarde, justificará ampliamente el financiero Torquemada: en una sociedad fundamentada en el valor de cambio, el dinero, que es el sumo valor de cambio, existe para circular, para ser usado. Y, a ser posible, ha de cumplir su especial misión de convertirse en capital, multiplicándose así a sí mismo para ser, de nuevo, invertido. He aquí como da Rosalía, para sus adentros, este paso conceptual clave:

> Guardar dinero de aquel modo, sin obtener de él ningún producto, ¿no era una tontería? ¡Si al menos lo diera a interés o lo emplease en cualquiera de las sociedades que reparten dividendos...! (pág. 207).

También en este aspecto del proceso de transformación de Rosalía ha sido importante la influencia de Milagros, quien —pensando en sus propias deudas— le ha hablado de la siguiente manera un par de capítulos antes:

> Don Francisco debe de tener mucho *parné* guardado, dinero improductivo, onza sobre onza, a estilo de paleto. ¡Qué atraso tan grande! Así está el país como está, porque el capital no circula, porque todo el metálico está en las arcas, sin beneficio para nadie, ni para el que lo posee. Don Francisco es de los que piensan que el dinero debe criar telarañas. En esto su apreciable marido de usted es como los lugareños ricos. ¿Por qué no le propone usted una cosa? Que me preste lo que necesito... se entiende, con el interés debido y mediante una obligación formal... (pág. 137).

Palabras que Milagros remata con la siguiente exclamación: «¡Oh! ¡El dinero de manos muertas es la causa del atraso de la nación!»

Es decir, en un modo de producción en que la mercancía es ya la clave del sistema, el dinero es una mercancía más que, para convertirse en capital, ha de reproducirse en el proceso mismo de su circulación. Lo que menos importa es el viejo principio de vivir sin deudas y acumulando ahorro (a la manera del mercantilismo); el crédito (que se obtiene a base de garantizar la devolución de lo prestado más intereses) es una de las claves de la nueva economía en la cual —según hemos indicado— España estaba entrando precisamente en los años en que ocurre nuestra historia. Y nótese, más concretamente aún, que cuando Milagros se queja de que «el país está como está porque el capital no circula», la idea nos remite a las ya citadas palabras de Madoz a Prim, posteriores al «crack» del 66: «La situación del país, mala, malísima. El crédito a tierra...»

Han de notarse también otros dos aspectos de la exposición de Milagros. Por una parte, que los antiguos principios son de «paleto», lo opuesto a la elegancia

31

urbana y cortesana que ella pretende mantener y Rosalía alcanzar; por otra, que se establece una analogía explícita entre dinero parado y propiedad de «manos muertas»: si la desamortización significó una de las vías de entrada el modo de producción burgués en España, la «liberación» del dinero ha de ser la otra.

Ahora bien, podrá tal vez pensarse que este adentramiento nuestro en la lectura de *La de Bringas* hace violencia, por abstracción, al sentido más directo de la novela. Y aunque se acepte que la abstracción es permisible mientras tengamos en cuenta que la crítica literaria, a fin de cuentas, es un metadiscurso, siempre se podrá insistir en que lo que *realmente* se nos cuenta en nuestra novela —mucho más sencilla y obviamente— es la historia de las peripecias de una buena señora que, alucinada por el mundo de la «apariencia» (pág. 129), por el deseo de «querer ser» (pág. 82) lo que su condición social no le permite, cae inevitablemente en el vivir precario del mundo de la trampa: sería ésta una irónica versión de una vieja y lamentable historia humana repetida en diversas épocas y países. Historia, además —podría también pensarse—, que concuerda perfectamente con la vieja y convencional idea de que la preocupación por los «trapos» es, a fin de cuentas, «cuestión de mujeres» y, por tanto, algo anecdótico, curioso, tal vez divertido, pero, en suma, marginal al verdadero funcionamiento de la sociedad (de cualquier parte y en cualquier momento). Pero el nivel crítico más profundo de *La de Bringas* no se encuentra en lo general y tópico, sino en el hecho de que Galdós plantea un conflicto entre dos sistemas o principios económicos en una situación histórica concreta y a partir de la relación concreta que existe en ese momento entre la mujer, la mercancía y el dinero. Es decir, estableciendo una relación de orden analítico entre los fundamentos de la nueva sociedad burguesa, que se asienta sobre la mercancía, y la condición de las mujeres en esa sociedad; o, al revés, que al haber entendido esa relación, su significado, Galdós está ya en condiciones de novelar los orígenes y peculiaridades de las costumbres de la sociedad que tanto le interesaba.

A fin de cuentas, ya antes, en *El amigo Manso,* se había establecido la relación tópico-tradicional entre la pasión por el consumo suntuario y un *nuevo* sistema socioeconómico. Leemos ahí,como el moralista Máximo Manso explica que:

> El lujo es lo que antes se llamaba el demonio, la serpiente, el ángel caído, porque el lujo fue también querubín, fue arte, generosidad, realeza, y ahora es un maleficio mesocrático, al alcance de la burguesía, pues con la industria y las máquinas se han puesto las condiciones perfectas para corromper a todo el género humano, sin distinción de clases[43].

Puesto que también en este pasaje de la anterior novela el asunto está relacionado con el comportamiento femenino (entendido tópicamente), importa ya que nos preguntemos qué posición ocupaba la mujer en el engranaje socio-económico de la época.

Según ya hemos indicado, excluyendo el «monjío», las mujeres de las clases populares sólo tenían dos opciones decentes, no necesariamente incompatibles entre sí, en aquel principio de la modernización de la sociedad española: el matrimonio y el trabajo manual (que, exceptuando el servicio, era poco abundante todavía). Trabajase o no fuera de casa, la mujer casada pobre no tenía, por supuesto, acceso a las mercancías de consumo suntuario; su consumo se limitaba a la compra de los productos necesarios para la subsistencia de la familia y, normalmente, trabajase ella o no fuera de casa, el dinero para las compras le llegaba a través de la distribución que de él hacía el marido. Por lo que respecta a la pequeña burguesía y grupos sociales algo más altos, la opción femenina prácticamente única era el matrimonio. En estos casos la dependencia era todavía más

---

[43] *El amigo Manso,* cap. 22.

clara: puesto que la mujer no ganaba dinero, éste sólo podía venirle del marido, tanto para las compras familiares como para su propio consumo suntuario (si es que lo practicaba). En las esferas más altas de la clase dominante ha de encontrarse a menudo el caso en que, dada una aproximada igualdad de fortuna entre marido y mujer, la mujer tendrá su dinero propio para sus gastos propios.

Es evidente, por tanto, que cuanto más arriba se encontraba en la escala social, mayor era el «crédito» de la mujer, tanto si tenía fortuna propia como si el dinero le venía del marido. Pero salvo la excepción de la mujer con fortuna propia —así como salvo la excepción de las prostitutas—, la constante es que, para llegar a la mujer, las mercancías habían de pasar directa o simbólicamente, por el hombre, que es quien controla el dinero. El esquema podría ser el siguiente:

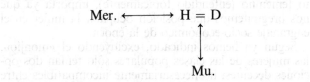

Al estar así la mujer al margen de la relación directa con la mercancía, sólo puede acceder a ella sin pasar por el hombre estableciendo una relación de *crédito*. El establecimiento de esta relación, que será precaria por comparación con el pago «a tocateja», nos da el siguiente esquema, en el que la línea fragmentada es la alternativa al control directo que sobre la mercancía tiene en general el hombre:

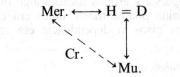

Esta es exactamente la situación de nuestra novela. Los Bringas, como ya hemos dicho, porque viven en Palacio, tienen relaciones, aunque de servicio, con la clase dominante. Además, con sacrificios y tacañería, Bringas ha logrado ahorrar algún dinero. Estas dos cosas *se saben* en el mundo en que se mueve Rosalía. Ello basta y sobra para que *Sobrino Hermanos* primero, luego el prestamista Torres y, por fin, el prestamista Torquemada, concedan a Rosalía diversos créditos (a altísimo interés, desde luego).

El problema radica en que Rosalía no puede realmente pagar lo que debe porque *no se atreve* a pedirle dinero al «buen Thiers». Pero un buen día Francisco Bringas pierde la vista de tanto trabajar en el cenotafio. Puede entonces Rosalía empeñar dos candelabros para salir al paso de la primera deuda; después, evadiendo la «vigilancia fiscal de don Francisco» (pág. 119), logra incluso sustraer una cantidad de billetes de la caja en que el «gran economista» guarda sus ahorros. Con todo lo cual no hace sino aumentar la angustia de Rosalía puesto que sabe que, tarde o temprano, Bringas va a recuperar la vista y va a notar la ausencia de los candelabros y de los billetes. De ahí que la protagonista, ahondando en el problema, llegue a pensar que vive en lo que no duda en calificar de «jaula del matrimonio» (pág. 127). Descubrimiento a partir del cual empieza a desarrollar un violento desprecio por su marido, quien, si antes era fundamento del «sosiego» familiar y personal (página 204), aparece ahora como un «roñoso menguado», «pocacosa, pisahormigas» (pág. 129), «pedestre Bringas» y «muñeco» (págs. 195-196).

Está bien claro. Cuando Rosalía cae por fin en la cuenta de que su relación con la mercancía se ha establecido —irremediablemente ya, según veremos— al margen del circuito tradicional hacia la mujer por mediación del hombre, empieza a entender que ese circuito, sobre el cual ella no puede actuar directamente, es el fundamento de su falta de libertad. Y es entonces cuando, por primera vez en su vida, y con toda lógica, empieza a desear la «libertad, y [a querer] salir, aunque sólo fuera por modo figurado, de aquella estrechez vergonzante» (pág. 196). A partir de ese momento, el ansia de libertad va ir en aumento hasta el final de la novela. De ahí que veamos a Rosalía pensar que «era preciso mostrar con hechos [...] que había dejado de ser esclava y que asumía su parte de soberanía en la distribución de la fortuna conyugal» (pág. 210). Y de ahí que, más adelante, llegue a pensar que «quien por tanto tiempo había sido esclava, ¿por qué alguna vez no había de hacer su gusto? [...] Se tendrá [Bringas] que acostumbrar a verme un poco más emancipada« (página 236). De cómo Rosalía se «emancipa» totalmente, pero manteniendo las apariencias, nos enteraremos al final del proceso que es nuestra novela.

Proceso difícil porque Rosalía teme que si Bringas «se enterase de sus enredos, vendría un periodo de represión fuerte» que «aterraba más a Rosalía que los apuros que pasaba» (pág. 256). Sin embargo, dominada ya completamente por su «pasión trapística» y por su ansia de libertad, Rosalía no tiene más remedio que seguir adelante; lo que le obligará a seguir actuando, ya no metafóricamente sino realmente, al margen del circuito tradicional Mer. $\longleftrightarrow$ H $=$ D $\longleftrightarrow$ Mu. Entendido esto con energía y toda lógica, Rosalía decide que ya «se las arreglaría sola» (pág. 257).

Ahora bien, si no trabaja ni tiene capital propio, ¿cómo va Rosalía a poder arreglárselas sola? Puesto que de mercancías se trata, la deuda-crédito que atosiga a Rosalía sólo puede pagarse introduciendo en el circuito, a escondidas de Bringas, cualquier otra mercancía equivalente al importe de los trapos (más intereses): los candelabros y el dinero sustraído a la caja de Bringas, para empezar. Pero a Bringas le ha vuelto la vista y Rosalía ha tenido que pedir prestado a Torres y Torquemada para recuperar los candelabros y devolver los billetes. ¿Qué hacer ahora? Es decir: ¿qué puede ofrecer Rosalía a cambio de lo que debe? Puesto que no es propietaria de nada ajeno a sí misma, puesto que su persona es lo único que puede «emanciparse» (circular «libremente»), no le queda sino convertirse ella misma en mercancía.

Los primeros pasos en esta dirección, dados todavía sin el realismo necesario, parten de su coqueteo con Pez, de quien piensa que podrá obtener dinero arreglándoselas para «que esta amistad y mi honradez no sean incompatibles» (pág. 203). Y le ayuda al principio una momentánea buena fortuna: cuando a punto de salir para sus vacaciones de verano, Pez se lanza a su primer «asalto» amoroso, ello coincide con que Rosalía acaba de obtener el préstamo de Torquemada que le ha permitido devolver a su caja los billetes sustraídos a Bringas. Vemos entonces que

El análisis de la virtud de la Pipaón arroja un singularísimo resultado. Pez no había tenido la habilidad o la suerte de sorprenderla en uno de aquellos infelices momentos en que la satisfacción de un capricho o las apreturas de un compromiso movían en su alma poderosos apetitos de poseer cantidades, que variaban según las circunstancias [...]. Así se explica el enigma de la derrota de Pez. Cuando quiso expugnar la plaza, ésta se hallaba bien abastecida. La de Bringas tenía dinero en aquellos días (pág. 229).

Sin embargo, según las vacaciones pasan y se acerca el día de septiembre de 1868 en que Rosalía ha de devolver a Torquemada lo prestado, ya no piensa sino en que vuelva Pez para sacarle «de aquell atolladero» (pág. 260). «Le he vuelto loco —se dice—. Haré de él lo que quiera» (pág. 257). Lo que le lleva a pensar que podrá «explotar su liberalidad sin venderse» (pág. 260).

Galdós, a quien por los motivos conocidos, algunos llamaron despreciativamente «el garbancero»[44], trabaja siempre el lenguaje desde dentro de sí mismo, en su natural corriente —se diría—, no contra ella. En térmi-

---

[44] Término con el que se aludía a la supuesta vulgaridad de Galdós, tanto por el mundo de que ocupa como por el lenguaje en que escribe.

nos saussureanos podría decirse que, para Galdós, *el habla* (la suya, la de sus narradores, la de sus personajes) no es sino una justa apropiación de lo comunal en la que se revelan los verdaderos sentidos de *la lengua*. Con las palabras anteriormente citadas estamos ante un caso típico de su proceder lingüístico.

Es común y vulgar en castellano hablar de «venderse» hombres y mujeres, y en el contexto no sólo de su problema sino de su cultura tradicional y —seguramente— folletinesca, es normal que ese sea el término que emplea la común y vulgar Rosalía. Ocurre, por supuesto, que el empleo de los lugares comunes, de las expresiones que son bien mostrenco, tiende a impedir, o por lo menos a limitar, el avance del pensamiento. Pero ocurre también que cuando *el habla* se mueve con habilidad y conocimiento en el interior de *la lengua* (tanto en el sentido saussureano de *lengua,* como en el sentido en que Marx explicaba que la lengua es, «por así decirlo, el ser de la comunidad que habla por sí mismo»)[45], ha de revelarnos el sentido de ese ser «comunal» en uno cualquiera de sus momentos históricos. Lo característico del lenguaje de Galdós —parte de lo que, siguiendo a Bajtin, podríamos llamar su enorme sentido *dialógico* de la realidad— es esta sabiduría, este situar las expresiones y los términos más comunes en contextos tales que, sólo con eso, parecen recobrar su sentido original, la capacidad expresiva anterior a su vulgarización. Es lo que ocurre aquí con el término *venderse.* En el contexto de la evolución del problema monetario de Rosalía y de su voluntad de «emanciparse» o liberarse, ¿puede haber un término mejor que «*venderse*» (sin venderse) para expresar la relación que piensa establecer con Pez?

Desde el principio, todo es en esta novela cuestión de dinero, de comprar y pagar o no poder pagar. Hemos visto aparecer a Bringas calculando lo que le va a costar pagar una deuda moral; hemos visto a Rosalía pasar de

---

[45] *Formaciones económicas precapitalistas,* Madrid, Ciencia Nueva, 1967, pág. 140.

la costumbre de pagar a tocateja a la necesidad de recurrir al crédito. Y si a Bringas se le llama «el economista», no se queda corta Rosalía a la que, una y otra vez, vemos envuelta en cálculos y más cálculos. Números («funestos guarismos»), dinero, mercancías; el problema de comprar y pagar... que no existe sin el otro polo de la circulación: *vender* (lo que hace *Sobrino Hermanos;* lo que hace Torquemada con el dinero). A partir del momento en que Rosalía piensa en cómo sacarle dinero a Pez «sin venderse», el término, *inseparable en esta estructura narrativa de su sentido económico real,* resulta clave para entender el recorrido de la buena esposa hacia la nueva vida que iniciará al final de la novela.

Pero como, de hecho, es harto difícil *venderse sin venderse,* tarda ahora ya poco la de Bringas en pasar a la idea de que, si ha de venderse, ha de cobrar lo que vale:

> ¡Oh, Virgen! —se dice—. Venderse y no cobrar nuestro precio, es tremenda cosa... ¿No valgo yo más, muchísimo más [que lo que debo]? No le doy un tesoro [a Pez] por una miseria? (pág. 270).

Pero es inútil: como en toda situación de crédito en que el capital controla el nivel de los intereses, el intercambio va a ser desigual, y Rosalía no tardará en percatarse de ello. Por tanto, llega a ver con absoluta claridad que para resolver «el conflicto del día 9» (fecha en que vence el préstamo de Torquemada) no tiene más remedio que hacer «sacrificios grandes, sin exceptuar el de la honra» (pág. 271). Y se lanza a ello, puesto que poco antes ya ha encontrado la justificación: «Pecar, llámote necesidad...» (pág. 266).

Desgraciadamente, Rosalía no conoce aún —no puede conocer— los mecanismos del «mercado libre» y, después de desaparecer con Pez durante varias horas, y después de esperar más horas todavía la llegada de un sobre que contenga las pesetas de su salvación, se en-

cuentra con que ha vendido pésimamente la mercancía:
cuando llega por fin el sobre, contiene un mensaje, pero
ni un real. La forma de la indignación de Rosalía es
notable:

> ¡Y para eso se había envilecido como se envileció!...
> Ignominia grande era venderse; ¡pero darse de balde! (página 273).

¿Qué hacer? ¿Cómo pagar a Torquemada? De «ignominia» a ignominia: armándose de valor, Rosalía decide
esta vez pedir dinero a una mujer, a Refugio, aquella
hermana de Amparo (en *Tormento*) que, no queriendo
someterse al trabajo manual y gustando de ir de tiendas,
es ahora una próspera cortesana.

Varios capítulos antes Refugio había reaparecido en
la vida de los Bringas, visitándoles un par de veces de
parte de Amparo. Saludable, guapa, bien vestida, era
evidente que vivía bien, que tenía dinero. Contándoles
de su vida, ha explicado, entre otras cosas, que «ahora
no trabajo» (pág. 181). Cuando Rosalía decide acudir a
ella, la encuentra en un piso elegante, pero desordenado.
En aquel desorden que, según el narrador, parece obra
de «una mano revolucionaria» (pág. 276), entre muebles
tal vez inútiles, «trapos» y sombreros, Rosalía ve grandes cantidades de billetes de banco en un cajón. Pero
Refugio, vengándose de anteriores desprecios, se hace
de rogar, juega con Rosalía como gato con ratón, jactándose de que, a diferencia de las señoras que son «todo
apariencia», que compran y no pagan, «yo no engaño a
nadie, yo vivo de mi trabajo» (pág. 283). Y a pesar de
que en la visita a los Bringas había dicho «ahora no
trabajo», insiste esta vez en que quede clara la verdad
de las cosas: «no debo nada a nadie, y si lo debo lo
pago; vivo de mi trabajo [...] no engaño a nadie» (página 286). Todo ello mientras se divierte criticando a la
reina Isabel y sus hipócritas «gestos» (pág. 287) y según
le insiste a Rosalía en que va a ayudarle con su problema ya que, a fin de cuentas, son «familia» (pág. 282).

La función de Refugio en el proceso de «liberación» de Rosalía es clara: al insistir en que vive de su trabajo, desmitifica el papel mediador del hombre en la relación dinero-mujer-mercancía, puesto que, si bien su dinero proviene de los hombres, las razones por las que lo recibe están al descubierto. La lección es difícil para Rosalía (casada, moralista, monárquica, amiga del parecer) y, desde luego, la actitud soberbia e irónica de Refugio no facilita las cosas. Pero Rosalía la aprenderá, adecuándola, por supuesto, a sus circunstancias. Cerca del final de la novela se nos dice que Rosalía «se iba curtiendo poco a poco» (pág. 294), a lo que se añade que, según repasaba sus experiencias, Rosalía

> Hacía propósito de no volver a pescar alimañas de tan poca sustancia [como Pez], y se figuraba estar tendiendo sus redes en mares anchos y batidos, por cuyas aguas cruzaban gallardos tiburones, pomposos ballenatos y peces de verdadero fuste. Su mente soñadora la llevaba a los días del próximo invierno, en los cuales pensaba inaugurar una campaña social tan entretenida como fructífera. Esquivando el trato de Peces, Tellerías y gente de poco más o menos, buscaría más sólidos y eficaces apoyos en los Fúcares, los Trujillo, los Cimarra y otras familias de la aristocracia positiva (páginas 295-296).

Es decir: entre los hombres de la nueva burguesía financiera.

En esto, estalla por fin la Revolución que se viene anunciando desde las primeras páginas de la novela (y desde *Tormento*) en un *crescendo* cuya función analógica con la intensificación de los problemas de Rosalía y sus ansias de «libertad» es evidente. Hemos leído, primero, que lo único que le amargaba el contento a Bringas según trabaja pacíficamente en el cenotafio, eran «las voces que corrían aquel condenado año 68 sobre si habría o no trastornos horrorosos, y el temor de que la llamada revolución estallara al fin con estruendo» (pág. 65). Corren luego rumores de que hay «destierro

41

de generales» (pág. 108); se habla de que el «rasgo» de Isabel ha sido «funesto» para la Monarquía (pág. 128) y de que «el trono» corre «peligros» (pág. 170); aumentan las referencias a «los generales» y a Prim (pág. 186); y hasta la de Tellería, liadísima con sus propias deudas, llega a desear que llegue la revolución, un «cataclismo, un terremoto o cosa así antes del día 10» (pág. 200). Mientras tanto (y estamos ya a finales del verano del 68), la Reina «se había ido a Lequeitio» (pág. 220) y se empieza ya a pensar que «la llamada revolución» viene «sin remedio» (pág. 222). Según nos acercamos a la fecha histórica de septiembre, las referencias se acumulan: «el Ejército simpatizaba con la revolución» (pág. 230); «esto es un país perdido» (pág. 231); Paquito, el hijo de los Bringas, «se había dejado contaminar» de ideas revolucionarias en la Universidad y su padre piensa que «los horrores de la Revolución francesa van a ser sainetes en comparación de las tragedias que aquí tendremos» (página 277); corren por Madrid «papeles clandestinos» que Paquito lee (pág. 272); Refugio le explica a Rosalía que ya viene la revolución y que ojalá llegue pronto, porque con ella «habrá libertad, libertades» (pág. 287); y la misma Rosalía, a pesar de sus convicciones monárquicas y de su amor por «la Señora» se encuentra deseando que venga «lo desconocido», «tiempos distintos, otra manera de ser, otras costumbres» (pág. 303). Hasta que, por fin, «un acontecimiento gravísimo» acaba con las especulaciones y viene a librar a Rosalía de «la pena» que ha sufrido en su entrevista con Refugio: «Se ha sublevado la Marina» (pág. 294).

A partir de aquí, al quedarse sin reina, se le hunde el mundo a Francisco Bringas, su confianza y sus modestas esperanzas. Concretamente, se le acaba la vida en Palacio ya que, al quedar cesante, la familia se ve obligada a mudarse. Y es entonces cuando, frente a lo desconocido, armada ya de conocimientos fundamentales, Rosalía se hace cargo de la familia. «En estas críticas circunstancias —se dice a sí misma— [...] la suerte de la familia depende de mí. Yo la sacaré adelante» (pág. 304).

Cabe pensar, según lo hace el narrador, que Rosalía, llevada por un exceso de «imaginación» se «dejaba ilusionar» ingenuamente «por lo desconocido» (pág. 303) con la esperanza de resolver «el cataclismo económico-bringuístico» (pág. 304). Sin embargo, éstas son sólo conjeturas, ya que el mismo narrador añade que

> Lo que sí puede asegurarse, por referencias bien comprobadas, es que en lo sucesivo supo la de Bringas triunfar fácilmente y con cierto donaire de las situaciones penosas que le creaban sus irregularidades (páginas 304-305).

Importa notar que quien esto nos dice es un narrador-personaje que adquiere ahora un muy especial protagonismo ya que llega a tener relaciones íntimas con Rosalía. Y es él mismo quien termina la novela con las siguientes palabras:

> En términos precisos oí esto mismo de sus propios labios más adelante, en recatada entrevista. Estábamos en plena época revolucionaria. Quiso [Rosalía] repetir [más adelante] las pruebas de su ruinosa amistad, mas yo me apresuré a ponerle punto, pues si me parecía natural que ella fuese el sostén de la cesante familia, no me creía yo en el caso de serlo, contra todos los fueros de la moral y la economía doméstica (pág. 305).

La ironía es clara, tanto en ese hacer depender la suerte de *la familia* (¿la de Bringas y la española?) del adulterio, como en el lenguaje de «final feliz» al estilo de ciertas novelas ejemplares de Cervantes («supo... triunfar... con cierto donaire...»), como en el cinismo con que el narrador se permite terminar su historia con referencias a «los fueros de la familia» y a aquella «segunda religión» de Bringas que había sido «la economía doméstica» —sólo que aquí se trata de la economía doméstica del narrador... y arrégleselas en el futuro Rosalía como pueda.

Por lo demás, el narrador se asienta tranquilamente

en su cinismo ya que sabe, de hecho, que Rosalía siguió
saliendo adelante en la nueva sociedad. Una sociedad
que no sería ya nunca igual a la anterior a 1868, aunque
los «peces» de una y otra especie se las arreglaran para
seguir también, a la larga, gobernándola.

* * *

Empezábamos esta introducción explicando que, en
diversos niveles, este proceso de transformación social y
sus consecuencias es lo que Galdós pretende novelar en
este ciclo de las «contemporáneas». Más adelante, la
serie de *Torquemada,* según también hemos tenido ocasión de indicar, será la versión final de Galdós sobre el
asunto. En el contexto de una preocupación galdosiana
tan insistente, *La de Bringas,* a más de su valor autónomo, es una pieza importante de las «contemporáneas»
precisamente por su tratamiento específico de la relación antagónica entre las nociones de «pagar a tocateja»
y pagar «a crédito», así como por la relación que
establece entre el triunfo de esta nueva manera de vida
económica —de esta «liberación» del dinero y demás
mercancías—, la revolución burguesa y la necesaria «liberación» de Rosalía misma. «Liberación» ésta que, en
perfecto acuerdo con el «pasteleo» que caracteriza a la
Restauración, sólo puede darse hipócritamente, en tanto
que conduce al terrible descubrimiento de que el ser
humano, ejemplificado aquí por la mujer, es siempre
potencialmente mercancía en la sociedad burguesa.

Así en *La de Bringas,* como es costumbre en él,
Galdós estructura la ficción a partir de las estructuras
de la Historia misma[46]. Y ello en dos niveles diferentes
y complementarios: trabando inseparablemente la vida
individual con la social y, en abstracto, entendiendo los
fenómenos sociales como estructuras condicionantes de
las estructuras literarias. No en vano uno de los perso-

---

[46] Cfr. el ya citado artículo de Blanco Aguinaga, «Historia, reflejo
literario y estructura de la novela: el ejemplo de *Torquemada*».

44

najes de *La de los tristes destinos* dirá después: «Hazte cargo de que estamos en pleno cataclismo. Revolución pública, revolución privada»[47].

Dicho lo cual justo será insistir en que si lo nuestro, en cuanto críticos, tiende necesariamente a la abstracción, no ha de confundirse ello con el arte de novelar que, en *La de Bringas,* como en el mejor Galdós, como en las grandes novelas todas, es siempre concreta —y angustiosa— relación entre personas y mundo, trama de vidas particulares en su hacerse y deshacerse dialéctico.

---

[47] *Obras Completas,* Madrid, Aguilar, 1951, vol. 3, pág. 742.

Esta edición

Esta edición se basa en la primera (Madrid, 1884), de la cual, salvo en el caso de algunas erratas, las demás ediciones se desvían apenas en cuestiones de puntuación y, de vez en cuando, de ortografía *(quiosco* en vez de *kiosko,* por ejemplo). La puntuación de la primera edición es un tanto irregular; por tanto, la puntuación que aquí ofrecemos es la más moderna, aunque —no sin cierto eclecticismo— de vez en cuando seguimos la de la primera edición. No seguimos para nada la primera edición en su representación de los diálogos que, generalmente, aparecen allí entrecomillados; aquí los diálogos se inician siempre con un guión y sólo van entre comillas algunas de las meditaciones interiores de los personajes (que también aparecen así en la primera edición).

Bibliografía

1. Libros sobre Galdós

Benito Pérez Galdós, Madrid, Taurus, 1973.

BERKOWITZ, H. Chonon, *Pérez Galdós, Spanish Liberal Crusader*, Madison, University of Wisconsin, 1948.

BLY, Peter A., «Galdós, the Madrid Royal Palace and the September 1868 Revolution», en *Revista Canadiense de Estudios Hispánicos*, V (1980).

CASALDUERO, Joaquín, *Vida y obra de Galdós*, Madrid, Gredos, 3.ª ed., 1973.

ENGLER, Kay, *The Structure of Realism: the «Novelas contemporáneas» of Benito Pérez Galdós*, Chapel Hill, North Carolina, 1977.

EOFF, Sherman H., *The Novels of Pérez Galdós: the Concept of Life as Dynamic Process*, Saint Louis, University of Washington, 1954.

GILMAN, Stephen, *Galdós and the Art of the European Novel*, Princeton, University of Princeton, 1981.

GULLÓN, Ricardo, *Galdós, novelista moderno*, Madrid, Gredos, 1973. *Técnicas de Galdós*, Madrid, 1970.

MONTESINOS, José F., *Galdós*, 3 vols., Madrid, Castalia, 1968-1973.

PIECZARA, Stefan, *Benito Pérez Galdós et l'Espagne de son temps, 1868-1898*, Pozman, 1971.

RICARD, Robert, *Aspects de Galdós*, París (PUF), 1963.

RODRÍGUEZ PUÉRTOLAS, Julio, *Galdós, burguesía y revolución*, Madrid, Turner, 1975.

VAREY, J. E., editor, *Galdós Studies*, Londres, Tamesis, 1970

YNDURÁIN, Francisco, *Galdós entre la novela y el folletín*, Madrid, Taurus, 1970.

2. *Artículos de índole general de relevancia para el estudio de «La de Bringas»*

ALTAMIRA, Rafael, «La mujer en las novelas de Galdós», *Atenea*, año XX, LXXII, Santiago de Chile, ccxv, mayo de 1943, 145-169.

ARCONADA, César M., «Galdós y su época», *Romance*, números IX-X, México, junio de 1940.

BOSCH, Rafael, «Galdós y la teoría de la novela de Lukács», *Anales Galdosianos*, II (1967), 169-184

FUENTES, Víctor, «El desarrollo de la problemática político-social en la novelística de Galdós», *Papeles de Son Armadans*, 192 (1972), 230-240.

GULLÓN, Germán, «Originalidad y sentido de *La desheredada*», *Anales Galdosianos*, XVII (1982), págs. 39-50.

LABAÑI, J. M., «The Political Significance of *La desheredada*», *Anales Galdosianos*, 14 (1979), 51-58.

LIDA, Denah, «Galdós y el 68: dos perspectivas», *Hispanófila* (1979), 37-48.

MONCY, Agnes, «Enigmas de Galdós», *Ínsula*, XX, ccxii, mayo de 1965.

PÉREZ VIDAL, José, «Pérez Galdós y la noche de San Daniel», *Revista Hispánica Moderna*, XVII (1951), 94-110.

RIBBANS, Geoffrey, «Historia Novelada and Novela Histórica: The Use of Historical Incidents from the Reign of Isabela II in Galdós' *Episodios* and Novelas Contemporáneas», en *Hispanic Studies in Honor of Frank Pierce*, Sheffield, 1980, 133-147.

RUIZ SALVADOR, Antonio, «La función del transfondo histórico en *La desheredada*», *Anales Galdosianos*, I (1966), 53-61.

SÁNCHEZ, Roberto, «The Function of Dates and Deadlines in Galdós is *La de Bringas*», en *HR* XLVI, 1978.

SOPEÑA, Federico, «Aspectos de la moral sexual en Galdós», *Cuadernos Hispanoamericanos*, 374 (agosto de 1981), 291-316.

TUÑÓN DE LARA, Manuel, «La España de Pérez Galdós», *La palabra y el hombre*, 21 (enero-marzo de 1961), 91-103.

URIARTE, Fernando, «El comercio en la obra de Galdós», *Atenea*, CCXV, Santiago de Chile, mayo de 1943, 136-140.

48

ZAMBRANO, María, «La mujer en la España de Galdós», *Revista Cubana*, La Habana, enero-marzo de 1943, 74-97.

3. *Artículos sobre «La de Bringas»*

BLY, Peter A., «The Use of Distance in Galdós' *La de Bringas*», *Modern Language Review*, 69 (1974), 88-97.
BLY, Peter A., *La de Bringas*, Critical Guides to Spanish Texts, 1981.
GULLÓN, Ricardo, «Introducción» a *La de Bringas*, Prentice Hall, 1967.
LOWE, Jennifer, «Galdos' Use of Time in *La de Bringas*», *Anales Galdosianos*, 15 (1980), 83-88.
PALLEY, Julián, «Aspectos de *La de Bringas*», *Kentucky Romance Quarterly*, 16, 4 (1969), 339-348.
SHOEMAKER, William H., «Galdós' Classical Scene in *La de Bringas*», *Hispanic Review*, XXVII (1959), 423-434.
VAREY, J. E., «Francisco Bringas: nuestro buen Thiers», *Anales Galdosianos*, 1 (1966), 63-69.
WRIGHT, Chad C., «Images of Light and Darkness in *La de Bringas*», *Anales Galdosianos*, 13 (1978), 5-12.
Cfr. también el artículo de R. Gullón en su ya citado *Técnicas de Galdós*, así como el de V. S. Pritchett en el también citado *Benito Pérez Galdós*, Madrid, 1973.

La de Bringas

Capítulo primero

Era aquello..., ¿cómo lo diré yo?[1]..., un gallardo artificio sepulcral de atrevidísima arquitectura, grandioso de traza, en ornamentos rico, por una parte severo y rectilíneo a la manera viñolesca[2], por otra movido, ondulante y quebradizo a la usanza gótica, con ciertos atisbos plateresos donde menos se pensaba; y, por fin, cresterías semejantes a las del estilo tirolés que prevalece en los quioscos. Tenía piramidal escalinata, zócalos grecorromanos, y luego machones y paramentos ojivales[3]; con pináculos, gárgolas y doseletes. Por arriba y por abajo, a izquierda y derecha, cantidad de antorchas, urnas, murciélagos, ánforas, búhos, coronas de siemprevivas, aladas clepsidras, guadañas, palmas, anguilas enroscadas y otros emblemas del morir y del vivir eterno. Estos objetos se encaramaban unos sobre otros, cual si se disputasen, pulgada a pulgada, el sitio que habían de ocupar. En el centro del mausoleo, un angelón de buen

---

[1] «¿cómo lo diré yo?». El narrador de la novela no es un Galdós omnisciente, sino un personaje secundario y sin nombre que, por su conocimiento directo del mundo de que nos habla, funciona prácticamente como el tradicional narrador en tercera persona. Aparece de vez en cuando a lo largo de la novela y, al final, según hemos indicado en la introducción, adquiere una muy especial importancia.

[2] «a la manera viñolesca»: al estilo del arquitecto italiano Giacomo da Vignola (1507-1573).

[3] «paramentos ojivales»: adornos, colgaduras de forma ojival.

talle y mejores carnes se inclinaba sobre una lápida, en actitud atribulada y luctuosa, tapándose los ojos con la mano como avergonzado de llorar; de cuya vergüenza se podía colegir que era varón. Tenía este caballerito ala y media de rizadas y finísimas plumas, que le caían por la trasera con desmayada gentileza, y calzaba sus pies de mujer con botitos, coturnos[4] o alpargatas; que de todo había un poco en aquella elegantísima interpretación de la zapatería angelical. Por la cabeza le corría una como guirnalda con cintas, que se enredaban después en su brazo derecho. Si a primera vista se podía sospechar que el tal gimoteaba por la molestia de llevar tanta cosa sobre sí, alas, flores, cintajos y plumas, amén de un relojito de arena, bien pronto se caía en la cuenta de que el motivo de su duelo era la triste memoria de las virginales criaturas encerradas dentro del sarcófago. Publicaban desconsoladamente sus nombres diversas letras compungidas, de cuyos trazos inferiores salían unos lagrimones que figuraban resbalar por el mármol al modo de babas escurridizas. Por tal modo de expresión las afligidas letras contribuían al melancólico efecto del monumento.

Pero lo más bonito era quizá el sauce, ese arbolito sentimental que de antiguo nombran *llorón,* y que desde la llegada de la Retórica al mundo viene teniendo una participación más o menos criminal en toda elegía que se comete. Su ondulado tronco elevábase junto al cenotafio[5], y de las altas esparcidas ramas caía la lluvia de hojitas tenues, desmayadas, agonizantes. Daban ganas de hacerle oler algún fuerte alcaloide para que se despabilase y volviera en sí de su poético síncope. El tal sauce era irreemplazable en una época en que aún no se hacía leña de los árboles del romanticismo. El suelo estaba

---

[4] «coturnos»: medias botas atadas al tobillo al estilo de las usadas por los actores atenienses.
[5] «cenotafio»: mausoleo; en este caso se trata de la representación figurada de un mausoleo.

sembrado de graciosas plantas y flores, que se erguían sobre tallos de diversos tamaños. Había margaritas, pensamientos, pasionarias, girasoles, lirios y tulipanes enormes, todos respetuosamente inclinados en señal de tristeza... El fondo o perspectiva consistía en el progresivo alejamiento de otros sauces de menos talla, que se iban a llorar a moco y baba camino del horizonte. Más allá veíanse suaves contornos de montañas, que ondulaban cayéndose como si estuvieran bebidas; luego había un poco de mar, otro poco de río, el confuso perfil de una ciudad con góticas torres y almenas; y arriba, en el espacio destinado al cielo, una oblea que debía de ser la Luna, a juzgar por los blancos reflejos de ella que esmaltaban las aguas y los montes.

El color de esta bella obra de arte era castaño, negro y rubio. La gradación del oscuro al claro servía para producir ilusiones de perspectiva aérea. Estaba encerrada en un óvalo que podría tener media vara[6] en su diámetro mayor, y el aspecto de ella no era de mancha, sino de dibujo, hallándose expresado todo por medio de trazos o puntos. ¿Era talla dulce[7], aguafuerte[8], plancha de acero[9], boj[10] o pacienzuda obra ejecutada a punta de lápiz duro o con pluma a la tinta china?... Reparad en lo nimio, escrupuloso y firme de tan difícil trabajo. Las hojas del sauce se podrían contar una por una. El artista había querido expresar el conjunto, no por el conjunto mismo, sino por la suma de pormenores, copiando indoctamente a la Naturaleza; y para obtener el follaje, tuvo la santa calma de calzarse las hojitas todas una después de otra. Habíalas tan diminutas, que no se podían ver sino con microscopio. Todo el claroscuro del sepulcro consistía en menudos órdenes de bien agrupa-

---

[6] «media vara»: la vara es algo menos de un metro (836 cm).
[7] «talla dulce»: grabado en metal hecho marcando surcos directamente sobre la plancha, en especial los grabados al buril.
[8] «aguafuerte»: una forma de grabado.
[9] «plancha de acero»: plancha para grabar.
[10] «boj»: madera de arbusto del mismo nombre, usada para grabar.

das líneas, formando peine y enrejados más o menos ligeros según la diferente intensidad de los valores. En el modelado del angelote había tintas tan delicadas, que sólo se formaban de una nebulosa de puntos pequeñísimos. Parecía que había caído arenilla sobre el fondo blanco. Los tales puntos, imitando el estilo de la talla dulce, se espesaban en los oscuros, se rarificaban y desvanecían en los claros, dando de sí, con esta alterna y bien distribuida masa, la ilusión del relieve... Era, en fin, el tal cenotafio un trabajo de pelo o en pelo, género de arte que tuvo cierta boga, y su autor, don Francisco Bringas, demostraba en él habilidad benedictina, una limpieza de manos y una seguridad de vista que rayaban en lo maravilloso, si no un poquito más allá.

Capítulo II

Era un delicado obsequio con el cual quería nuestro buen Thiers[11] pagar diferentes deudas de gratitud a su insigne amigo don Manuel María José del Pez[12]. Este próvido sujeto administrativo había dado a la familia Bringas en marzo de aquel año (1868) nuevas pruebas de su generosidad. Sin aguardar a que Paquito[13] se hiciera licenciado en dos o tres Derechos, habíale adjudicado un empleíllo en Hacienda con cinco mil realetes, lo que no es mal principio de carrera burocrática a los dieciséis años mal cumplidos. Toda la sal de este nombramiento, que por lo temprano parecía el agua del bautismo, estaba en que mi niño, atareado con sus clases de la Universidad y con aquellas lecturas de Filosofía de la Historia y de Derecho de Gentes a que se entregaba con furor, no ponía los pies en la oficina más que para cobrar los cuatrocientos dieciséis reales y pico que le regalábamos cada mes por su linda cara.

Aunque en el engreído meollo de Rosalía Bringas se había incrustado la idea de que la credencial aquella no

---

[11] «nuestro buen Thiers»: así se le llama a Francisco Bringas en *Tormento*, por su parecido con el político francés del siglo XIX.

[12] Manuel José María del Pez. Este influyente burócrata (ficticio) aparece también en *La desheredada, El amigo Manso, Tormento, Fortunata y Jacinta, Miau, La incógnita, Torquemada en la cruz*, y alguna otra novela.

[13] Paquito: el hijo mayor de los Bringas.

era favor, sino el cumplimiento de un deber del Estado para con los españolitos precoces, estaba agradecidísima a la diligencia con que Pez hizo entender y cumplir a la patria sus obligaciones. El reconocimiento de don Francisco, mucho más fervoroso, no acertaba a encontrar, para manifestarse, medios proporcionados a su intensidad. Un regalo, si había de ser correspondiente a la magnitud del favor, no cabía dentro de los estrechos posibles de la familia. Había que pensar en algo original, admirable y valioso que al bendito señor no le costara dinero, algo que brotase de su fecunda cabeza y tomara cuerpo y vida en sus plasmantes manos de artista. Dios, que a todo atiende, arregló la cosa conforme a los nobles deseos de mi amigo. Un año antes se había llevado de este mundo, para adornar con ella su gloria, a la mayor de las hijas de Pez, interesante señorita de quince años. La desconsolada madre conservaba los hermosos cabellos de Juanita y andaba buscando un habilidoso que hiciera con ellos una obra conmemorativa y ornamental de esas que ya sólo se ven, marchitas y sucias, en el escaparate de anticuados peluqueros o en algunos nichos de camposanto. Lo que la señora de Pez quería era... algo como poner en verso una cosa poética que está en prosa. No tenía ella, sin duda, por bastantes elocuentes las espesas guedejas, olorosas aún, entre cuya maraña creyérase escondida parte del alma de la pobre niña. Quería la madre que aquello fuera bonito y que hablara lenguaje semejante al que hablan los versos comunes, la escayola, las flores de trapo, la purpurina y los *Nocturnos*, fáciles para piano. Enterado Bringas de este antojo de Carolina, lanzó con todo el vigor de su espíritu el grito de un ¡eureka! Él iba a ser el versificador.

—Yo, señora, yo... —tartamudeó, conteniendo a duras penas el fervor artístico que llenaba su alma.

—Es verdad... Usted sabrá hacer eso como otras muchas cosas. Es usted tan hábil...

—¿De qué color es el cabello?

—Ahora mismo lo verá usted —dijo la mamá, abriendo, no sin emoción, una cajita que había sido de dulces, y era ya depósito azul y rosa de fúnebres memorias—. Vea usted qué trenza... Es de un castaño hermosísimo.

—¡Oh, sí, soberbio! —profirió Bringas temblando de gozo—. Pero nos hacía falta un poco de rubio.

—¿Rubio?... Yo tengo de todos los colores. Vea usted estos rizos de mi Arturín, que se me murió a los tres años.

—Delicioso tono. Es oro puro... ¿Y este rubio claro?

—¡Ah!, la cabellera de Joaquín. Se la cortamos a los diez años. ¡Qué lástima! Parecía una pintura. Fue un dolor meter la tijera en aquella cabeza incomparable..., pero el médico no quiso transigir. Joaquín estaba convaleciente de un tabardillo, y su cara ahilada apenas se veía dentro de aquel sol de pelos.

—Bien, bien; tenemos castaño y dos tonos de rubio. Para entonar no vendría mal un poco de negro...

—Utilizaremos el pelo de Rosa. Hija, tráeme uno de tus añadidos.

Don Francisco tomó, no ya entusiasmado, sino extático, la guedeja que se le ofreció.

—Ahora... —dijo algo balbuciente—. Porque verá usted, Carolina..., tengo una idea..., la estoy viendo. Es un cenotafio en campo funeral, con sauces, muchas flores... Es de noche.

—¿De noche?

—Quiero decir que para dar melancolía al paisaje del fondo, conviene ponerlo todo en cierta penumbra... Habrá agua, allá, allá, muy lejos, una superficie tranquiiiila, un bruñido espeeeejo... ¿Me comprende usted?...

—¿Qué es ello? ¿Agua, cristal...?

—Un lago, señora, una especie de bahía. Fíjese usted: los sauces extienden las ramas así..., como si gotearan. Por entre el follaje se alcanza a ver el disco de la luna, cuya luz pálida platea las cumbres de los cerros lejanos, y produce un temblorcito..., ¿está usted?, un temblorcito sobre la superficie...

—¡Oh!, sí..., del agua. Comprendido, comprendido. ¡Lo que a usted se le ocurre...!

—Pues bien, señora, para este bonito efecto me harían falta algunas canas.

—¡Jesús!, ¡canas!... Me río tontamente del apuro de usted por una cosa que tenemos tan de sobra... Vea usted mi cosecha, señor don Francisco. No quisiera yo poder proporcionar a usted en tanta abundancia esos rayos de luna que le hacen falta... Con este añadido *(Sacando uno largo y copioso)* no llorará usted por canas...

Tomó Bringas el blanco mechón, y juntándolo a los demás, oprimiólo todo contra su pecho con espasmo de artista. Tenía, ¡oh, dicha!, oro de dos tonos, nítida y reluciente plata, ébano y aquel castaño sienoso[14] y romántico que había de ser la nota dominante.

—Lo que sí espero de la rectitud de usted —dijo Carolina, disimulando la desconfianza con la cortesía—, es que por ningún caso introduzca en la obra cabello que no sea nuestro. Todo se ha de hacer con pelo de la familia.

—Señora, ¡por los clavos de Cristo!... ¿Me cree usted capaz de adulterar...?

—No..., no, si no digo... Es que los artistas, cuando se dejan llevar de la inspiración *(Riendo)* pierden toda idea de moralidad, y con tal de lograr un efecto...

—¡Carolina!

Salió de la casa el buen amigo, febril y tembliqueante. Tenía la enfermedad epiléptica de la gestación artística. La obra, recién encarnada en su mente, anunciaba ya con íntimos rebullicios que era un ser vivo, y se desarrollaba potentísima oprimiendo las paredes del cerebro y excitando los pares nerviosos, que llevaban inexplicables sensaciones de ahogo a la respiración, a la epidermis hormiguilla, a las extremidades desasosiego, y al ser todo impaciencia, temores, no sé qué más... Al mismo tiempo, su fantasía se regalaba de antemano con la imagen de la obra, figurándosela ya parida y palpitante,

---

[14] «sienoso»: color de Siena.

completa, acabada, con la forma del molde en que estuviera. Otras veces veíala nacer por partes, asomando ahora un miembro, luego otro, hasta que toda entera aparecía en el reino de la luz. Veía mi enfermo idealista el cenotafio de entremezclados órdenes de arquitectura, el ángel llorón, el sauce compungido con sus ramas colgantes, como babas que se le caen al cielo, las flores que por todas partes esmaltaban el piso, los términos lejanos con toda aquella tristeza lacustre y lunática... Interrumpiendo esta hermosa visión de la obra nonata, llameaban en el cerebro del artista, al modo de fuegos fatuos (natural complemento de una cosa tan funeraria), ciertas ideas atañederas al presupuesto de la obra. Bringas las acariciaba, prestándoles aquella atención de hombre práctico que no excluía en él las desazones espasmódicas de la creación genial. Contando mentalmente, decía:

CAPÍTULO III

«Goma laca: *dos reales y medio*. A todo tirar gastaré
cinco reales... Unas tenacillas de florista, pues las que
tengo son un poco gruesas: *tres reales*. Un cristal bien
limpio: *real y medio*. Cuatro docenas de pistilos muy
menudos, a no ser que pueda hacerlos de pelo, que lo he
de intentar: *dos y medio*. Total: *quince reales*. Luego
viene lo más costoso, que es el cristal convexo y el
marco; pero pienso utilizar el del perrito bordado de mi
prima Josefa, dándole una mano de purpurina. En fin,
con purpurina, cristal convexo, colgadero e imprevis-
tos..., vendrá a importar todo unos veintiocho a treinta
reales.»

Al día siguiente, que era domingo, puso manos a la
obra. No gustándole ninguno de los dibujos de monumento fúnebre que en su colección tenía, resolvió hacer
uno; mas como no le daba el naipe por la invención,
compuso, con partes tomadas de obras diferentes, el
bien trabado conjunto que antes describí. Procedía el
sauce de *La tumba de Napoleón en Santa Elena* [15]; el

---

[15] *La tumba de Napoleón en Santa Elena:* Prisionero de los ingleses,
Napoleón muere y es enterrado en Santa Elena (hoy está enterrado en
París, en Les Invalides). Los ingleses prohibieron que su tumba se
viese adornada de cualquier monumento. En los grabados de la época
se ve apenas una tumba solitaria bajo tres sauces llorones, en medio
de colinas rocosas; al fondo, el mar. El ambiente es absolutamente
romántico, como corresponde al cenotafio que fabrica Bringas.

ángel que hacía pucheros había venido del túmulo que pusieron en El Escorial para los funerales de una de las mujeres de Fernando VII, y la lontananza fue tomada de un grabadito de no sé qué librote lamartinesco que era todo un puro jarabe. Finalmente, las flores las cosechó Bringas en el jardín de un libro ilustrado sobre el *Lenguaje* de las tales, que provenía de la biblioteca de doña Cándida.

Este trabajo previo del dibujo ocupó al artista como media semana, y quedó tan satisfecho de él, que hubo de otorgarse a sí mismo, en el silencio de la falsa modestia, ardientes plácemes. «Está todo tan propio —decía la Pipaón [15bis] con entusiasmo inteligente—, que parece se está viendo el agua mansa y los rayos de la luna haciendo en ella como unas cosquillas de luz...»

Pegó Bringas su dibujo sobre un tablero, y puso encima el cristal, adaptándolo y fijándolo de tal modo que no se pudiese mover. Hecho esto, lo demás era puro trabajo de habilidad, paciencia y pulcritud. Consistía en ir expresando con pelos pegados en la superficie superior del cristal todas las líneas del dibujo que debajo estaba, tarea verdaderamente peliaguda, por la dificultad de manejar cosa tan sutil y escurridiza como es el humano cabello. En las grandes líneas menos mal; pero cuando había que representar sombras, por medio de rayos más o menos finos, el artista empleaba series de pelos cortados del tamaño necesario, los cuales iba pegando cuidadosamente con goma laca, en caliente, hasta imitar el rayado del buril en la plancha de acero o en el boj. En las tintas muy finas, Bringas había extremado y sutilizado su arte hasta llegar a lo microscópico. Era un innovador. Ningún capilífice [16] había discurrido hasta entonces hacer puntos de pelo, picando éste con tijeras hasta obtener cuerpecillos que parecían moléculas, y

---

[15bis] «la Pipaón»: Rosalía Pipaón de la Barca, *la de Bringas,* nuestra protagonista.
[16] «capilífice»: neologismo burlón: artífice de obras hechas con cabello.

pegar luego estos puntos uno cerca del otro, jamás unidos, de modo que imitasen el punteado de la talla dulce. Usaba para esto finísimos pinceles, y aun plumas de pajaritos afiladas con saliva; y después de bien picado el cabello sobre un cristal, iba cogiendo cada punto para ponerlo en su sitio, previamente untado de laca. La combinación de tonos aumentaba la enredosa prolijidad de esta obra, pues para que resultase armónica, convenía poner aquí castaño, allá negro, por esta otra parte rubio, oro en los cabellos del ángel, plata en todo lo que estuviera debajo del fuero de la claridad lunar. Pero de todo triunfaba aquel bendito. ¿Y cómo no, si sus manos parecía que no tocaban las cosas; si su vista era como la de un lince, y sus dedos debían de ser dedos del céfiro que acaricia las flores sin ajarlas?... ¡Qué diablo de hombre! Habría sido capaz de hacer un rosario de granos de arena, si se pone a ello, o de reproducir la catedral de Toledo en una cáscara de avellana.

Todo el mes de marzo se lo llevó en el cenotafio y en el sauce, cuyas hojas fueron brotando una por una, y a mediados de abril tenía el ángel brazos y cabeza. Cuantos veían esta maravilla quedábanse prendados de la originalidad y hermosura de ella y ponían a don Francisco entre los más eximios artistas, asegurando que si viese tal obra algún extranjerazo, algún inglesote rico de esos que suelen venir a España en busca de cosas buenas, darían por ella una porrada de dinero y se la llevarían a los países que saben apreciar las obras del ingenio. Tenía Bringas su taller en el enorme hueco de una ventana que daba al Campo del Moro[17]...

Porque la familia vivía en Palacio en una de las habitaciones del piso segundo que sirven de albergue a los empleados de la Casa Real.

Embelesado con la obra de pelo, se me olvidó decir que allá por febrero del 68 don Francisco fue nombrado oficial primero de la Intendencia del Real Patrimonio

---

[17] Campo del Moro: se ve desde el Poniente del Palacio Real.

con treinta mil reales de sueldo, casa, médico, botica, agua, leña y demás ventajas inherentes a la vecindad regia. Tal canonjía realizaba las aspiraciones de toda su vida, y no cambiara Thiers aquel su puesto tan alto, seguro y respetuoso por la silla del Primado de las Españas. Amargaban su contento las voces que corrían en aquel condenado año 68 sobre si habría o no trastornos horrorosos, y el temor de que la llamada revolución estallara al fin con estruendo. Aunque la idea del acabamiento de la monarquía sonaba siempre en el cerebro del buen hombre como una idea absurda, algo así como el desequilibrio de los orbes planetarios, siempre que en un café o tertulia oía vaticinios de jarana, anuncios de *la gorda* o comentarios lúgubres de lo mal que iban el Gobierno y la Reina, le entraba un cierto calofrío, y el corazón se le contraía hasta ponérsele, a su parecer, del tamaño de una bellota.

Ciento veinticuatro escalones tenía que subir don Francisco por la escalera de Damas para llegar desde el patio al piso segundo de Palacio, piso que constituye con el tercero una verdadera ciudad, asentada sobre los espléndidos techos de la regia morada. Esta ciudad, donde alternan pacíficamente aristocracia, clase media y pueblo, es una real república que los monarcas se han puesto por corona, y engarzadas en su inmenso circuito, guarda muestras diversas de toda clase de personas. La primera vez que don Manuel Pez y yo fuimos a visitar a Bringas en su nuevo domicilio, nos perdimos en aquel dédalo donde ni él ni yo habíamos entrado nunca. Al pisar su primer recinto, entrando por la escalera de Damas, un cancerbero con sombrero de tres picos, después de tomarnos la filiación, indicónos el camino que habíamos de seguir para dar con la casa de nuestro amigo. «Tuercen ustedes a la izquierda, después a la derecha... Hay una escalerita. Después se baja otra vez... Número 67.»

Capítulo IV

¡Que si quieres!... Echamos a andar por aquel pasillo de baldosines rojos, al cual yo llamaría calle o callejón por su magnitud, por estar alumbrado en algunas partes con mecheros de gas y por los ángulos y vueltas que hace. De trecho en trecho encontrábamos espacios, que no dudo en llamar plazoletas, inundados de luz solar, la cual entraba por grandes huecos abiertos al patio. La claridad del día, reflejada por las paredes blancas, penetraba a lo largo de los pasadizos, callejones, túneles o como quiera llamárseles, se perdía y se desmayaba en ellos, hasta morir completamente a la vista de los rojizos abanicos del gas, que se agitaban temblando dentro de un ahumado círculo y bajo un doselete[18] de latón.

En todas partes hallábamos puertas de cuarterones, unas recién pintadas, descoloridas y apolilladas otras, numeradas todas; mas en ninguna descubrimos el guarismo que buscábamos. En ésta veíamos pendiente un lujoso cordón de seda, despojo de la tapicería palaciega; en aquélla un deshilachado cordel. Con tal signo algunas viviendas acusaban arreglo y limpieza, otras desorden o escasez, y los trozos de estera o alfombra que asomaban por bajo de las puertas también nos decían algo de la especial aposentación de cada interior. Hallá-

---

[18] «doselete»: especie de toldo. Sobre las camas de cuatro palos se llama *cielo;* sobre las tumbas, *doselete.*

bamos domicilios deshabitados, con puertas telarañosas, rejas enmohecidas, y por algunos huecos tapados con rotas alambreras soplaba el aire trayéndonos el vaho frío de estancias solitarias. Por ciertos lugares anduvimos que parecían barrios abandonados, y las bóvedas de desigual altura devolvían con eco triste el sonar de nuestros pasos. Subimos una escalera, bajamos otra, y creo que tornamos a subir, pues resueltos a buscar por nosotros mismos el dichoso número, no preguntábamos a ningún transeúnte, prefiriendo el grato afán de la exploración por lugares tan misteriosos. La idea de perdernos no nos contrariaba mucho, porque saboreábamos de antemano el gusto de salir al fin a puerto sin auxilio de práctico y por virtud de nuestro propio instinto topográfico. El laberinto nos atraía, y adelante, adelante siempre, seguíamos tan pronto alumbrados por el sol como por el gas, describiendo ángulos y más ángulos. De trecho en trecho algún ventanón abierto sobre la terraza nos corregía los defectos de nuestra derrota, y mirando a la cúpula de la capilla, nos orientábamos y fijábamos nuestra verdadera posición.

—Aquí —dijo Pez, algo impaciente— no se puede venir sin un plano y aguja de marear. Esto debe de ser el ala del Mediodía. Mire usted los techos del Salón de Columnas y de la escalera... ¡Qué moles!

En efecto, grandes formas piramidales forradas de plomo nos indicaban las grandes techumbres en cuya superficie inferior hacen volatines los angelones de Bayeu [19].

A lo mejor, andando siempre, nos encontrábamos en un espacio cerrado que recibía la luz de claraboyas abiertas en el techo, y teníamos que regresar en busca de salida. Viendo por fuera la correcta mole del Alcázar, no se comprenden las irregularidades de aquel pueblo fabricado en sus pisos altos. Es que durante un siglo no

_____

[19] «angelones de Bayeu»: al estilo de Francisco Bayeu (1734-1795), pintor y grabador español (cuñado de Goya).

se ha hecho allí más que modificar a troche y moche la distribución primitiva, tapiando por aquí, abriendo por allá, condenando escaleras, ensanchando unas habitaciones a costa de otras, convirtiendo la calle en vivienda y la vivienda en calle, agujereando las paredes y cerrando huecos. Hay escaleras que empiezan y no acaban; vestíbulos o plazoletas en que se ven blanqueadas techumbres que fueron de habitaciones inferiores. Hay palomares donde antes hubo salones, y salas que un tiempo fueron caja de una gallarda escalera. Las de caracol se encuentran en varios puntos, sin que se sepa adónde van a parar, y puertas tabicadas, huecos con alambrera, tras los cuales no se ve más que soledad, polvo y tinieblas.

A un sitio llegamos donde Pez dijo: «Esto es un barrio popular.» Vimos media docena de chicos que jugaban a los soldados con gorros de papel, espadas y fusiles de caña. Más allá, en un espacio ancho y alumbrado por enorme ventana con reja, las cuerdas de ropa puesta a secar nos obligaban a bajar la cabeza para seguir andando. En las paredes no faltaban muñecos pintados ni inscripciones indecorosas. No pocas puertas de las viviendas estaban abiertas, y por ellas veíamos cocinas con sus pucheros humeantes y los vasares orlados de cenefas de papel. Algunas mujeres lavaban ropa en grandes artesones; otras se estaban peinando fuera de las puertas, como si dijéramos, en medio de la calle.

—¿Van ustedes perdidos? —nos dijo una que tenía en brazos un muchachón forrado en bayetas amarillas.

—Buscamos la casa de don Francisco Bringas.

—¿Bringas?..., ya, ya sé —dijo una anciana que estaba sentada junto a la gran reja—. Aquí cerca. No tienen ustedes más que bajar por la primera escalera de caracol y luego dar media vuelta... Bringas, sí, es el sacristán de la capilla.

—¿Qué está usted diciendo, señora? Buscamos al oficial primero de la Intendencia.

—Entonces será abajo, en la terraza. ¿Saben ustedes ir a la fuente?

—No.

—¿Saben la escalera de Cáceres?

—Tampoco.

—¿Saben el oratorio?

—No sabemos nada.

—¿Y el coro del oratorio? ¿Y los palomares?

Resultado: que no conocíamos ninguna parte de aquel laberíntico pueblo formado de recovecos, burladeros y sorpresas, capricho de la arquitectura y mofa de la simetría. Pero nuestra impericia no se daba por vencida, y rechazamos las ofertas de un muchacho que quiso ser nuestro guía.

—Estamos en el ala de la Plaza de Oriente[20], es a saber, en el hemisferio opuesto al que habita nuestro amigo —dijo Pez con cierto énfasis geográfico de personaje de Julio Verne—. Propongámonos trasladarnos al ala de Poniente, para lo cual nos ofrecen seguro medio de orientación la cúpula de la capilla y los techos de la escalera. Una vez posesionados del cuerpo de Occidente, hemos de ser tontos si no damos con la casa de Bringas. Yo no vuelvo más aquí sin un buen plano, brújula... y provisiones de boca.

Antes de partir para aquella segunda etapa de nuestro viaje, miramos por el ventanón el hermoso panorama de la Plaza de Oriente y la parte de Madrid que desde allí se descubre, con más de cincuenta cúpulas, espadañas y campanarios. El caballo de Felipe IV nos parecía un juguete, el teatro Real[21] una barraca, y el plano superior del cornisamento de Palacio un ancho puente sobre el precipicio, por donde podría correr con holgura quien no padeciera vértigos. Más abajo de donde estábamos tenían sus nidos las palomas, a quienes veíamos precipitarse en el hondo abismo de la plaza, en parejas o en grupos, y subir luego en velocísima curva a posarse en los capiteles y en las molduras. Sus arrullos parecen tan

---

[20] Plaza de Oriente: se encuentra al frente del Palacio Real.

[21] El teatro Real: en la Plaza de Oriente.

inherentes al edificio como las piedras que lo componen. En los infinitos huecos de aquella fabricada montaña habita la salvaje república de palomas ocupándola con regio y no disputado señorío. Son los parásitos que viven entre las arrugas de la epidermis del coloso. Es fama que no les importan nada las revoluciones; ni en aquel libre aire, ni en aquella secular roca hay nada que turbe el augusto dominio de estas reinas indiscutidas e indiscutibles.

Andando. Pez había adquirido en los libritos de Verne nociones geográficas; se las echaba de práctico y a cada paso me decía: «Ahora vamos por el Mediodía... Forzosamente hemos de encontrar el paso de Poniente a nuestra derecha... Podemos bajar sin miedo al piso segundo por esta escalera de caracol... Bien... ¿En dónde estamos? Ya no se ve la cúpula, ni un triste pararrayos. Estamos en los sombríos reinos del gas... Pues volvamos arriba por esta otra escalera que se nos viene a la mano... ¿Qué es esto? ¿Nos hallamos otra vez en el ala de Oriente? Sí, porque mirando al patio por esta ventana, la cúpula está a nuestra derecha... Crea usted que ese bosque de chimeneas me causa mareo. Paréceme que navego y que toda esta mole da tumbos como un barco. A este lado parece que está la fuente, porque van y vienen mujeres con cántaros... ¡Ea!, yo me rindo, yo pido práctico, yo no doy un paso más... Hemos andando más de media legua y no puedo con mi cuerpo... Un guía, un guía, y que me saquen pronto de aquí.»

La Providencia deparónos nuestra salvación en la considerable persona de la viuda de García Grande [22], que se nos apareció de improviso saliendo de una de las más feas y más roñosas puertas que a nuestro lado veíamos.

---

[22] «la viuda de García Grande» (Cándida). Conocida ya en *Tormento* y *El amigo Manso*.

CAPÍTULO V

Cuánto nos alegramos de aquel encuentro, no hay para qué decirlo. Ella, por el contrario, parecióme sorprendida desagradablemente, como persona que no quiere ser vista en lugares impropios de su jerarquía. Sus primeras palabras, dichas a tropezones y entremezcladas con las fórmulas del saludo, confirmaron aquel mi modo de pensar.

—No les ruego que pasen, porque ésta no es mi casa... Me he instalado aquí provisionalmente, mientras se arregla la habitación de abajo donde estaba la generala. Es esto un horror, una cosa atroz... Su Majestad se empeñó en que había de aposentarme en Palacio, y no he podido negarme a ello... «Candidita, no puedo vivir lejos de ti... Candidita, vente conmigo... Candidita, dispón de todo lo que esté desocupado arriba...» Nada, nada, pues a Palacio. Meto mis muebles en siete carros de mudanza, y me encuentro con que el cuarto de la generala está lleno de albañiles... ¡Es un horror!..., se cae un tabique..., el estuco perdido..., los baldosines teclean bajo los pies... En fin, que tengo que meter mis queridos trastos en este aposento, bastante grande, sí, pero incapaz para mí... Verían ustedes las dos tabla de Rafael [23] tiradas por el suelo, revueltas con la vajilla; el gran lienzo de Tristán [24] contra la pared; las porcelanas

---

[23] Rafael: Rafael Sanzio (1483-1520), pintor italiano.

[24] Tristán: Luis Tristán (1586-1640), pintor español, discípulo del Greco.

metidas en paja todavía; las mesas patas arriba; las lámparas y los biombos y otras muchas cosas en desorden, esperando sitio, todo hecho una atrocidad, un horror... Créanlo, estoy nerviosa. Acostumbrada a ver mis cosas arregladas me abruma la estrechez, la falta de espacio... Y esta vecindad de mozas de retrete, de porteros de banda, pinches y casilleres me enfada lo que ustedes no pueden figurarse. Su Majestad me perdone; pero bien me podía haber dejado en mi casa de la calle de la Cruzada, grandona, friota, eso sí; pero de una comodidad... No me faltaba sitio para nada y todos los tapices estaban colgados. Aquí no sé, no sé... Creo que en la habitación que voy a ocupar ha de faltarme también sitio para todo... ¡Qué hemos de hacer!... Allá van leyes do quieren reyes.

Dijo esto en tono de jovial conformidad, cual persona que sacrifica sus gustos y su bienestar al amistoso capricho de una Reina. Guiábanos por el corredor, y cuando salimos a la terraza para acortar camino, señaló con aire imponente a una fila de puertas diciendo:

—Esta parte es la que voy a ocupar. La de Porta se mudó al lado de allá para dejarme sitio... Derribo tabiques para unir dos habitaciones y ponerme en comunicación con la escalera de Cáceres, por la cual puedo bajar fácilmente a la galería principal y entrar en la Cámara... Mando poner tres chimeneas más y una serie de mamparas...

Don Manuel, como hombre muy político, apoyaba estas razones; pero demasiado sabía con quién hablaba y el caso que debía hacer de aquellas cacareadas grandezas. Por mi parte, como la viuda de García Grande me era aún punto menos que desconocida, pues mi familiar trato con ella se verificó más tarde, en los tiempos de Máximo Manso[25], mi amigo, todo cuanto aquella señora dijo me lo tragué, y lo menos que me ocurría era que estaba hablando con el más próximo pariente de Su

---

[25] Máximo Manso: el profesor de filosofía protagonista de *El amigo Manso*.

Majestad. Aquel derribar tabiques y aquel disponer obras y mudanzas, hicieron en mi candidez el efecto de un lenguaje regio hablado desde la penúltima grada de un trono. El respeto me impedía desplegar los labios.

Llegamos por fin a las habitaciones de Bringas. Comprendimos que habíamos pasado por ella sin conocerla, por estar borrado el número. Era una hermosa y amplia vivienda de pocos, pero tan grandes aposentos, que la capacidad suplía al número de ellos. Los muebles de nuestro amigo holgaban en la vasta sala de abovedado techo; pero el retrato de don Juan de Pipaón[26], suspendido frente a la puerta de entrada, decía con sus sagaces ojos a todo visitante: «Aquí sí que estamos bien.» Por las ventanas que caían al Campo del Moro entraban torrentes de luz y alegría. No tenía despacho la casa; pero Bringas se había arreglado uno muy bonito en el hueco de la ventana del gabinete principal, separándolo de la pieza con un cortinón de fieltro. Allí cabían muy bien su mesa de trabajo, dos o tres sillas, y en la pared los estantillos de las herramientas con otros mil cachivaches de sus variadas industrias. En la ventana del gabinete de la izquierda se había instalado Paquito con todo el fárrago de su biblioteca, papelotes y el copioso archivo de sus apuntes de clase, que iba en camino de abultar tanto como el de Simancas[27]. Estos dos gabinetes eran anchos y de bóveda, y en la pared del fondo tenían, como la sala, sendas alcobas de capacidad catedralesca, sin estuco, blanqueadas, cubiertos los pisos de estera de cordoncillo. Las tres alcobas recibían luz de la puerta y de claraboyas con reja de alambre que se abrían al gran corredor-calle de la ciudad palatina. Por algunos de estos tragaluces entraba en pleno día resplandor de gas. En la alcoba del gabinete de la derecha se instaló el

---

[26] Juan de Pipaón: padre de Rosalía Pipaón de la Barca, «la de Bringas».
[27] «el de Simancas»: referencia al Archivo General del Reino, inaugurado en 1563, que se encuentra en Simancas, provincia de Valladolid.

lecho matrimonial; la de la sala, que era mayor y más
clara, servía a Rosalía de guardarropa, y de cuarto de
labor; la del gabinete de la izquierda se convirtió en
comedor por su proximidad a la cocina. En dos piezas
interiores dormían los hijos.

Ignoro si partió de la fértil fantasía de Bringas o de la
pedantesca asimilación de Paquito la idea de poner a los
aposentos de la humilde morada nombres de famosas
estancias del piso principal. Al mes de habitar allí, todos
los Bringas, chicos y grandes, llamaban a la sala *Salón
de Embajadores,* por ser destinada a visitas de cumplido
y ceremonia. Al gabinete de la derecha, donde estaba el
despacho de Thiers y la alcoba conyugal, se le llamaba
Gasparini, sin duda por ser lo más bonito de la casa. El
otro gabinete fue bautizado con el nombre de *la Saleta.*
El comedor-alcoba fue *Salón de Columnas;* la alcoba-
guardarropa recibió por mote *el Camón,* de una estancia
de Palacio que sirve de sala de guardias, y a la pieza
interior donde se planchaba, se la llamó *la Furriela.*

Para ir a su oficina, don Francisco no tenía que salir a
la calle. O bien bajaba la escalera de Cáceres, atravesan-
do luego el patio, o bien, si el tiempo estaba lluvioso,
recorría la ciudad alta hasta la escalera de Damas,
dirigiéndose por las arcadas al Real Patrimonio. Como
salía poco a la calle, hasta el paraguas había dejado de
serle necesario en aquella feliz vivienda, complemento
de todos sus gustos y deseos.

En la vecindad había familias a quienes Rosalía, con
todo su orgullete, no tenía más remedio que conceptuar
superiores. Otras estaban muy por bajo de su grandeza
pipaónica; pero con todas se trataba y a todas devolvió
la ceremoniosa visita inaugural de su residencia en la
población superpalatina. Doña Cándida...

CAPÍTULO VI

Pero antes de seguir, quiero quitar de esta relación el
estorbo de mi personalidad, lo que lograré explicando
en breves palabras el objeto de mi visita al señor de
Bringas. Había yo rematado un lote de leñas y otro de
hierbas en Riofrío; y como ocurrieran informalidades
graves en la adjudicación, tuve ciertos dimes y diretes
con un administradorcillo de la Casa Real, de donde me
vino el peligro de un pleito. Ya empezaba a sentir las
pesadas caricias del procurador, cuando resolví matar la
cuestión en su origen. Don Manuel Pez, el arreglador de
todas las cosas, el recomendador sempiterno, el hombre
de los volantitos y de las notitas, brindóse a sacarme del
paso. Yo le debía algunos favores; pero los que él me
debía a mí eran de mayor importancia y cuantía. Quiso,
pues, nivelar mi agradecimiento con el suyo, llevándome
en persona a ver al oficial primero del Patrimonio para
que fuera así la recomendación más expresiva y eficaz.
Todo salió según el deseo de entrambos. Tan servicial y
diligente se mostró el buen don Francisco, que a los dos
días de haberle visto, mi asunto estaba zanjado. Dos
capones de Bayona y una docena de botellas de vino de
mi propia cosecha le regalé el 4 de octubre, día de su
santo, y aún no me pareció esta fineza proporcionada al
servicio que me había hecho.

Prosigo ahora con doña Cándida. ¡Oh, qué mujer!
¡Qué jarabe de pico el suyo! Era frecuente oírle esta
frase: «Me voy, me voy, que ha de venir a verme *mi*

administrador, y no quiero hacerle esperar. Es hombre ocupadísimo.» O bien ésta: «Anda algo atrasada ahora la cobranza de los alquileres de mis casas.» Máximo Manso, cuando se pone a contar cosas de ella, empieza y no concluye. En 1868 esta señora conservaba aún mucha parte de su ser antiguo y de las grandezas de su reinado social durante los cinco años de O'Donnell[28]. Por aquel tiempo se comía precipitadamente los restos del caudal que allegó su marido, y no había día en que no saliese de la casa una joya, un cuadrito, un mueble con la misión de traer dineros para atender a las necesidades domésticas. De los conflictos con su casero, a quien debía medio año de alquileres, me ocuparía si tuviese espacio para ello. La Reina la salvó de estos apurillos, pagándole los atrasos de casa y ofreciéndole una habitación en los altos de Palacio, que la infeliz no vaciló en aceptar... «Me he metido en ese cuchitril por complacer a Su Majestad y estar cerca de ella, mientras me arreglan las piezas de la terraza... ¡Ay, qué posma de arquitecto!... Le voy a calentar las orejas...» Así se expresaba constantemente, y transcurrieron muchos meses sin que la ilustre viuda abandonara su choza provisional. Cuando la encontramos Pez y yo, y tuvimos el honor de que nos guiara a la morada de Bringas, ya llevaban más de un año de abandono y podredumbre las famosas tablas de Rafael, el cuadro de Tristán y las otras mil preciosidades que por milagro de Dios no estaban en los museos.

Era Cándida una de las más constantes visitas de los Bringas. Rosalía sentía hacia ella respetuoso afecto, y la oía siempre con sumisión, conceptuándola como gran autoridad en materias sociales y en toda suerte de elegancias. A los ojos de la señora de Thiers, el brillantísimo pasado de Cándida había dejado, al borrarse del

---

[28] «los cinco años de O'Donnell»: referencia a los años en que gobernó la Unión Liberal (1858-1863), partido dirigido por Ríos Rosas (1812-1873) y por Leopoldo O'Donnell (1809-1867), militar y político siempre fiel a Isabel II.

tiempo, resplandores de prestigio y nobleza, en torno al busto romano y al tieso empaque de la ilustre viuda. Esta aureola fascinaba a Rosalía, quien, extremando su respeto a las majestades caídas, aparentaba tomar en serio aquello de *mi administrador, mis casas...* Se expresaba Cándida en todas las ocasiones con un desparpajo y una seguridad y un *boca abajo todo el mundo* que no daban lugar a réplica. Vivía en el ala de Oriente, el barrio más humilde de lo que hemos convenido en llamar ciudad; pero ningún otro vecino de ésta hacía más visitas ni estaba más tiempo fuera de su domicilio. Todo el santo día lo pasaba de casa en casa, llamando a distintas puertas, visitando, charlando, recorriendo todas las partes del coloso, desde las cocinas a los palomares; y por las noches, sin haber salido a la calle, llegaba a su choza provisional tan rendida como si hubiera corrido medio Madrid. No tenía más familia que una sobrinita llamada Irene, de unos nueve o diez años, huérfana de un hermano de García Grande que había sido caballerizo de Su Majestad. Esta era la inseparable amiguita de la niña de Bringas, y por las tardes se las veía, muñeca en mano y merienda en boca, jugando en la terraza o en las partes más claras de aquellas luengas calles cubiertas.

La persona de más viso de cuantas allí vivían, y que en concepto de Rosalía ocupaba el lugar inmediatamente inferior al de la familia real, era la viuda del general Minio, camarera mayor de Su Majestad, persona distinguidísima y sin tacha por cualquier lado que se la mirase. En la ciudad llamábanla todos por el cariñoso y popular nombre de doña Tula; pero Rosalía jamás le apeaba el título, y todo era: «*Condesa,* esto; *condesa,* lo otro y lo de más allá.» Esta bondadosa y noble señora era hermana de la condesa de Tellería[29] y de Alejandro

---

[29] «la condesa de Tellería»: debería ser *marquesa* de Tellería. Aparece también en *La familia de León Roch, El amigo Manso, Tormento, Lo prohibido, Fortunata y Jacinta* y *Torquemada en la hoguera.*

Sánchez Botín[30], que ha sido diputado tantas veces y ha figurado ya en media docena de partidos. Los Sánchez Botín son de buena familia, creo que de un alcurniado solar del Bierzo, y tienen parentesco, aunque remoto, con la familia de Aransis. En un mismo día se casaron las dos hermanas: Milagros con el marqués de Tellería, y Gertrudis, que era la mayor, con el coronel Minio, que rápidamente ascendió a general, ganando batallas cortesanas en las antecámara palatinas. No había día de cumpleaños de reyes o príncipes en que él no pescara una cruz o grado. Cuando ya no le podían dar nada superior, en orden de milicia, a los dos entorchados, me le agraciaron con el título de conde de Santa Bárbara (de una finca que tenía en Navarra), nombre que por tener cierto olorcillo a pólvora, cuadraba bien a su oficio, aunque se decía de él que nunca había olido más que la que gastamos en salvas. La fama de valiente que gozaba debió de fundarse en que era muy bruto. En el desorden de nuestras ideas fácilmente convertimos en héroes a los que apenas saben escribir su nombre. Lo cierto es que *don Pedro Minio, conde de Santa Bárbara,* era persona imponente en una parada, o pasando revista de inspección en los cuarteles, o dando militares gritos en las varias Direcciones que desempeñó. Salvo algunas escaramuzas sin importancia en que tomó parte durante la primera guerra civil, la historia militar de nuestro país no le dijo nunca: «Esta boca es mía.» Pero pasará a la posteridad por los célebres dichos de la *espada de Demóstenes*[31], la *tela de Pentecostés*[32] y el *alma de Garibaldi*[33], por aquello de ir a La Habana haciendo escala en Filipinas, con otras cosillas que, coleccionadas

---

[30] Alejandro Sánchez Botín: personaje riquísimo, vulgar, despótico; amante celoso y brutal de Isidora Rufete en *La desheredada*. Aparece también en *Lo prohibido, Fortunata y Jacinta* y *Torquemada en el purgatorio.*

[31] «*la espada de Demóstenes*»: debería ser «de Democles».

[32] «*la tela de Pentecostés*»: debería ser «de Penélope».

[33] «*el alma de Garibaldi*»: debería ser «de Garibay».

por sus subalternos, forman un delicioso centón de disparates. La Reina los sabía de corrido y los contaba con mucha sal. Pero no revolvamos las cenizas de esta nulidad, de quien la condesa decía, en el más escondido pliegue de la confianza, que era una bestia condecorada, y ocupémonos de su viuda.

CAPÍTULO VII

Era en todo tan distinta de la marquesa de Tellería, que no parecían hijas de la misma madre. Tampoco tenía semejanza, ni en la condición ni en la figura, con su célebre hermano Alejandro Sánchez Botín, hombre de grandes arbitrios. Las raras prendas de que estaba adornada parece que tenían su complemento en otra forma de la distinción humana, la desgracia, privilegio de los seres que se avecinan a lo perfecto. Los dos hijos que heredaron el nombre, la rudeza y los solecismos del general eran dos buenas alhajas. Lo que pasó aquella madre mártir para hacerles seguir la carrera de Caballería no es para contado. Fueron cinco o seis años de cruel lucha con la barbarie y desaplicación de los muchachos, de un pugilato fatigoso con los profesores; y gracias al nombre que llevaban y a las cartitas que escribía en cada curso la Reina, salieron adelante. Ya eran oficiales y estaban colocados, cuando una nueva serie de disgustos amargaba la existencia de doña Tula. No pasaba mes sin que uno de sus pimpollos hiciera alguna barbaridad. Cuestiones, desafíos, borracheras, sumarias, timbas, trampas, eran la historia de todos los días, y la mamá tenía que poner remedio a ello con las recomendaciones y con los desembolsos. Llegó a sentirse tan fatigada, que cuando el mayor, que también se llamaba *Pedro Minio,* le manifestó el deseo de irse a Cuba, no tuvo fuerzas para contrariarle. El otro se quería casar con una mujer de malos antecedentes. Nueva batalla de la madre, que empleó, para evitarlo, cuantos recursos le permitían su conocimiento del mundo y su alta posición. Esta señora dijo una frase que se quedó grabada en la mente de cuantos la oímos, grito absurdo y dolorido del egoísmo contra la maternidad, y que si no fuera una paradoja, sería blasfemia contra la Naturaleza y la especie humana. Hablaban de hijos y de las madres que deseaban tenerlos, así como de las que los tenían en excesivo número. «¡Ah, los hijos! —dijo doña Tula con tristísimo acento—. Son una enfermedad de nueve meses, y una convalecencia de toda la vida.»

Si los hijos de aquella señora eran idiotas, raquíticos y feos como demonios, en cambio su hermana Milagros había dado al mundo cuatro ángeles marcados desde su edad tierna con el sello de la hermosura, la gracia y la discreción. Aquel Leopoldito, tan travieso y mono; aquel Gustavito, tan precoz, tan sabidillo y sentado; aquel Luisito, tan místico, que parecía un aprendiz de santo y, principalmente, aquella María, de ojos verdes y perfil helénico, Venus extraída de las ruinas de Grecia, soberana escultura viva, ¿a qué madre no envanecerían? Doña Tula adoraba a sus sobrinos. Eran para ella hijos que no le habían causado ningún dolor; hijos de otra para las molestias y suyos para las gracias. A María, que por entonces cumpliera quince años, la adoraba con pasión de abuela, o sea dos veces madre, y la tenía un tanto consentida y mimosa. Iba la hermosa niña los domingos y jueves a pasar con doña Tula todo el día; también solía ir los martes y los viernes, y a veces los lunes y sábados. Los días de fiesta reuníanse allí varias amiguitas de la generala, entre ellas las niñas de don Buenaventura de Lantigua, y una prima de éstas, hija del célebre jurisconsulto don Juan de Lantigua[34], la cual, si no estoy equivocado, se llamaba Gloria[35].

¡María Santísima, lo que parecía aquella terraza! Ha-

---

[34] Don Juan de Lantigua: abogado importante (ficticio) en el Madrid de entonces. Aparece en *Gloria* y *Fortunata y Jacinta*.
[35] Gloria: hija de don Juan de Lantigua. Protagonista de *Gloria*.

bía ninfas de traje alto que muy pronto iba a descender hasta el suelo, y otras de vestido bajo que dos semanas antes había sido alto. Las que acababan de recibir la investidura de mujeres se paseaban en grupos, cogidas del brazo, haciendo ensayos de formalidad y de conversación sosegada y discreta. Las más pequeñas corrían, enseñando hasta media pierna, y no es aventurado decir que Isabelita Bringas y la sobrina de doña Cándida eran las que más alborotaban. Cuando por aquellas galerías conseguía deslizarse con furtivo atrevimiento algún novio agridulce, algún pollanco pretendiente, de bastoncito, corbata de color, hongo claro, y tal vez pitillo en boquilla de ámbar..., ¡ay Dios mío!, ¿quién podría contar las risas, los escondites, las sosadas, el juego inocente, la tontería deliciosa de aquellas frescas almas que acababan de abrir sus corolas al sol de la vida? Las breves cláusulas que ligeras se cruzaban eran, por un lado, lo más insulso del perfeccionado lenguaje social, y por otro el ingenuo balbucir de las sociedades primitivas. En todos estos casos se repite incesantemente el principio del Mundo, esto es, los pruritos de la Creación, el *querer ser*.

La juguetona bandada de mujeres a medio formar invadía el domicilio de Bringas. Rosalía, gozosa de tratarse con doña Tula, con los Tellería, con los Lantigua, recibíalas con los brazos abiertos, y las obsequiaba con dulces, que se hacía traer previamente de la repostería de Palacio.

—Jueguen, enreden, griten y alboroten, que a mí no me incomodan —les decía Bringas festivamente desde el hueco de la ventana, donde estaba sumergido en el piélago inmenso de sus pelos.

Y ellas no se hacían de rogar; abrían el piano; una de ellas aporreaba una polca o vals, y las otras, abrazándose en parejas, bailaban, volteaban alegres, riendo, chillando y besándose.

—Bailen, corran; la casa es de ustedes, niñas queridas —decía Thiers, sin apartar la vista de los átomos que pegaba sobre el vidrio.

82

Y ellas lo tomaban tan al pie de la letra, que corrían danzando de *Gasparini* a la *Saleta* y a saltos se metían en el *Camón* y en *Columnas*. Pues digo..., cuando les daba por revolverle a Isabelita sus muñecas, era lo de empezar y no concluir. Precisamente las más talludas eran las que con más furor se entretenían en este graciosísimo simulacro de la vida doméstica, vistiendo y desnudando mujercitas de porcelana y estopa, arropando bebés con ojos de vidrio y moviendo los trastos de una cocina de hojalata o de un gabinete de cartón. Lo que embargaba el ánimo de todas, llegando hasta producir rivalidades, era una muñeca enorme que don Agustín Caballero[36] le había mandado a Isabelita desde Burdeos, la cual era una buena pieza; movía los ojos, decía *papá* y *mamá* y tenía articulaciones para ser colocada en todas las posturas. De aquello a una criatura no había más que un paso: padecer. Vistiéronla aquella tarde de chula, y cuando un cierto rumorcillo petulante indicaba la proximidad de los polluelos en el pasillo; cuando se oían sus risotadas a estilo de calaveras y sonaban muy cerca sus voces, que el mes anterior habían adquirido la ronquera de la virilidad, las niñas asomaban la muñeca a la alta reja del *Camón*, y aquí eran las boberías de ellos y la inocente diversión de ellas.

Por más que don Francisco protestase del gusto que tenía en ver su casa llena de serafines, alguna vez le molestaban. Cuando se les ocurría admirar la obra peluda y se enracimaban en torno a la mesa, el gran artista, sin poder respirar dentro de aquella corona de preciosas cabezas, les decía riendo:

—Niñas, por amor de Dios, echaos un poco atrás. Para ver no necesitan ahogarme..., ni verterme la laca. Cuidado, Gloria, que te me llevas esos pelos pegados en la manga. Son el tronco del sauce. Cuidado, María, que con tu aliento se echan al aire estas canas... Atrás, atrás; hacerme el favor...

---

[36] Don Agustín Caballero: primo de Rosalía, protagonista de *Tormento,* que, al final de esa novela, se va a vivir a Burdeos con Amparo Sánchez-Emperador, *Tormento.*

CAPÍTULO VIII

Y ellas: —¡Qué boniiíto, qué precioooso...! ¡Alabaaa-
do Dios..., qué dedos de ángel! Don Francisco, se va
usted a quedar ciego...

Lo que cuento ocurría en la primavera del 68, y el
Jueves Santo de aquel año fue uno de los días en que
más alborotaron. Don Francisco, santificador de las
fiestas, asistió de gran etiqueta, con su cruz y todo, a la
solemnidad religiosa en la capilla. Rosalía también se
personó en la regia morada, juzgando que era indispensable su presencia para que las ceremonias tuviesen todo
el brillo y pompa convenientes. Cándida no bajó, apa-
rentemente, «porque estaba cansada de ceremoniales»;
en realidad porque no tenía vestido. Las chicas de Lantigua y la Sudre invadieron desde muy temprano la
habitación de doña Tula, que por razón de su cargo
bajó muy emperejilada, dejando el gracioso rebaño a
cargo de una señora que la acompañaba. ¡Cuánto se
divirtieron aquel día, y cuánto hicieron rabiar a los
pollos Leoncito, Federiquito Cimarra [37], el de Horro [38]
y otros no menos guapos y bien aprovechados! Les
invitaron a subir con engaño a un palomar alto, dicién-
doles que desde allí se veía el interior de la capilla, y
luego me los encerraron hasta media tarde.

[37] Federiquito Cimarra: rico niño bien, diputado más adelante.
Aparece también en *La familia de León Roch, El amigo Manso,
Tormento, Lo prohibido* y *Fortunata y Jacinta.*
[38] «el de Horro»: un pretendiente de Gloria Lantigua; cfr. *Gloria.*

Como eran amigas del sacristán, vecino de Cándida, pudieron colocarse en la escalera de la capilla hasta vislumbrar, por entre puertas entornadas, la mitra del Patriarca y dos velas apagadas del tenebrario, un altar cubierto de tela morada, algunas calvas de capellanes y algunos pechos de gentileshombres cargados de cruces y bandas; pero nada más. Poco más tarde lograron ver algo de la hermosa ceremonia de dar la comida a los pobres después del Lavatorio [39]. Hay en el ala meridional de la terraza unas grandes claraboyas de cristales, protegidos por redes de alambre. Corresponden a la escalera principal, al Salón de Guardias y al de Columnas. Asomándose por ellas, se ve tan de cerca el curvo techo, que resultan monstruosas y groseramente pintadas las figuras que lo decoran. Angelones y ninfas extienden por la escoria sus piernas enormes, cabalgando sobre nubes que semejan pacas de algodón gris. De otras figuras creeríase que con el esfuerzo de su colosal musculatura levantan en vilo la armazón del techo. En cambio, las flores de la alfombra, que se ve en lo profundo, tomaríanse por miniaturas.

Multitud de personas de todas clases, habitantes en la ciudad, acudieron tempranito a coger puesto en las claraboyas del Salón de Columnas para ver la comida de los pobres. Se enracimaban las mujeres junto a los grandes círculos de cristales, y como no faltaban agujeros, las que podían colocarse en la delantera, aunque fuera repartiendo codazos, gozaban de aquel pomposo acto de humildad regia que cada cual interpretará como quiera. No faltaba quien cortara el vidrio con el diamante de una sortija para practicar huequecillos allí donde no los había. ¡Qué desorden, qué rumor de gentío impaciente y dicharachero! Las personas extrañas, que habían ido en calidad de invitadas, eran tan impertinen-

---

[39] «Lavatorio»: Cristo lavó los pies a los apóstoles en Jueves Santo. Altas jerarquías de la Iglesia (y, en algunos momentos y lugares, también civiles), lavan los pies de doce pobres en esa fecha. Es lo que hace aquí —un «gesto» más— Isabel II.

tes que querían para sí todos los miraderos. Mas Cándida, con aquella autoridad de que sabía revestirse en toda ocasión grave, mandó despejar una de las claraboyas para que tomaran libre posesión de ella las niñas de Tellería, Lantigua y Bringas. ¡Demontre de señora! Amenazó con poner en la calle a toda la gente forastera si no se la obedecía.

Curioso espectáculo era el del Salón de Columnas visto desde el techo. La mesa de los doce pobres no se veía muy bien; pero las de las doce ancianas estaba enfrente y ni un detalle se perdía. ¡Qué avergonzadas las infelices con sus vestidos de merino, sus mantones nuevos y sus pañuelos por la cabeza! ¡Verse entre tanta pompa, servidas por la misma Reina, ellas, que el día antes pedían un triste ochavo en la puerta de una iglesia!... No alzaban sus ojos de la mesa más que para mirar atónitas a las personas que les servían. Algunas derramaban lágrimas de azoramiento más que de gratitud, porque su situación entre los poderosos de la tierra y ante la caridad de etiqueta que las favorecía, más era para humillar que para engreír. Si todos los esfuerzos de la imaginación no bastarían a representarnos a Cristo de frac, tampoco hay razonamiento que nos pueda convencer de que esta comedia palaciega tiene nada que ver con el Evangelio.

Los platos eran tomados en la puerta, de manos de los criados, por las estiradas personas que hacían de camareros en tan piadosa ocasión. Formando cadena, las damas y gentiles hombres los iban pasando hasta las propias manos de los Reyes, quienes los presentaban a los pobres con cierto aire de benevolencia y cortesía, única nota simpática en la farsa de aquel cuadro teatral. Pero los infelices no comían, que si de comer se tratara muy apurados se habían de ver. Seguramente sus torpes manos no recordaban cómo se lleva la comida a la boca. Puestas las raciones sobre la mesa, un criado las cogía y las iba poniendo en sendos cestos que tenía cada pobre detrás de su asiento. Poco después, cuando las personas reales y la grandeza abandonaron el salón, salieron aquéllos con sus canastos y en los aposentos de la repostería les esperaban los fondistas de Madrid o bien otros singulares negociantes para comprarles todo por unos cuantos duros.

Mientras duró la comida, las graciosas espectadoras no cesaban en su charla picotera. María Egipciaca habría deseado estar abajo, con gran vestido de cola, pasando bandejas. Una de las de Lantigua se aventuraba a sostener que aquello era una comedia mal representada, y otra sólo se fijaba en el lujo de los trajes y uniformes.

—Mira, mira mi mamá. ¿La ves con su vestido melocotón? Está junto al señor de Pez, conversando con él.

—Sí..., ahora miran al techo... Bien sabe que estamos aquí. Y a don Francisco también le veo, allí..., junto al mayordomo de semana. A su lado, mi mamá.

—¡Qué hermosa está la marquesa con su falda de color malva y su manto!... ¡Ah!, doña Tula, doña Tula..., si mirara para arriba, si nos viera... Aquí estamos...

—Cada ceremonia de éstas le cuesta a mi tía muchas jaquecas y muchos disgustos, porque no sabéis las recomendaciones que recibe... Para veinticuatro pobres hay unas trescientas recomendaciones. Todos los días cartas y recaditos de la marquesa o la condesa. ¡Hija!..., parece que les van a dar un destino gordo.

—Dímelo a mí, niña —manifestó con soberano hastío Cándida—, que ayer y hoy no me han dejado vivir. Tomasa, la moza de cámara, vecina mía, fue la encargada de lavar a las tales doce ancianas pobres y cambiarles sus pingajos por los olorosos vestidos que se han puesto hoy. ¡Pobres mujeres! Es la segunda agua que les cae en su vida, y sería la primera si no se hubieran bautizado. ¡Ay, hijas!... ¡Qué escena la de esta mañana! Créanlo, han gastado una tinaja de agua de colonia... Yo quise ayudar un poco, porque así me parecía cumplir algo de lo que nos ordena Nuestro Señor Jesucristo. Si no es por mí, el fregado no se acaba en toda la mañana... Hablando con verdad, si yo fuera pobre y me trajeran a esta ceremonia, no lo había de agradecer nada, porque, francamente, el susto que pasan y la molestia de verse tan lavados no se compensan con lo que les dan.

Las graciosas pollas, en cuya tierna edad tanto valor tenían lo espiritual e imaginativo, no comprendían estas razones prácticas de la experimentada doña Cándida, y todo lo encontraban propio, bonito y adecuado a la doble majestad de la Religión y del Trono...

Isabelita Bringas era una niña raquítica, débil, espiritada, y se observaban en ella predisposiciones epilépticas. Su sueño era muy a menudo turbado por angustiosas pesadillas, seguidas de vómitos y convulsiones, y, a veces, faltando este síntoma, el precoz mal se manifestaba de un modo más alarmante. Se ponía como lela y tardaba mucho en comprender las cosas, perdiendo completamente la vivacidad infantil. No se la podía regañar, y en el colegio la maestra tenía orden de no imponerle ningún castigo ni exigir de ella aplicación y trabajo. Si durante el día presenciaba algo que excitase su sensibilidad o se contaban delante de ella casos lastimosos, por la noche lo reproducía todo en su agitado sueño. Esto se agravaba cuando, por exceso en las comidas o por malas condiciones de ésta, el trabajo digestivo del estómago de la pobre niña era superior a sus escasas fuerzas. Aquel jueves doña Tula dio de comer espléndidamente a sus amiguitas. La niña de Bringas se atracó de un plato de leche, que le gustaba mucho; pero bien caro lo pagó la pobre, pues no hacía un cuarto de hora que se había acostado cuando fue acometida de fiebre y delirio, y empezó a ver y sentir entre horribles disparates todos los incidentes, personas y cosas de aquel día tan bullicioso en que se había divertido tanto. Repetía los juegos por la terraza; veía a las chicas todas, enormemente desfiguradas, y a Cándida como una gran pastora negra que guardaba el rebaño; asistía nuevamente a la ceremonia de la comida de los pobres, asomada por un hueco de la claraboya, y las figuras del techo se animaban, sacando fuera sus manazas para asustar a los curiosos... Después oyó tocar la marcha real. ¿Era que la Reina subía a la terraza? No; aparecían por la puerta de la escalera de Damas su mamá, asida al brazo de Pez, y su papá dando el suyo a la marquesa de Tellería. ¡Qué guapas venían arrastrando aquellas colas que, sin duda, tenían más de una legua!... Y ellos, ¡qué bien empaquetados y qué tiesos!... Venían a descansar y tomar un refrigerio en casa de doña Tula, para acompañar más tarde a *la Señora*[40] y a toda la Corte en la visita de Sagrarios... Por todas las puertas de la parte alta de Palacio aparecían libreas varias, mucho trapo azul y rojo, mucho galón de oro y plata, infinitos tricornios... Delirando más, veía la ciudad resplandeciente y esmaltada de mil colorines. Seguramente era una ciudad de muñecas; ¡pero qué muñecas!... Por diversos lados salían blancas pelucas, y ninguna puerta se abría en los huecos del piso segundo sin dar paso a una bonita figura de cera, estopa o porcelana; y todas corrían por los pasadizos gritando: «Ya es la hora...» En las escaleras se cruzaban galones que subían con galones que bajaban... Todos los muñecos tenían prisa. A éste se le olvidaba una cosa, a aquél otra, una hebilla, una pluma, un cordón. Unos llamaban a sus mujeres para que les alcanzasen algo, y todos repetían: «¡La hora!...» Después se arremolinaban abajo, en la escalera principal. En el patio, los alabarderos se revolvían con los cocheros y lacayos, y era como una gran cazuela en que hirvieran miembros humanos de muchos colores, retorciéndose a la acción del calor... Su mamá y su papá volvieron a aparecer... ¡Vaya, que iban hermosotes! Pero mucho más bonito estaría su papá cuando se hiciese caballero del Santo Sepulcro. El Rey tenía empeño en ello, y le había prometido regalarle el uniforme con todos los accesorios de espada, espuelas y demás. ¡Qué guapín estaría su papá con su casaca blanca, toda blanca!... Al llegar aquí, la pobre niña sentía empapado enteramente su ser en una idea de blancura; al propio tiempo una obstrucción horrible la embarazaba, cual si

---

[40] «la Señora»: Isabel II.

las cosas que reproducía su cerebro, muñecos y Palacio, estuvieran contenidas dentro de su estómago chiquito. Con angustiosas convulsiones lo arrojaba todo fuera y se contenía el delirar, ¡y sentía un alivio...! Su mamá había saltado del lecho para acudir a socorrerla. Isabelita oía claramente, ya despierta, la cariñosa voz que le decía:

—Ya pasó, alma mía; eso no es nada.

CAPÍTULO IX

La belleza de Milagros no había llegado aún al ocaso en que se nos aparece en la triste historia de su yerno por los años de 75 a 78[41]; pero se alejaba ya bastante del meridiano de la vida. El procedimiento de restauración que empleaba con rara habilidad no se denunciaba aún a sí mismo, como esos revocos deslucidos por las malas condiciones del edificio a que se aplican. La defendían del tiempo su ingenio, su elegancia, su refinado gusto en artes de vestimenta y la simpatía que sabía inspirar a cuantos no la trataban de cerca.

Todas estas cualidades subyugaban por igual el espíritu de Rosalía Bringas; pero la que descollaba entre ellas como la más tiránica era el exquisito gusto en materia de trapos y modas. Este don de su amiga era para la de Bringas como un sol resplandeciente al cual no se podía mirar cara a cara sin deslumbrarse. Porque en tal estimación tenía la autoridad de la marquesa en estos tratados, que no se atrevía a tener opinión que no fuera un reflejo de las augustas verdades proclamadas por ella. Todas las dudas sobre un color o forma de vestido quedaban cortadas con una palabra de Milagros. Lo que ésta decía era ya cuerpo jurídico para toda cuestión que ocurriera después, y como no solo legislaba sino

---

[41] «Milagros... por los años de 75 a 78»: según aparecerá en *La familia de León Roch,* I, IX.

que autorizaba su doctrina con el buen ejemplo, vistiéndose de una manera intachable, la de Bringas, que en esta época de nuestra historia se había apasionado grandemente por los vestidos, elevó a Milagros en su alma un verdadero altar. La viuda de García Grande cautivaba a Rosalía con su prestigio de figura histórica. Respetábala ésta como a los dioses de una religión muerta; mas a Milagros la tenía en el predicamento de los dogmas vivos y de los dioses en ejercicio. Nadie en el mundo, ni aun Bringas, tenía sobre la Pipaón ascendiente tan grande como Milagros. Aquella mujer, autoritaria y algo descortés con los iguales e inferiores, se volvía tímida en presencia de su ídolo, que era también su maestro.

Los regalitos de Agustín Caballero[42] y la cesión de todas las galas que había comprado para su boda, despertaron en Rosalía aquella pasión del vestir. Su antigua modestia, que más tenía de necesidad que de virtud, fue sometida a una prueba de la que no salió victoriosa. En otro tiempo, la prudencia de Thiers pudo poner un freno a los apetitos de lujo, haciéndonos creer a todos que no existían, cuando lo único positivo en esto era la imposibilidad de satisfacerlos. Es el incidente primordial de la historia humana, y el caso eterno, el caso de los casos en orden de fragilidad. Mientras no se probó la fruta, prohibida por aquel dios doméstico, todo marchaba muy bien. Pero la manzana fue mordida, sin que el demonio tomara aquí forma de serpiente ni de otro animal ruin, y adiós mi modestia. Después de haber estrenado tantos y tan hermosos trajes, ¿cómo resignarse a volver a los trapitos antiguos y a no variar nunca de moda? Esto no podía ser. Aquel bendito Agustín había sido, generosamente y sin pensarlo, el corruptor de su prima; había sido la serpiente de buena fe que le metió

la biblia ->sexualidad y
consumismo

---

[42] «Los regalitos de Agustín Caballero»: ya hemos explicado en la introducción que estos «regalitos» recibidos en *Tormento* fueron la primera tentación de Rosalía.

en la cabeza las más peligrosas vanidades que pueden ahuecar el cerebro de una mujer. Los regalitos fueron la fruta cuya dulzura le quitó la inocencia, y por culpa de ellos un ángel con espada de raso me la echó de aquel Paraíso en que su Bringas la tenía tan sujeta. Nada, nada..., cuesta trabajo creer que aquello de doña Eva sea tan remoto. Digan lo que quieran, debió de pasar ayer, según está de fresquito y palpitante el tal suceso. Parece que lo han traído los periódicos de anoche.

Como Bringas reprobaba que su mujer variase de vestidos y gastase en galas y adornos, ella afectaba despreciar las novedades; pero a cencerros tapados[43] estaba siempre haciendo reformas, combinando trapos e interpretando más o menos libremente lo que traían los figurines. Cuando Milagros iba a pasar un rato con ella, si Bringas estaba en la oficina, charlaban a sus anchas, desahogando cada cual a su modo la pasión que a entrambas dominaba.

---

[43] «a cencerros tapados»: a escondidas.

Capítulo X

Pero si el santo varón estaba en su hueco de ventana, zambullido en el microcosmos de la obra de pelo, las dos damas se encerraban en el *Camón,* y allí se despachaban a su gusto sin testigos. Tiraba Rosalía de los cajones de la cómoda suavemente para no hacer ruido; sacaba faldas, cuerpos pendientes de reforma, pedazos de tela cortada o por cortar, tiras de terciopelo y seda; y poniéndolo todo sobre un sofá, sobre sillas, baúles o en el suelo si era necesario, empezaba un febril consejo sobre lo que se debía hacer para lograr el efecto mejor y más llamativo dentro de la distinción. Estos consejos no tenían término, y si se tomara acta de ellos ofrecerían un curioso registro enciclopédico de esta pasión mujeril que hace en el mundo más estragos que las revoluciones[44]. Las dos hablaban en voz baja para que no se enterase Bringas, y era su cuchicheo rápido, ahogado, vehemente, a veces indicando indecisión y sobresalto, a veces el entusiasmo de una idea feliz. Los términos franceses que matizaban este coloquio se despegaban del tejido de nuestra lengua; pero aunque sea clavándolos con alfileres, los he de sujetar para que el exótico idioma de los trapos no pierda su genialidad castiza.

---

[44] «esta pasión mujeril... que las revoluciones»: recuérdese que el narrador que esto nos dice no es Galdós, sino un personaje de la novela que, en gran medida, participa de los prejuicios de los personajes de que nos habla y, como ellos, funciona según estereotipos.

94

Rosalía.—*(Mirando un figurín.)* Si he de decir la verdad, yo no entiendo esto. No sé cómo se han de unir atrás los faldones de la *casaca de guardia francesa*[45].

Milagros.—*(Con cierto aturdimiento, al cual se sobrepone poco a poco su gran juicio.)* Dejemos a un lado los figurines. Seguirlos servilmente lleva a lo afectado y *estrepitoso.* Empecemos por la elección de tela. ¿Elige usted la muselina blanca con viso de *foulard?*[46]. Pues entonces no puede adoptarse la casaca.

Rosalía.—*(Con decisión.)* No; escojo resueltamente el *gros glasé*[47], color *cenizas de rosa.* Sobrino[48] me ha dicho que le devuelva el que me sobre. El *gros glasé* me lo pone a veinticuatro reales.

Milagros.—*(Meditando.)* Bueno: pues si nos fijamos en el *gros glasé,* yo haría la falda adornada con cuatro volantes de unas cuatro pulgadas. ¿A ver? No; de cinco o seis, poniéndole al borde un *bies*[49] estrecho de *glasé verde naciente...* ¿Eh?

Rosalía.—*(Contemplando en éxtasis lo que aún no es más que una abstracción.)* Muy bien... ¿Y el cuerpo?

Milagros.—*(Tomando un cuerpo a medio hacer y modelando con sus hábiles manos en la tela las solapas y los faldones.)* La *casaca guardia francesa* va abierta en corazón, con solapas, y se cierra al costado sobre el talle con tres o cuatro botones verdes... aquí. Los faldones..., ¿me comprende usted?, se abren por delante... Así..., mostrando el forro, que es verde, como la solapa; y esas vueltas se unen atrás con ahuecador... *(La dama, echando atrás sus manos, ahueca su propio vestido en aquella parte prominentísima donde se han de reunir las vueltas*

---

[45] *«casaca de guardia francesa»:* al estilo de soldado francés del siglo XVIII.

[46] *«foulard»:* tela ligera de seda.

[47] *«gros glasé»: glasé* era una tela pulida, pero transparente; *«gros glasé»* sería menos transparente.

[48] *«Sobrino»:* dueño de la tienda de telas *Sobrino Hermanos,* famosa en Madrid a fin de siglo. Después se llamó *Hijos de Sobrino.* Es la tienda en que Rosalía va a comprar casi todas sus telas.

[49] *«bies»:* tira de tela cortada al sesgo, para cuellos y bocamangas.

de los faldones de la casaca.) ¿Se entera usted?... Resulta monísimo. Ya he dicho que el forro de esta casaca es de *gros* verde y lleva al borde de las vueltas un *ruche*[50] de cinta igual a la de los volantes... ¿Qué tal? ¡Ah!, no olvide usted que para este traje hace falta camiseta de batista bien plegadita, con encaje *valenciennes*[51] plegado en el cuello..., los puños holgaditos; que caigan sobre las muñecas.

ROSALÍA.—¡Oh!..., camisetas tengo de dos o tres clases...

MILAGROS.—He visto la que le ha venido de París a Pilar San Salomó con el traje para comida y teatro... *(Con emoción estética, poniendo los ojos en blanco.)* ¡Qué traje! ¡Cosa más divina!...

ROSALÍA.—*(Con ansioso interés.)* ¿Cómo es?

MILAGROS.—Falda de raso rosa, tocando el suelo, adornada con un volante cubierto de encaje. ¡Qué cosa más *chic!* Sobre el mismo van ocho cintas de terciopelo negro...

ROSALÍA.—¿Y bullones?

MILAGROS.—Cuatro órdenes. Luego, sobre la falda, se ajusta a la cintura *(Uniendo a la palabra la mímica descriptiva de las manos en su propio talle),* ¿comprende usted?... Se ajusta a la cintura un manto de Corte... Viene así, y cae por acá, formando atrás un *cogido,* un gran *pouff*[52]. *(Con entusiasmo.)* ¡Qué original! Por debajo del cogido se prolongan en gran cola los mismos bullones que en la falda. ¡Pero qué bien ideado! ¡Es de lo sublime!... Vea usted..., así..., por aquí..., en semejante forma..., correspondiendo con ellos solamente por un *retroussé*[53]... Es decir, que el manto tiene una solapa cuyos picos vienen aquí..., bajo el *pouff*... ¿Entiende usted, querida?

---

[50] «*ruche*»: banda de tela plegada en forma de «nido de abeja».

[51] «*valenciennes*»: tipo de tela fabricada originalmente en Valenciennes, Francia.

[52] «*pouff*»: moño; en este caso, moño de tela.

[53] «*retroussé*»: repliegues de tela hacia arriba.

ROSALÍA.—*(Embebecida.)* Sí..., entiendo..., lo veo... Será precioso...

MILAGROS.—*(Expresando soberbiamente con un gesto la acertada colocación de lo que describe.)* Lazo grande de raso sobre los bullones... Es de un efecto maravilloso.

ROSALÍA.—*(Asimilándose todo lo que oye.)* ¿Y el cuerpo?

MILAGROS.—Muy bajo, con tirantes sujetos a los hombros por medio de lazos... Pero cuidado: estos lazos no tienen caídas... ¡La camiseta es de una novedad...!, de seda bullonada con cintas estrechitas de terciopelo pasadas entre puntos. Las mangas largas...

ROSALÍA.—*(Quitando y poniendo telas y retazos para comparar mejor.)* Se me ocurre una idea para la camiseta de este traje. Si escojo, al fin, el color *cenizas de rosa... (Deteniéndose, meditabunda.)* ¡Qué torpe soy para decidirme! El figurín... *(Recogiendo todo con susto y rapidez.)* Me parece que siento a Bringas. Son un suplicio estos tapujos...

MILAGROS.—*(Ayudándola a guardar todo atropelladamente.)* Sí, siento su tosecilla. ¡Ay, amiga!, su marido de usted parece la Aduana, por lo que persigue los trapos... Escondamos el contrabando.

Ratos felices eran para Rosalía estos que pasaba con la marquesa discutiendo la forma y manera de arreglar sus vestidos. Pero el gozo mayor de ella era acompañar a su amiga a las tiendas, aunque pasaba desconsuelos por no poder comprar las muchísimas cosas buenas que veía. El tiempo se les iba sin sentirlo. Milagros se hacía mostrar todo lo de la tienda; revolvía, comparando; pasaba del brusco antojo al frío desdén; regateaba, y concluía por adquirir diferentes cosas, cuyo importe cargábanle en su cuenta. Rosalía, si algo compraba, después de pensarlo mucho y dar mil vueltas al dinero, pagaba siempre a tocateja. Sus compras no eran, generalmente, más que de retales, pedacitos o alguna tela anticuada, para hacer combinaciones con lo bueno que ella tenía en su casa, y refundir lo viejo dándole viso y representación de novedad.

Pero un día vio en casa de *Sobrino Hermanos* una

97

manteleta... ¡Qué pieza, qué manzana de Eva! La pasión del coleccionista en presencia de un ejemplar raro, el entusiasmo del cazador a la vista de una brava y corpulenta res no nos dan idea de esta formidable querencia del trapo en ciertas mujeres. A Rosalía se le iban los ojos tras la soberbia prenda, cuando el amable dependiente del comercio enseñaba un surtido de ellas, amontonándolas sobre el mostrador como si fueran sacos vacíos. Preguntó con timidez el precio y no se atrevió a regatearla. La enormidad del coste la aterraba casi tanto como la seducía lo espléndido de la pieza, en la cual el terciopelo, el paño y la brillante cordonería se combinaban peregrinamente. En su casa no pudo apartar de la imaginación todo aquel día y toda la noche la dichosa manteleta, y de tal modo arrebataba su sangre el ardor del deseo, que temió un ataquillo de erisipela si no lo saciaba. Volvió con Milagros a tiendas al día siguiente, con ánimo de no entrar en la de Sobrino, donde la gran tentación estaba; pero el demonio arregló las cosas para que fueran, y he aquí que aparecen otra vez sobre el mostrador las cajas blancas, aquellas arcas de satinado cartón donde se archivan los sueños de las damas. El dependiente las sacaba una por por una, formando negra pila. La preferida apareció con su forma elegante y su lujosa pasamanería, en la cual las centellicas negras del abalorio, temblando entre felpas, confirmaban todo lo que los poetas han dicho del manto de la noche. Rosalía hubo de sentir frío en el pecho, ardor en las sienes, y en sus hombros los nervios le sugirieron tan al vivo la sensación del contacto y peso de la manteleta, que creyó llevarla ya puesta.

—¡Cómprela usted..., por Dios! —dijo Milagros a su amiga de un modo tan insinuante, que los dependientes y el mismo Sobrino no pudieron menos de apoyar un concepto tan juicioso—. ¿Por qué ha de privarse de una prenda que le cae tan bien?

Y cuando los tenderos se alejaron un poco en dirección a otro grupo de parroquianas, la marquesa siguió catequizando a su amiga con este susurro:

—No se prive usted de comprarla si le gusta..., y en verdad, es muy barata... Basta que venga usted conmigo para que no tenga necesidad de pagarla ahora. Yo tengo aquí mucho crédito. No le pasarán a usted la cuenta hasta dentro de algunos meses, a la entrada del verano, y quizá a fin de año.

La idea del largo plazo hizo titubear a Rosalía, inclinando todo su espíritu del lado de la compra... La verdad, mil setecientos reales no eran suma exorbitante para ella, y fácil le sería reunirlos, si la prendera le vendía algunas cosas que ya no quería ponerse; si, además, economizaba, escatimando con paciencia y tesón el gasto diario de la casa. Lo peor era que Bringas no había de autorizar un gasto tan considerable en cosa que no era de necesidad absoluta.

Otras veces había hecho ella misma sus *polcas* y manteletas, pidiendo prestada una para modelo. Comprando los avíos en la subida de Santa Cruz, empalmando pedazos, disimulando remiendos, obtenía un resultado satisfactorio con mucho trabajo y poco dinero. ¿Pero cómo podían compararse las *pobreterías* hechas por ella con aquel brillante modelo venido de París?... Bringas no autorizaría aquel lujo que, sin duda, le había de parecer *asiático,* y para que la cosa pasara, era necesario engañarle... No, no; no se determinaba. El hecho era grave, y aquel despilfarro rompería de un modo harto brusco las tradiciones de la familia. ¡Mas era tan hermosa la manteleta...! Los parisienses la habían hecho para ella... Se determinaba, ¿sí o no?

Capítulo XI

Se determinó, sí, y para explicar la posesión de tan soberbia gala, tuvo que apelar al recursillo, un tanto gastado ya, de la munificencia de Su Majestad. Aquí de las
casualidades. Hallábase Rosalía en la Cámara Real en
el momento que destapaban unas cajas recién llegadas
de París. La Reina se probó un *canesú*[54] que le venía
estrecho, un cuerpo que le estaba ancho. La real modista, allí presente, hacía observaciones sobre la manera de
arreglar aquellas prendas. Luego, de una caja preciosa
forrada de cretona por dentro y por fuera..., una tela
que parecía rasete..., sacaron tres manteletas. Una de
ellas le caía maravillosamente a Su Majestad; las otras
dos, no. «Ponte esa, Rosaliíta... ¿Qué tal? Ni pintada.»
En efecto, ni con medida estuviera mejor. «¡Qué bien,
qué bien!... A ver, vuélvete... ¿Sabes que me da no sé
qué quitártela? No, no te la quites...» «Pero señora, por
amor de Dios...» «No, déjala. Es tuya por derecho de
conquista. ¡Es que tienes un cuerpo...! Úsala en mi
nombre, y no se hable más de ello.» De esta manera tan
gallarda obsequiaba a sus amigas la graciosa soberana...
Faltó poco para que a mi buen Thiers se le saltaran las
lágrimas oyendo el bien contado relato.

Si no estoy equivocado, la deglución de esta gran bola
por el ancho tragadero de don Francisco acaeció en

---

[54] *«canesú»:* yugo de la parte alta de algunas camisolas.

abril. Tranquila descansaba Rosalía en la idea de lo remoto del pago, creyendo poder reunir la suma en un par de meses, cuando allá, por los primeros días de mayo..., ¡zas!, la cuenta. Por entonces fue el casamiento de la infanta Isabel, y estaba la Pipaón muy entretenida, sin acordarse de su compromiso ni de la cuenta de Sobrino. Quedóse yerta al recibirla, y miraba con alelados ojos el papel sin acertar a salir del paso con una respuesta u observación cualquiera, porque pensar que saldría con dinero era pensar lo imposible... Nunca se había visto en trance igual, porque Bringas tenía por sistema no comprar nada sin *el dinero por delante*. Al fin, tartamudeando, dijo al condenado hombre de la cuenta que ella pasaría a pagarla «mañana... no, al otro día; en fin, un día de éstos».

Por fortuna, Bringas no estaba en casa. Dos o tres días vivió Rosalía en grande incertidumbre. Cada vez que sonaba la campanilla, parecíale que llegaba otra vez el dichoso hombre aquél con el antipático papelito... ¡Si Bringas se enteraba...! Pensando esto, su zozobra era verdadero terror, y empezó a discurrir el modo de salir del paso. Pocos días antes había tenido casi la mitad del dinero; pero confiada en que no le pasarían la cuenta, habíalo gastado en cosillas para los niños. No le gustaba componerse ella sola, sino que tenía vanidad de emperejilar bien a sus hijos para que alternaran dignamente con los niños de otras familias de la ciudad. En estos pitos y flautas, a saber, unos cuellitos, un arreglo de sombrero, medias azules, guantes encarnados, una gorra de marino que decía en letras de oro *Numancia,* y dos cinturones de cuero se le habían ido la semana anterior más de seiscientos reales, los cuales no hubieran podido reunirse en su bolsillo sin sustituir, durante larga temporada, el principio de falda de ternera por un plato de sesos altos, que se ponían un día sí y otro no, alternando con tortilla de escabeche.

El arqueo de su caja no arrojó más de ciento doce reales, y en la tienda había una trampita de que Bringas no tenía noticia. ¿Qué hacer, Señor? Era preciso buscar dinero a todo trance. Pero ¿dónde, cómo? Hizo discretas insinuaciones a Milagros, pero la marquesa estaba afectada aquel día de una sordera intelectual tan persistente que no comprendía nada. Las distracciones e incongruencias de la de Tellería podían traducirse así: «Querida amiga, llame usted a otra puerta.» ¿A qué puerta? ¿A la de Cándida? Intentólo Rosalía, hallando en la ilustre viuda los mejores deseos; pero daba la maldita casualidad de que su administrador no le había traído aún la recaudación de las casas... Luego se había metido en unos gastos de reparaciones... En fin, que no había salvación por aquella parte. Al cabo, la Providencia deparó a Rosalía el suspirado auxilio por mediación de aquel Gonzalo Torres[55], amigo constante de la familia, el cual les visitaba tan a menudo en Palacio como en la casa de la Costanilla.

Solía manejar Torres dineros ajenos, y a veces tenía en su poder cantidades no pequeñas, de las cuales sacaba algún beneficio durante la breve posesión de ellas. Aprovechando la ausencia de su marido, declaróle Rosalía con tanto énfasis como sinceridad su apuro, y el bueno de Gonzalo la tranquilizó al momento. ¡Qué pronto volvieron las rosas, para hablar a lo poético, al demudado rostro de la dama!... Felizmente, Torres tenía en su poder una cantidad que era de Mompous y Bruil[56]: pero sin cuidado ninguno podía dilatar la entrega un mes. Si la de Bringas se comprometía a devolverle los mil y setecientos reales en el plazo de treinta días, ningún inconveniente había en facilitárselos. Al contrario, él tenía muchísimo gusto... ¡Un mes! ¡Qué dicha! Ni tanto tiempo necesitaba ella para reunir la cantidad, bien exprimiendo con implacables ahorros el presupuesto ordinario, bien vendiendo algunas prendas

---

[55] Gonzalo Torres: prestamista y financiero (ficticio) que aparece también en *Tormento, Lo prohibido* y la serie de Torquemada.
[56] Mompous y Bruil: corredor de cambios catalán (ficticio) residente en Madrid. Es amigo de Agustín Caballero en *Tormento*.

que ya habían pasado de moda... ¡Ah!, cuidadito..., secreto absoluto con Bringas...

Segura ya de poder cumplir con *Sobrino Hermanos,* se descargaba su conciencia de un peso horrible. Ya no le cortaría la respiración el miedo de que apareciese el funesto cobrador de la tienda cuando Bringas estaba en la casa. Recobró el apetito que había perdido, y sus nervios se tranquilizaron. Es que, la verdad, hallábase por aquellos días bajo la acción de un trastorno espasmódico que simulaba una desazón grave, y le costó trabajo impedir que su marido llamara al médico de *familia.*

Se estaba poniendo el mantón para ir a pagar (pues Torres le trajo el dinero aquella misma tarde), cuando entró Milagros. ¡Qué guapa venía y qué elegante!... «Mire usted..., he tomado esta cinta azul para el *canesú.* Es de un tono muy nuevo y con un tornasol verde que... ¿Ve usted cómo cambia?... Descansaré un momento y luego saldremos juntas. Traigo mi coche... ¡Ah! ¡Si viera usted qué sombreros tan preciosos han recibido las *Toscanas!*[57]. Hay uno que es para modelo, divino, originalísimo, sobrenatural. Figúrese usted..., un *Florián* de paja de italia, adornando de flores del campo y terciopelo negro... Aquí, a un ladito, tiene una *aigrette*[57bis] con pie negro colocada así, así... Por detrás, velo negro que cae sobre la espalda... Pero piden por él un ojo de la cara...»

ROSALÍA.—*(Sintiendo un bulle-bulle en su cabeza y representándose, con admirable poder de alucinación, el conjunto y las partes todas del bien descrito sombrero.)* Aunque no lo hemos de comprar, pasaremos por allí para verlo.

Salieron juntas y entraron en el coche, que esperaba en la puerta del Príncipe. Milagros charlaba sin fatiga. Ocupóse de las cosas que había visto, de las telas para verano que habían llegado a la tienda de *Sobrino Her-*

---

[57] «las *Toscanas*»: sombrerería de la época.
[57bis] *aigrette:* pluma para adornar peinados o sombreros.

manos y de las obras que proyectaba, en orden de vestimenta, contando con los no muy abundantes recursos a que la tenía reducida su marido. Repentinamente acordóse de que debía pagar la compostura y reforma de un alfiler en casa del diamantista... ¡Qué diablura! Se le había olvidado el portamonedas, y en aquella casa ni le daban crédito ni quería solicitarlo, por cierta cuestión desabrida que tuvo en otro tiempo con el dueño de ella... No había que apurarse por tan poca cosa. Rosalía llevaba dinero.

—¡Ah! Bueno..., es lo mismo. Se lo daré a usted mañana o pasado... En fin, cuando nos veamos.

Por un instante quedóse perpleja y desconcertada la señora del buen Thiers, no sabiendo si arrepentirse del ofrecimiento que había hecho o si congratularse del servicio que gallardamente prestaba a su amiga. Pero el alma humana es manantial inagotable de remedios para sus propios males, y la turbación de Rosalía curóse con un raciocinio que en su mollera brotó muy oportunamente, el cual hubo de desenvolverse así: «Pago la mitad de la cuenta a *Sobrino,* asegurándole que la otra mitad será, sin falta, el mes que viene. Doy a Milagros los treinta duros que necesita, ¡la pobre!, y aún me queda algo para el pedazo de *foulard,* para las dos o tres plumas del sombrero de Isabelita y los botones de nácar. La verdad, no me puedo pasar sin ellos.» Todo se cumplió al pie de la letra, conforme el programa de aquel raciocinio nacido en el zarandeo de un coche, corriendo de tienda en tienda, bajo la acción intoxicante de una embriaguez de trapos.

Capítulo XII

Don Francisco, absorto en el interés de su obra, no se apartaba ni un punto de ella, aprovechando todo el tiempo que le dejaba libre sus descansado empleo. Con mal acuerdo había suprimido el pasear por las tardes, costumbre en él antigua; y su amigo don Manuel María José Pez, viéndose privado de quien le hacía pareja en aquella hora de higiénico solaz, se iba tan campante a Palacio para no perder la costumbre de la compañía bringuística.

El trayecto desde el Ministerio a Palacio, la nada corta escalera de Damas, eran campo suficiente de un saludable ejercicio; y si, además, salía con don Francisco o su mujer a dar cuatro vueltas por la magnífica terraza que rodea el patio grande, ya tenía asegurado un mediano apetito para la hora de comer. Las amonestaciones más cariñosas eran siempre ineficaces para apartar a Bringas de su faena mientras duraba la luz solar. Ni que le rogaran, ni que le reprendieran, ni que le augurasen mareos, cefalalgia o ceguera, se conseguía que parase en la febril, aunque ordenada, marcha de su trabajo. Pez charlaba con él algunos ratos de los sucesos políticos; pero, comúnmente, iba con Rosalía a dar una vuelta por la terraza. Aquel paseo era sosegado y gratísimo, porque la cavidad del edificio defiende a la terraza de los embates del aire, sin perjuicio de la ventilación. El más puro y rico aire de la sierra es para Palacio y para su ciudad doméstica, situado lejos del espeso alien-

105

to de la Villa, y en altura tal, que ni las palomas y gorriones gozan de atmósfera más sana y más prontamente renovada. El paseo por sitio tan monumental halagaba la fantasía de la dama, trayéndole reminiscencias de aquellos fondos arquitectónicos que Rubens, Veronés, Vanlóo[58] y otros pintores ponen en sus cuadros, con lo que magnifican las figuras y les dan un aire muy aristocrático. Pez y Rosalía se suponían destacados elegantemente sobre aquel fondo de balaustradas, molduras, archivoltas y jarrones, suposición que, sin pensarlo, les compelía a armonizar su apostura y aun su paso con la majestad de la escena.

Era este Pez el hombre más correcto que se podía ver, modelo excelente del empleado que llaman *alto* porque le toca ración grande en el repartimiento de limosnas que hace el Estado; hombre que en su persona y estilo llevaba como simbolizadas la soberanía del Gobierno y las venerables muletillas de la Administración. Era de trato muy amable y cultísimo, de conversación insustancial y amena, capaz de hacer sobre cualquier asunto, por extraño que fuese a su entender oficinesco, una observación paradójica. Había pasado toda su vida al retortero de los hombres políticos, y tenía conocimientos prolijos de la historia contemporánea, que en sus labios componíase de un sinfín de anécdotas personales. Poseía la erudición de los chascarrillos políticos, y manejaba el caudal de frases parlamentarias con pasmosa facilidad. Bajo este follaje se escondía un árido descreimiento, el ateísmo de los principios y la fe de los hechos consumados, achaque muy común en los que se han criado a los pechos de la política española, gobernada por el acaso. Hombre curtido por dentro y por fuera, incapaz de entusiasmo por nada, revelaba Pez en su

---

[58] Rubens, Pedro Pablo (1577-1640): pintor flamenco. Veronés, Pedro Cagliari (1528-1588): pintor italiano. Van Loo, Juan Bautista (1684-1745): pintor francés. Más adelante el narrador llamará a Rosalía «la ninfa de Rubens» (pág. 109), refiriéndose a la rotundidad de sus formas.

cara un reposo semejante, aunque parezca extraño, al de los santos que gozan la bienaventuranza eterna. Sí, el rostro de Pez decía: «He llegado a la plenitud de los tiempos cómodos. Estoy en mi centro.» Era la cara del que se ha propuesto no alterarse por nada ni tomar las cosas muy en serio, que es lo mismo que resolver el gran problema de la vida. Para él la Administración era una tapadera de fórmulas baldías, creada para encubrir el sistema práctico del favor personal, cuya clave está en el cohecho y las recomendaciones. Nadie sabía servir a los amigos con tanta eficacia como Pez, de donde vino la opinión de *buena persona*. Nadie como él sabía agradar a todos, y aun entre los revolucionarios tenía muchos devotos.

Su carácter salía sin estorbo a su cara simpática, sin arrugas, admirablemente conservada, como ciertas caras inglesas curtidas por el aire libre y el ejercicio. Eran cincuenta años que parecían poco más de cuarenta; medio siglo decorado con patillas y bigote de oro oscuro con ligera mezcla de plata, limpios, relucientes, declarando en su brillo que se les consagraba un buen ratito en el tocador. Sus ojos eran españoles netos, de una serenidad y dulzura tales, que recordaban los que Murillo supo pintar interpretando a San José. Si Pez no se afeitara el mentón y en vez de levita llevara túnica y vara, sería la imagen viva del santo Patriarca, tal como nos le han transmitido los pintores. Aquellos ojos decían a todo el que los miraba: «Soy la expresión de esa España dormida, beatífica, que se goza en ser juguete de los sucesos y en nada se mete con tal que la dejen comer tranquila; que no anda, que nada espera y vive de la ilusión del presente mirando al cielo, con una vara florecida en la mano; que se somete a todo el que la quiere mandar, venga de donde viniera, y profesa el socialismo manso; que no entiende de ideas, ni de acción, ni de nada que no sea soñar y digerir.»

Vestía este caballero casi casi como un figurín. Daba gozo ver su extraordinaria pulcritud. Su ropa tenía la virtud de no ajarse ni empolvarse nunca, y le caía sobre el cuerpo como pintada. Mañana y tarde, Pez vestía de la misma manera, con levita cerrada de paño, pantalón que parecía estrenado el mismo día y chistera reluciente, sin que este esmero pareciese afectado ni revelara esfuerzo o molestia en él. Así como en los grandes estilistas la excesiva lima parece naturalidad fácil, en él la corrección era como un desgaire bien aprendido. Llevaba a todas partes el empaque de la oficina, y creeríase que levita, pantalón y sombrero eran parte integrante de la oficina misma, de la Dirección, de la Administración, como en otro orden lo eran los volantes con membrete, el retrato de la Reina, los sillones forrados de terciopelo y los legajos atados con cintas rojas.

Cuando hablaba, se le oía con gusto, y él gustaba también de oírse, porque recorría con las miradas el rostro de sus oyentes para sorprender el efecto que en ellos producía. Su lenguaje habíase adaptado al estilo político creado entre nosotros por la Prensa y la tribuna. Nutrido aquel ingenio en las propias fuentes de la amplificación, no acertaba a expresar ningún concepto en términos justos y precisos, sino que los daba siempre por triplicado.

Va de ejemplo:

THIERS.—*(Sin apartar la vista de su obra.)* ¿Qué hay de destierro de generales?

PEZ.—Al punto a que han llegado las cosas, amigo don Francisco, es imposible, es muy difícil, es arriesgadísimo aventurar juicio alguno. La revolución de que tanto nos hemos reído, de que tanto nos hemos burlado, de que tanto nos hemos mofado, va avanzando, va minando, va labrando su camino, y lo único que debemos desear, lo único que debemos pedir, es que no se declare verdadera incompatibilidad, verdadera lucha, verdadera guerra a muerte entre esa misma revolución y las instituciones, entre las nuevas ideas y el Trono, entre las reformas indispensables y la persona de Su Majestad.

Capítulo XIII

Pez y Rosalía, como he dicho, salían a dar vueltas por la terraza. La ninfa de Rubens, carnosa y redonda, y el espiritual San José, de levita y sin vara de azucenas, se sublimaban sobre aquel fondo arquitectónico de piedra blanca que parece tosco marfil. Ella arrastraba la cola de su elegante bata por las limpias baldosas unidas con asfalto, y él, con la mano izquierda en el bolsillo del pantalón, recogido el borde de la levita, accionaba levemente con la derecha, empuñando un junco por la mitad. A veces, los ruidos del patio atraían la atención de ambos y se asomaban a la balaustrada. Era el coche de las infantitas, que iban de paseo, o el del ministro de Estado que entraba. Deteníanse a ratos delante de los cristales de la habitación de doña Tula, porque desde dentro personas conocidas les saludaban con expresivo mover de manos. Ya se paraban a hablar con doña Antonia, la guardarropa, que corría las persianas y regaba sus tiestos; ya se les unía alguna distinguida persona de la vecindad, la señora del secretario del Rey, la hermana del mayordomo segundo, el inspector general con su hija, y paseaban juntos, conversando frívolamente. Cuando estaban enteramente solos, el digno funcionario solía confiar a Rosalía sus disgustos domésticos, que últimamente habían llegado a turbar la venturosa serenidad de su carácter.

¡Oh! El gran Pez no era feliz en su vida conyugal. La señora de Pez, por nombre Carolina, prima de los Lantigua (aunque, equivocadamente, se ha dicho en otra historia que descendía del frondoso árbol pipaónico), se había entregado a la devoción. La que en otro tiempo fue la misma dulzura, habíase vuelto arisca e intratable. Todo la enfadaba y estaba siempre riñendo. Con tantos alardes de perfección moral y aquella monomanía de prácticas religiosas, no se podían sufrir sus rasgos de genio endemoniado, su fiscalización inquisitorial, ni menos sus ásperas censuras de las acciones ajenas. Pasaban meses sin que ella y su marido cambiasen una sola palabra. Era la casa como un club por el disputar constante y las reyertas fundadas en cualquier bobería. «Si la batalla fuera exclusivamente entre ella y yo —decía Pez—, lo llevaría con paciencia; pero de poco tiempo acá intervienen con calor nuestros hijos.» Las pobres niñas no se mostraban deseosas de seguir a su mamá por aquel camino de salvación... Naturalmente, eran jóvenes y gustaban de ir al teatro y frecuentar la sociedad. ¡Qué escándalos, qué sofocos, qué lloriqueos por esta incompatibilidad del solaz mundano y de los deberes religiosos! No pasaba día sin que hubiese alguna tremolina y también síncopes, por los cuales era preciso llamar al médico y traer estas y las otras drogas... Pez procuraba transigir, concordar voluntades; pero no conseguía nada. En último caso, siempre se inclinaba del lado de las pobres chicas, porque le mortificaba verlas rezando más de la cuenta y haciendo estúpidas penitencias. Si ellas eran muy cristianas y católicas, ¿a qué conducía el volverlas santas y mártires a quemarropa? Por su parte, don Manuel conceptuaba indispensable el freno religioso para el sostenimiento de la sociedad y el orden. Siempre había defendido la religión y le parecía muy bien que los gobiernos la protegieran, persiguiendo a los difamadores de ella. Llegaba hasta admitir como indispensable en el régimen político de su tiempo, la mojigatería del Estado, pero esta mojigatería privada le reventaba.

Lo más grave de todo era la lucha de Carolina con sus hijos varones. El pequeño no podía librarse aún de la tutela materna, y estaba todo el día en la iglesia con su librito en la mano. Pero Joaquín, que ya tenía veintidós años, abogado, filósofo, economista, literato, revistero, historiógrafo, poeta, teogonista, ateneísta, ¿cómo se podía someter a confesar y comulgar todos los domingos? Federico también era muy precoz y hacía articulejos sobre el *Majabarata*. El trueno gordo estallaba cuando uno u otro decían algo que a su mamá le parecía sacrilegio. ¡Cristo, la que se armaba! Un día, comiendo, tiró Carolina del mantel, rompió los platos, derramó el contenido de ellos y la sal y el vino, y se encerró en su cuarto, donde estuvo llorando tres horas. A las pobrecitas Rosa y Josefa, que hasta el otoño anterior habían vestido de corto, las obligaba a confesar todos los meses. ¡Inocentes! ¿Qué pecados podían tener, si ni siquiera tenían novio?

Lo peor era que la displicente señora echaba a Pez la culpa de la irreligiosidad de la prole. Sí, él era un ateo enmascarado, un herejote, un racionalista, pues se contentaba con oír misa sólo los domingos, casi desde la puerta charlando de política con don Francisco Cucúrbitas[59]. Creía que con hacer una genuflexión cuando alzaban, arrodillarse sobre el pañuelo y garabatearse en el pecho y la frente la señal de la cruz, bastaba. Para eso valía más ser protestante. En todo el tiempo que llevaba de casada no le había visto acercarse ni una sola vez al tribunal de la Penitencia. Sus devociones habían sido puramente decorativas, como llevar hacha en una procesión o sentarse en los bancos de preferidos cuando se consagraba un obispo... En fin, con estas tonterías de su mujer estaba el pobre Pez no en el agua, sino sofocado y aburridísimo. Bien sabía él quién había metido a Carolina en este fregado del misticismo, y no era otra que su prima Serafinita de Lantigua, que gozaba opinión de santa. Hablando en plata, la tal prima era una calamidad. En la iglesia veíanse diariamente, a las seis de la

---

[59] Don Francisco Cucúrbitas: aparece también en *La familia de León Roch* y en *Miau*.

111

mañana Carolina y Serafinita, y allí se despachaban a su gusto. En casa, la señora de Pez, cambiando a veces el estilo conminatorio por el comparativo, ponía por modelo a sus hijos la virtud de Luisito Sudre, el de Tellería, que era un santo en leche y ya se daba zurriagazos en sus rosadas carnes. Al pobre Pez le decía constantemente que se mirase en el espejo de don Juan de Lantigua, el gran católico, el gran letrado y escritor, tan piadoso en la teoría como en la práctica, pues no hacía nada contrario al dogma; ni su cristiandad era de fórmula, sino sincera y real; hombre valiente y recto, que no se avergonzaba de cumplir con la iglesia y de estarse tres horas de rodillas al lado de las beatas. No era como Pez, como toda la caterva moderada, que hace de la religión una escalera para subir a los altos puestos; no era como esos hombres que se enriquecen con los bienes del clero y luego predican el Catolicismo en el Congreso para engañar a los bobos; como esos hombres que llevan a Cristo en los labios y a Luzbel en el corazón, y que creen que dando algunos cuartitos para el Papa ya han cumplido. ¡Farsa, comedia, abominación!

En fin, don Manuel había tomado en aborrecimiento su domicilio, y estaba en él lo menos posible. La tranquilidad no existía para él más que en la oficina, donde no hacía más que fumar y recibir a los amigos, y en casa de algunos de éstos, como Bringas, por ejemplo. ¡Oh, cuánto envidiaba la paz del hogar de don Francisco y aquella dulce armonía entre los caracteres de uno y otro cónyuge! Él había sido feliz en sus tiempos; pero ya no. *Et in Arcadia ego*[60]. Era un paria, un desterrado, y

---

[60] *«Et in Arcadia ego»:* el tema de Arcadia (región de Grecia) es central en Virgilio (en las *Églogas,* pero también en la *Eneida);* mítico mundo bucólico *anterior* a presentes desgracias, donde los pastores cantaban armónicas melodías. A partir del Renacimiento surge el tema «et in Arcadia ego» (yo, en Arcadia... *antes).* Se encuentra en la pintura (Poussin, por ejemplo), y en poesía lo encontramos desde Spenser hasta Cernuda, pasando por Goethe. El tema aparece aquí ironizado por la vulgaridad de quien a él recurre (el burócrata acomodaticio Pez) para quejarse de la infelicidad (actual) de su matrimonio.

pedía por favor que le tuvieran cariño y aun que le mimaran, para consolarse de la tormentosa vida que llevaba en su casa.

Contaba Pez estas cosas a Rosalía con gran vehemencia, y ella le oía con interés vivísimo y con lástima. Charlando, charlando, apenas sentían el correr de las horas, y cuando del hondo patio salía la sombra lenta, mezclada de un fresquecillo húmedo; cuando la luz solar se dilataba en las alturas y empezaban a clavetear el cielo las pálidas estrellas, don Francisco, dejando los laboriosos pelos, aparecía frotándose los ojos, y tomaba parte en la conversación.

Capítulo XIV

Desde que el primo Agustín emigró a Burdeos[61], los de Bringas no iban al teatro sino de tarde en tarde, ocupando localidades de amigos enfermos o de aquellos que se aburrían de la repetición excesiva de una pieza dramática. No recuerdo si eran los lunes o los martes cuando Milagros hacía la gracia de *quedarse en casa*. Don Francisco iba a estas reuniones con su mujer; pero últimamente se sentía tan fatigado que Rosalía tuvo que irse sola con Paquito. En mayo, la proximidad de los exámenes obligaba al discreto joven a no desamparar sus estudios, y entonces acompañaba a su mamá hasta el portal de la casa de Tellería, volviéndose a la suya y a la fatiga de sus libros. Pez era el encargado de llevar a la señora de Bringas al domicilio conyugal, a las doce o la una de la noche, y por el camino, que desde el primer trozo de la calle de Atocha a Palacio no es muy largo, rara vez dejaba don Manuel de entonar la jeremiada de sus disturbios domésticos. Cada noche relataba episodios más lastimosos, y conseguía mover borrascas de compasión en el pecho de Rosalía.

Cuando ésta llegaba a su vivienda, ya don Francisco, fatigadas vista y cabeza por haber leído dos o tres periódicos después del trabajo del cenotafio, se había metido en la cama y dormitaba tosiendo unos ratos y

---

[61] «desde que Agustín emigró a Burdeos»: cfr. nota 36 (pág. 83).

roncando otros. Después de dar una vuelta por el cuarto de los niños para ver si estaban desabrigados o si Isabelita tenía pesadillas, Rosalía charlaba un poco con su marido, mientras iba soltando, una por una sus galas, sus faldas y aquella máquina de corsé donde su carne, prisionera, reclamaba con muy visibles modos la libertad. Aunque tenía mucho gusto en ir a las tertulias de Milagros, la rutina de adular a su marido inspirábale conceptos algo contrarios a la verdad; pero bien se le pueden perdonar en gracia de los juicios maravillosamente exactos que hacía sobre cosas y personas observadas por ella en los salones de Tellería.

—Hijito, si tú no vuelves, yo no voy más allá. Me fastidia la tertulia de Milagros lo que no puedes figurarte... Aquello no es para mí. ¡Se ven unas cosas...! Por cierto que me reí más... La pobre Milagros, como tiene tanta confianza conmigo, todo me lo cuenta, y sé sus apuros como si los pasara yo misma. Es una sofocación, y yo no sé cómo esa mujer tiene alma para recibir gente sin poseer medios para nada. Esta noche no ha dado más que cuatros melindres, cuatro porquerías... ¡Qué vergüenza! Figúrate lo que saldrían diciendo los gorrones que no van a esas casas más que para que les den de cenar... En mi vida he visto mujer de más pecho. Habían dado las siete y aún no sabía cómo arreglar el *buffet*. Mandó a la confitería... es para morirse de risa..., y no quisieron fiarle veinte libras de pastas. No sé de dónde sacó aquel jamón en dulce que era todo recortes y sobras, ni aquella cabeza de jabalí que olía a desperdicios... En fin, un asco... Tenía buenos vinos, eso sí... Vete a saber de dónde los ha sacado y quién es el incauto que se los dio... Está la pobre apuradísima; ¡pero cómo lo disimulaba!... No creas, tan campante, sonriendo a todo el mundo; y cuando iba para dentro se transformaba y parecía un capitán de barco mandando la maniobra en caso de naufragio. *(Indignándose.)* ¡Ah! Ese badulaque, ese zanganote del marqués tiene la culpa. Está empeñado hasta los ojos, y el día en que los acreedores se echen encima, no tendrá camisa que po-

nerse. La pobre Milagros es muy buena, es un alma de
Dios; pero hay que reconocer que es muy gastadora. Si
le ponen mil duros en la mano, se los gasta en un día
como si fueran cien reales. Yo le doy consejos, le predi-
co, le trazo un plan, un método; pero, ¡quiá!, es inútil.
A veces parece reformada; pero sale, pasa por una
tienda, ve cualquier trapo, y *adiós mi dinero...,* pierde el
seso, le entra la fiebre... Yo le digo, cuando la veo
comprar: «Ya se le saltó a usted un tornillo de la
cabeza...» ¡Y si vieras...! Los hijos dan lástima. Esta
noche entré en el cuarto de Leopoldito, y te digo que
parece un biombo de una zapatería de portal; la pared
llena de mamarrachos pegados con obleas, escenas de
toros, caricaturas de periódicos...; en fin, indecentísimo,
y cada cosa por su lado, todo revuelto; mucho olor de
potingue de botica, porque el chico es una lacería;
noveluchas de a peseta en vez de libros de estudio;
látigos y bastones en tal número que habría para poner
tienda de ello; la cama, deshecha, porque se había levantado a las seis de la tarde... Por allí andaba cojean-
do, con las botas rotas, pidiendo de comer y atisbando
los dulces y fiambres que traían, para abalanzarse a
ellos como un hambriento... Gustavo ya es otra cosa.
¡Qué formalito y qué bien educado! Allí andaba discutiendo con los hombres y echando mucha palabra retumbante... Se me figura un muñeco de Scropp[62] con su
fraquito sietemesino, y cuando habla, lo mismo que
cuando anda, parece que le han dado cuerda con una
llave... María es la que se está poniendo hermosísima.
La marquesa no la presenta aún para que no la envejez-
ca, y da dolor ver aquella mujercita tan desarrollada
ya..., no creas, tiene más delantera que su mamá..., da
dolor verla metida allá dentro, jugando con las muñecas, enredando con las criadas o copiando temas del
francés. Bastante tenía que hacer la pobre esta noche
con vigilar al hermanito para que no metiese sus manos

[62] «un muñeco de Scropp»: Scropp era un famoso bazar de juguetes, en la calle de la Montera.

sucias en todo y no sobase los dulces y no lamiera los helados... Yo tomé una yema que apestaba a aceite de hígado de bacalao, y de fijo anduvieron por allí los dedos de Leopoldito. *(Indignada otra vez.)* Pero el marqués..., ¡vaya un apunte! Quien le oye y no le conoce, cree que es el hombre más juicioso del mundo. No habla más que del Senado y de las cosas que ha dicho o va a decir allí. ¡Qué pico de oro! Él arreglaría todos los asuntos de España si le dejaran... Pero como no le dejan, eso se pierde el país. Según dice, las Comisiones le absorben todo el tiempo... Dictamen acá, dictamen allá... Me ha dicho Milagros que de algunos meses a esta parte se dedica a las criadas, y que no puede entrar en la casa ninguna que no sea un espanto de fea. En fin, que el marqués, bajo aquella capita de caballero, es una sentina. A mí no me puede ver, porque le suelto cada indirecta... Es que me da asco, y la pobre Milagros me causa mucha pena. ¡Pobre mujer, pobre mártir! Figúrate que su *mariducho,* como ella dice, la tiene siempre a la cuarta pregunta, y la infeliz pasa la pena negra para salir adelante con el gasto de la casa. Así, no extraño que la pobrecita haya tenido algunas distracciones... No soy yo quien lo dice; lo dicen otros, y aunque lo repito en confianza, no significa esto que lo crea, porque a saber si...

Don Francisco, dormido ya profundamente, estaba tan distante de todas aquellas miserias que su mujer contaba como lo está el Cielo de la Tierra.

Capítulo XV

No versaban todas las confidencias sobre el mismo tema; que la fértil imaginación de Rosalía buscaba instintivamente la variedad en aquellas nocturnas raciones de jarabe de pico con que arrullaba a su buen esposo. Atenta a sostener siempre el papel que representaba y que desde algún tiempo exigía de ella mucho esmero, por apartarse cada día más de la expresión sincera de su carácter, mostrábase disgustada de cosas que, en realidad, le producían más agrado que pena; *verbi gratia:*

—¡Ay, hijito! Yo creí que nuestro amigo Pez no acababa esta noche de contarme sus trapisondas domésticas. De veras, le tengo lástima... ¡Pero qué mareo de hombre y qué organillo de lamentaciones! Carolina no tiene perdón de Dios, y bien podía enmendarse, al menos para evitarnos las jaquecas que nos da su marido...

Don Francisco se dormía antes que ella. A veces, Rosalía estaba desvelada e inquieta hasta muy tarde, envidiando el dulcísimo descanso de aquel bendito, que reposaba sobre su conciencia blanda como un ángel sobre las nubes de la Gloria. La ingeniosa dama no hallaba blanduras semejantes, sino algo duro y con picos que la tenía en desasosiego toda la noche. Porque su pasión de lujo la había llevado insensiblemente a un terreno erizado de peligros, y tenía que ocultar las adquisiciones que hacía de continuo por los medios más contrarios a la tradición económica de Bringas. Tenía los cajones de la cómoda atestados de pedazos de tela:

éstos, cortados; aquellos, por cortar. Enorme baúl mundo guardaba, con sospechosa discreción, mil especies de arreos diversos, los unos antiguos, retocados o nuevos los otros, todo a medio hacer, revelando la súbita interrupción del trabajo por la presencia de testigos importunos. Era preciso ocultar esto a la vigilancia fiscal de don Francisco, que en todo se metía, que interpelaba hasta por un carrete de algodón no presupuesto en su plan de gastos. Rosalía se desvelaba pensando en los embustes que habían de servirle de descargo en caso de sorpresa. ¿Con qué patrañas explicaría el crecimiento grande de la riqueza y variedad de su guardarropa? Porque la muletilla de los regalos de la Reina estaba ya muy gastada y no podía usarse más tiempo sin peligro.

Un día, don Francisco volvió de la oficina antes de lo que acostumbraba, y sorprendió a Rosalía en lo más entretenido de su trabajo, funcionando en el *Camón,* como si éste fuera un taller de modista, y asistida de una costurera que había llevado a casa. Más que taller, parecía el *Camón* la sucursal de *Sobrino Hermanos.*

—Peeero, mujer, ¿qué es esto? —dijo Thiers, absorto como quien ve cosas sobrenaturales o mágicas y no da crédito a sus ojos.

Había allí como unas veinticuatro varas de *Mozambique*[63], del de a dos pesetas vara, a cuadros, bonita y vaporosa tela que la Pipaón, en sueños, veía todas las noches sobre sus carnes. La enorme tira de trapo se arrastraba por la habitación, se encaramaba a las sillas, se colgaba de los brazos del sofá y se extendía en el suelo, para ser dividida en pedazos por la tijera de la oficiala, que, de rodillas, consultaba con patrones de papel antes de cortar. Tiras y recortes de *glasé,* de las más extrañas secciones geométricas, cortados al *bies,* veíanse sobre el baúl, esperando la mano hábil que los combinase con el *Mozambique.* Trozos de brillante raso, de colores vivos, eran los toques calientes, aún no sali-

---

[63] «*Mozambique*»: tela de Mozambique.

dos de la paleta, que el bueno de Bringas vio disemina-
dos por toda la pieza, entre mal enroscadas cintas y
fragmentos de encaje. Las dos mujeres no podían andar
por allí sin que sus faldas se enredaran en el *Mozambique* y en unas veinte varas de *poplín*[64] azul marino que
se había caído de una silla y se entrelazaba con las tiras
de *foulard*. De aquel bonito desorden salía ese olor
especialísimo de tienda de ropas, que es un resto de los
olores del tinte fabril, mezclado con los del papel y la
madera de los embalajes. Sobre el sofá, media docena
de figurines ostentaban en mentirosos colores esas damas imposibles, delgadas como juncos, tiesas como palos, cuyos pies son del tamaño de los dedos de la mano;
damas que tienen por boca una oblea encarnada, que
parecen vestidas de papel y se miran unas a otras con
fisonomía de imbecilidad.

Al verse cogida *in fraganti*, el primer impulso de
Rosalía fue recoger todo; pero le faltó tiempo, y el
pavor mismo sugirióle una pronta salida, rasgo genial
de aquel sutilísimo entendimiento.

—Calla, hombre, por Dios —le dijo, pasándole el
brazo por la espalda y sacándole suavemente del *Camón*
para que no se enterase la modista—. Es que..., yo creí
que te lo había contado anoche. Esos vestidos son de
Milagros. Ayer, ¡si vieras!, tuvo la pobre una espantosa
reyerta con ese caribe del marqués. Que si él era el que
gastaba, que si gastaba más ella, que si tú, que si yo...
Por poco hay una tragedia. Yo estaba presente..., y te
digo que ya estaba pensando en mandar que trajeran
árnica... Milagros que ahora no puede encargarle nada
a Eponina porque su marido no le pagaba las cuentas,
compró las telas y llevó a su casa una modista para
hacerse un par de trajes de verano... ¿Qué cosa más
natural? La pobre se arreglaba con veinticuatro varas de
Mozambique, a dos pesetas vara, y veintidós de *poplín,* a
catorce... Ya ves qué economía. Pues nada; entra aquel

---

[64] *«poplín»:* popelina.

tagarote, que sin duda, venía de perder cientos de duros a una sota, y lo mismo fue ver las telas y la modista, empieza a echar por aquella boca unas herejías... ¡Santo Cristo! Yo me quedé... Nada: todo se le volvía pisotear la tela y dar con el pie a los figurines, diciendo: ¡Brrr!, qué sé yo. Que la pobre Milagros le ha arruinado con sus pingajos. ¿Has visto qué borricadas? Luego se quitó de cuentos y, cogiendo a la pobre modista por un brazo, la plantó en la calle, sin darle tiempo a que se pusiera la mantilla. ¿Has visto qué pedazo de bárbaro?... Milagros se desmayó. Tuvimos que aplicarle éter y qué sé yo qué más cosas... En fin, por sacarla de este compromiso he tenido que traerme a casa las telas y la modista para hacer aquí la labor. Ella vendrá luego a dirigirla, porque yo, francamente, entiendo poco de estas cosas tan historiadas y tan recargaditas. Emilia, esa chica, es muy hábil y trabaja por poco dinero... Es una infeliz sin pretensiones, pero le da palmetazo al célebre Worth[65], no te creas...

Con estas ingeniosidades, aquel buen cristiano se aplacó, y como al poco rato vino la marquesa, se encerraron las tres en el *Camón* y estuvieron picoteando todo el día, cortando, midiendo, probando, deshaciendo y volviendo a probar, lo dicho por Rosalía resultó tan verosímil como la verdad. Preocupábase, a todas éstas, la dama de las insuperables dificultades que sobrevendrían cuando estrenase aquellos vestidos, pues en tal caso, y contra la evidencia, no valdrían los bien trabados enredos que sabía imaginar. Se consolaba con la esperanza de un hecho que sería solución muy fácil y segura. González Bravo[66] había ofrecido a don Francisco un Gobierno de provincia. Pez le instaba para que aceptase, seguro de que se luciría y de que la provincia a

---

[65] «al célebre Worth»: quizás el modisto más famoso de Europa (Viena, París) a lo largo del siglo XIX (desde 1830). Se le menciona también en *Lo prohibido*.
[66] González Bravo, Luis (1811-1871): Ministro de Gobernación con Narváez; presidente del Consejo de Ministros de 1863 a 1868.

quien le cayese un gobernador tan honrado y respetable habría de saltar de gozo. Pero a él le repugnaba lo espinoso del cargo, y no quería abandonar su tranquilidad y aquel vivir oscuro en que era tan feliz. Si al fin aceptaba Bringas, se iría solo a su ínsula[67], y la desconsolada esposa se quedaría en Madrid con libertad de estrenar cuantos vestidos quisiera. Pero siendo lo más probable que el gran economista no aceptase, Rosalía se calentaba los sesos discurriendo la salida de su compromiso, y al fin halló una fórmula que, mucho antes de la ocasión de emplearla, revolvía y ensayaba en su mente.

---

[67] «se iría sólo a su ínsula»: alusión al breve «gobierno» de Sancho Panza en la ínsula Barataria.

Capítulo XVI

«Ya ves, hijito —decía para sí un mes antes que el hecho fuera real—, lo que ha pasado... No te lo quise decir para que no te disgustaras, porque, al fin, nuestra amiga es, y en casa se ha hecho este trabajo. Emilia le exigió el pago adelantado... Pura terquedad. ¡De repente, cañonazo!... Sobrino le pasó la cuenta. Ni a una cosa ni a otra pudo atender la pobre Milagros... No tienes idea de las trapisondas... Ya te contaré. En fin, que he tenido que quedarme con los vestidos por menos de la tercera parte de su valor y me los he arreglado yo misma para no gastar... Es regalado, es una verdadera ganga... Emilia se ha empeñado en ello, y dice que le pague cuando yo quiera... ya ves...»

Bien preparada estaba la comedia para cuando llegase el caso de representarla. Entre tanto, se trabajaba sin descanso en el *Camón,* con asistencia de Milagros, que cada día llevaba una novedad, ideas felices, la inspiración más reciente de su genio fecundísimo, *verbi gratia:*

—Yo no puedo ser muy espléndida este verano. Verá usted cómo me arreglo. En casa de los *Hijos de Rotondo* [68] me han dado unas veinticuatro varas de *Bareges* [69], muy arregladito... Me ha dicho la de San Salomó [70] que

---

[68] «*Hijos de Rotondo*»: otra importante tienda de telas de la época

[69] «*Bareges*»: lana ligera, originalmente del Valle de Bareges (Pirineo francés).

[70] «la de San Salomó»: marquesa (ficticia); aparece también en *La desheredada, Lo prohibido* y otras novelas «contemporáneas».

el *Bareges* se llevará mucho este verano. Francamente, los *Mozambiques* me apestan ya... Pues sí..., arreglaré este vestido con una sencillez verdaderamente pastoril. Verá usted... tres volantes y adorno de sedas delgadas. El volantito, estrecho, guarnecido de encaje, y el *entredós*[71], bordado, formando hombrera a lo *jockey*... Cinturón color lila, cerrado por delante con una escarapelita... ¿Sabe usted que aquel sombrero me parece algo estrepitoso?... Tengo otro en proyecto. Verá usted. Con un casquete que guardo del año pasado y las cintas aquellas de terciopelo... No me faltan más que un *penacho* y un *marabout*[72] de novedad que le pondré al lado derecho, así...

A principios de mayo, Rosalía tuvo que sustraerse, no sin pena, a aquel delicioso trabajo. El médico había ordenado que Isabelita fuera sacada a paseo todas las mañanas. El tiempo estaba hermosísimo y convidaba a gozar de la apacible amenidad del Retiro. Empezó la dama sus paseos matutinos con Isabelita y el pequeñuelo, y desde el segundo día se les agregó el señor de Pez, que padecía de rebeldes inapetencias. Moreno Rubio[73] le había prescrito que madrugara, que se pusiera entre pecho y espalda un vaso grande de agua de la fuente Egipcia o de la Salud, y que la paseara después por espacio de dos horas antes de la hora del almuerzo.

¡Qué contentos iban los cuatro a lo Reservado[74], cuya entrada se les franqueaba, por ser Rosalía *de la casa*! ¡Y cuánto gozaban los chicos viendo la *casita del Pobre*, la del Contrabandista y la Persa, echando migas a los patitos de la casa del Pescador, subiendo a la carrera

---

[71] «*entredós*»: tira bordada que se intercala como adorno entre dos telas.
[72] «*marabout*»: se refiere a las finísimas plumas del pájaro de ese nombre (originario de la India) que se usaban para adornar peinados femeninos.
[73] Moreno Rubio, Pepe: médico de los Fúcar. Aparece en varias de las «contemporáneas».
[74] «lo Reservado»: parte del Jardín del Retiro. Era parte del Patrimonio que pretendía vender Isabel II (cfr. pág. 128, cap. 17).

por las espirales de la *Montaña* artificial, que es, en verdad, el colmo del artificio! Todos aquellos regios caprichos, así como la Casa de Fieras, declaran la época de Fernando VII, que si en política fue brutalidad, en artes fue tontería pura.

Rosalía y don Manuel, influidos favorablemente por la gala de la vegetación, la frescura del aire y el picor del sol de mayo, se reverdecían, y a ratos casi eran tan chiquillos como los chiquillos, es decir, que charlaban atolondradamente, y su andar no era siempre todo lo mesurado que corresponde a personas graves, pues ya lo precipitaban, ya lo contenían más de la cuenta, mientras los niños jugaban al escondite entre las espesas matas. El vaso de agua, obrando prodigiosamente sobre la mucosa y todo el aparato digestivo del funcionario, producía efectos maravillosos. Activadas sus funciones vitales, recobraba su alegría y verbosidad ampulosa; los instintos galantes no se quedaban atrás en aquella resurrección matutina. Parece mentira que un vaso de agua produzca tales efectos. ¡Cuántas veces tenemos en la mano, sin percatarnos de ello, el remedio de inveterados males!... La fácil palabra de Pez, saltando de un concepto a otro, llegó al capítulo de las lisonjas, que en aquel caso eran muy fundadas, y allí fue el ponderar la frescura y gracia de la dama. ¡Qué bien le sentaba todo lo que se ponía, y qué majestad en su porte! Pocas personas poseían como ella el arte de vestirse y el secreto de hacer elegante cuanto usara... Estas bocanadas de incienso ahogaban a Rosalía, quiero decir, que el depósito de la vanidad (cierta vejiga que los fatuos tienen en el pecho) se le inflaba extraordinariamente y apenas le permitía respirar. También a ella le cosquilleaba en el interior el deseo de hacer algunas confidencias; pero el respeto de su marido le ponía un freno. Por fin, tanto extremó Pez los panegíricos de ella, que la indiscreción se sobrepuso a la prudencia. Les vi[75] varias veces cuan-

---

[75] «Les vi»: nótese que esta «oportuna» presencia del narrador-personaje le permite seguir contando la historia como lo haría un narrador omnisciente.

do regresaban, ella cargada con un ramo de lilas, el velo un poco echado atrás, cual si sacrificara la compostura a la libertad de la vida campestre, el rostro algo encendido por la agitación del paseo y la vehemencia del discurso; él, cargado con otro ramo suplementario, hecho un pollastro, con diez años quitados por ensalmo de encima de su cuerpo; los niños, revoloteando ora delante, ora detrás, ensuciándose de tierra y azotándose con varitas, sacudiendo los árboles tiernos y saltando las acequias salidas de madre. Rosalía hablaba; pero ¿quién, sino el mismo Pez, podría recoger sus palabras, impregnadas de un cierto desconsuelo y melancolía dulce?

La pobrecita no podía lucir nada, porque su marido... Ante todo, no se cansaría de repetir que era un ángel, un ser de perfección... Pero esto no quitaba que fuera muy tacaño y que la tuviese sujeta a un mal traer, deslucida y olvidada. Y no era ciertamente porque careciese de medios, pues Bringas tenía sus ahorros, reunidos cuarto a cuarto. ¿Y para qué? Para maldita la cosa, por el simple gusto de juntar monedas en un cajoncillo y contarlas y remirarlas de vez en cuando... Sin duda, aquel hombre... que era muy bueno, eso sí, esposo sin pero y padre excelente... no sabía colocar a su mujer en el rango que por su posición correspondía a entrambos. Porque ella tenía que alternar con las personas de más viso, con títulos y con la misma Reina; y Bringas, no viendo las cosas más que con ojos de miseria, se empeñaba en reducirla al vestidito de merino y a cuatro harapos anticuados y feos. ¡Oh!, lo que ella sufría, lo que penaba para adecentarse era cosa increíble. ¡Sólo Dios y ella lo sabían!... Porque su marido llevaba cuenta y razón de todo, y hasta el perejil que se gastaba en la cocina se traslucía en guarismos en su libro de apuntes... La pobre esposa, atenta a la dignidad de su posición social, era un puro Newton[76], por las matemáticas que

[76] Newton: Isaac Newton (1643-1727): el gran físico-matemático inglés.

tenía que revolver en su caletre para procurarse algún sobrante del gasto de la casa y estirar las mezquinas cantidades que Bringas le daba para vestirse. La cuitada se pelaba los dedos cosiendo y arreglándose sus vestidos; y la minuciosidad de él en la cuenta y razón era tan extremada que se veía y se deseaba para poder filtrar un día tres reales, otro dos y medio; y a veces nada podía hacer. La continuidad de estas molestias constituía una vida de martirio, y no es que quisiese tener lujo, no; mas juzgaba que su decoro y el contacto con altas personas le imponían deberes ineludibles; creía que ella y los niños no debían hacer mal papel en las casas adonde iban, ni le gustaba que las amigas la mirasen de reojo y cuchichearan entre sí, observando en ella una falda de taracena o una prenda cursi y anticuada... No obstante, quería entrañablemente a su marido, porque fuera de aquello de las miserias, era un hombre completo, un ser de elección, bueno y cariñoso, honrado como pocos o como ninguno, hombre que jamás había tenido trapicheos ni tratado con mujerzuelas, ni puesto un duro a una carta y, por fin, de genio tan pacífico, que como no le tocaran a sus presupuestos, se hacía de él lo que se quería... Considerado esto, la infeliz llevaba con paciencia lo otro, es decir, los apurillos para vestirse, y se manejaba como podía para no desmerecer de su elevada clase... De donde resultaba que ambos, el señor de Pez y la señora de Bringas tenían respectivamente sus motivos de disentimiento conyugal, él por causa de las furibundas santidades de su esposa, ella por las sordideces de su marido; lo cual prueba que nadie encuentra completa dicha en este mísero mundo, y que es rarísimo hallar dos caracteres en completo acomodo y compenetración dentro de la jaula del matrimonio, pues el diablo o la sociedad o Dios mismo desconciertan y cambian las parejas para que todos rabien, y todos, cada cual en su jaula, hagan méritos para la gloria eterna.

Capítulo XVII

Cuando la conversación recayó en estas filosofías, iban saliendo por la puerta de la Glorieta. Ya estaban descuajadas las famosas alamedas de castaños de Indias, quitada la verja y puestos a la venta los terrenos, operación que se llamó *rasgo*[77]. Esta palabra fue muy funesta para la Monarquía, árbol a quien no valió ser más antiguo que los castaños, porque también me le descuajaron e hicieron leña de él.

Al pasar del Retiro a las calles, los paseantes recobraban su compostura. Iban delante los niños dándose las manos. Los mayores, a la vista de la población regular, cesaban en aquellas confidencias que parecían fruto sabroso de la amenidad campesina. Era como pasar de un país libre a otro donde todo es correcto y reglamentario. En su casa, cuando trabajaba en el *Camón* sola o con Emilia, la de Bringas solía rumiar las expansiones de la mañana, añadiéndoles conceptillos que no se atrevían a traspasar las fronteras del pensamiento. Sin desatender los trapos, la soñadora dama se iba por esos mundos, ejercitando el derecho de revisión y rectificación de las cosas sociales, concediendo en el reino de la mente a todos los que se creen fuera de su lugar o mal apareados.

«Ese Pez sí que es un hombre. Al lado suyo sí que

---

[77] «rasgo»: cfr. notas 11, 12 y 13 a nuestra introducción.

podría lucir cualquier mujer de entendimiento, de buena presencia, de aristocrático porte. Pero como todo anda trocado, le tocó esa mula rezona de Carolina... ¡Todo al revés! ¿Qué mujer de mérito no se empequeñece y anula al lado de este poquitacosa de Bringas, que no ve más que menudencias, y es incapaz de hacer una brillante carrera y de calzarse una posición ilustre?... Ya, ¿qué se puede esperar de un hombre que, cuando le ofrecen un gobierno, en vez de saltar de gozo se pone a dar suspiros y a decir: "Más que el bastón me gustan mis herramientas"?... ¡Oh, Pez!, aquél sí que es hombre. Ya sé yo qué mujer le correspondería si las cosas del mundo estuvieran al derecho y cada persona en su sitio. Para tal hombre, una mujer de principios, de mucha labia, señora de finísimos modales, y que supiera honrar a su marido honrándose a sí propia; que supiera darle lucimiento luciéndose ella misma; una dama que se creciera cada día haciéndole crecer, porque el secreto de las brillantes carreras de algunos hombres está en el talento de sus mujeres. Paquito decía ayer que Napoleón no hubiera sido nada sin Josefina. Si en vez de esa beata viviera al lado de Pez una dama que reuniera en sus salones lo más selecto de la política, ya Pez sería ministro... De veras... ¡Si yo tuviera a mi lado un sujeto semejante...! Pero vaya usted a hacer ministro a Bringas, un hombre que se pone de mal humor cuando hay que dar agua con azucarillo a cualquiera que viene a casa; un hombre que quiere que me vista de hábito y lleve a los niños con alpargatas. ¡Ah!, roñoso, menguado, nunca serás nada... ¡Oh, Pez!, si tuvieras por esposa a la mujer que te corresponde, ¿cómo habías de consentir que saliera a la calle hecha un adefesio para ponerte en ridículo?... Aprende tú, de quien con cincuenta mil reales de sueldo vive con la apariencia de doce mil duros de renta y paga veinticuatro mil reales de casa. Y no es que tenga deudas, es que sabe agenciarse y saca partido de su posición. Esto no lo sabrá nunca un pocacosa, un pisahormigas que me está predicando tres horas porque puse o no puse siete garbanzos más en el cocido; esto no lo entiende quien no ve más allá de su suelo mezquino y está temblando de que le den una cruz por no comprar las insignias; quien no quiere ser gobernador de una provincia; quien se opone a que el aguador me suba dos cubas más de agua, porque, según el , con mojarse el palmito ya basta; quien sostiene que no necesito más que dieciocho varas de tela para un vestido, y me recomienda que adorne los sombreros de los niños con cinta damascada de la que usan los licenciados del ejército para colgarse el canuto; quien sostiene que el pelo de cabra es más bonito que el gró, y llama cargazón a las capotas sólo porque no son baratas; quien no me deja arreglar la bata con cintas otomanas y se atrevió a proponerme que utilizara las cintas amarillas de los mazos de cigarros del primo Agustín...»

Algunas tardes, cuando Pez y Rosalía no podían salir a la terraza a causa del mal tiempo, los tres tertuliaban en *Gasparini*. Tenían que oír los elogios que don Manuel hacía de la estupenda obra de su amigo. De pie junto a él, con la mano izquierda en el bolsillo del pantalón, mascándose el bigote, dejaba caer miradas de crítico sobre el maravilloso cristal tan poblado de pelos como humana cabeza, en algunas partes cabelludo, en otras claro, en todas como recién afeitado, gomoso, pegajoso, con brillo semejante al de las perfumadas pringues de tocador.

—Es una maravilla... ¡Qué manos! ¡Qué paciencia! Esta obra debiera ir a un Museo.

Y para sí, mascando más fuerte y metiendo más la mano en el bolsillo:

«Vaya una mamarrachada... Es como salida de esa cabeza de corcho. Sólo tú, grandísimo tonto, haces tales esperpentos, y sólo a mi mujer le gustan... Sois el uno para el otro.»

Retiróse aquel día del trabajo don Francisco más fatigado que nunca. Veía los objetos dobles y tenía la cabeza tan mareada como si estuviese a bordo de un buque. Pero él confiaba en que tal desazón sería pasajera, y se felicitaba del adelanto y bonito efecto de la obra. El ángel estaba completamente modelado ya con aquellos increíbles puntos de pelo. El sauce protegía con sus llorosas ramas la tumba, y era lástima que no hubiese cabellos verdes, pues si tal existiera la ilusión sería completa. Al fondo nada le faltaba ya; era un modelo de perspectiva melancólica, hasta tal punto, que sólo quien tuviese corazón de peña podía verlo sin sentir gana de hacer pucheros. Faltaban aún las flores del piso y todo el primer término, donde Bringas discurrió a última hora poner unas columnas rotas y caídas, así como de templo en ruinas, con lo cual la idea de la desolación era representada del modo más perfecto.

A principios de junio vimos parte de este trabajo concluido; pero aún restaban varias cosillas, girasoles chiquitos, pensamientos grandes, amén de unas cuantas mariposas sentimentales, de negras alas, posadas aquí y allí, libando el dulce *macassar* [78] en los cálices de aquella flora piliforme. Por los mismos días ocurrieron sucesos a los cuales el digno artista era completamente extraño; mas por este motivo mismo no deben ser aquí olvidados. Y fue que cuando se aproximaba el día señalado para devolver a Torres su dinero, estaba Rosalía tan cabizbaja, que se podía creer, viéndola, que le habían robado algo o inferido alguna descomunal ofensa. Cálculo y más cálculos hizo, desbaratándose el seso, sin llegar a la solución del temido problema, y los números negábanse a complacerla, dándole la cifra que necesitaba... ¡Qué idea! ¿Acudiría al señor de Pez? ¡Oh!, si llamara a esta puerta seguramente sería oída, pero no se atrevía. Además, don Manuel se marchaba a la sazón para los baños de Archena [79] (pues sin un par de carenas anuales era hombre perdido), y no volvería hasta el 20. El 12 se presentó Torres con sus ojos de huevos duros impregnados de una dulzura atónita. Era la ima-

---

[78] «*macassar*»: jugo muy volátil de la flor de ylang-ylang, típica de Borneo; aquí, sencillamente, *néctar*.

[79] «los baños de Archena»: famosas aguas termales, provincia de Murcia.

gen de la amabilidad, en el supuesto de que le están dando garrote. Su sonreír empalagoso hizo a Rosalía el efecto de un fluido miasmático que se filtraba en ella y la ponía enferma. ¡Y cuán impertinente su nariz chica, y cuán cargante la maña de resobarse la barba, como si quisiera extraer de ella alguna sustancia! Aquel hombre guapín, que siempre fue a Rosalía indiferente, parecióle entonces un bonito verdugo que se le presentaba con la cuerda y la hopa.

Capítulo XVIII

¡Y que no venía poco apremiante el tal!... ¡Vaya un apunte! Para el día 14 sin falta necesitaba *eso*. Pero sin que pudiera retrasarse ni un día, ni una hora, porque su honor estaba comprometido en casa de Mompous[80], y en caso de que Rosalía no pudiera cumplir, se vería precisado a pedir el dinero a don Francisco.

—Por Dios..., no diga usted tal disparate. ¡Jesús!... Usted se ha vuelto loco —tartamudeó la de Bringas con temblor y sobresalto.

Volvió a echar sus cuentas por centésima vez. Ni aun vendiendo cosas que no deseaba vender podría reunir la suma. La prendera le había traído algunas cantidades; pero parte de ellas las había gastado mi buena señora en comprar cuatro fruslerías para componer a sus niños. ¡Si Milagros le hubiera devuelto aquellos seiscientos reales que le anticipó para pagar al joyero...! Pues sí, era preciso que se los devolviera. Se los pediría terminantemente. ¡Si por arte del demonio, o más bien por milagro de Su Divina Majestad, tuviera Cándida algún dinero...! Cándida le debía cinco duros que Rosalía le prestó para dar la vuelta de un billete de cien escudos. También aquellos extraviados reales debían volver al redil. Haciendo propósitos de energía, fue a ver a la marquesa.

---

[80] «en casa de Mompous»: cfr. nota 56 (pág. 102).

¡Casualidad funesta! La marquesa estaba en una función religiosa, que costeaba con otras señoras. Era una Novena dedicada a no sé qué santo titular, con Manifiesto, Estación, Rosario, Sermón, Novena, Gozos del Santo, *Santo Dios* y Reserva. Acudió allí Rosalía, deseosa de ver a su amiga aquella misma tarde. La calle estaba llena de coches elegantes. En la iglesia, hecha un ascua de oro, con cortinas de terciopelo del barato, cenefas de papel dorado, candilejas mil, enormes ramilletes de trapo y unos pabellones que parecían de teatro de tercer orden, había tal concurrencia, que era muy difícil penetrar en ella. Rosalía logró abrirse camino por entre el elegante gentío; pero no pudo llegar hasta donde estaba la marquesa, que se había encaramado en el presbiterio, cerca de los curas. Pasó tiempo, mucho tiempo, durante el cual Rosalía oyó medio sermón patético, aflautado, un guisote de lugares comunes con salsa de gestos de teatro; oyó cantorrios más o menos gangosos, y por último se hizo tan tarde, pero tan tarde, que desesperando ver el fin de la dilatada función, tuvo que marcharse sin hablar con Milagros. La pobre señora era una mártir de los insufribles métodos de su marido, y no podía retrasar su vuelta a la casa, porque si la comida no estaba puesta en la mesa a la hora precisa, don Francisco bufaba y decía cosas muy desagradables, como, por ejemplo: «Hijita, me tienes muerto de debilidad. Otra vez avisa, y comeremos solos.»

La noche la pasó muy intranquila, y al día siguiente, 13 de junio, a eso de las doce, cuando se disponía a visitar a su amiga, he aquí que se presenta ésta, sobresaltada, manifestando en la expresión de su rostro que algo extraordinario le ocurría; y lo declaraban así, no sólo el descuido plástico del mismo, sino la turbación de la voz y otros síntomas espasmódicos. Rosalía participó de aquel sobresalto cuando le oyó decir:

—¡Ay! ¡Amiga de mi alma, en qué conflicto me veo! Si usted no me saca en bien...

—¿Yo? —dijo la de Bringas apartándose, pues comprendió que se trataba de un problema monetario como

134

el suyo—. Precisamente viene usted a buena hora... Si usted supiera... Allá iba yo.

—¿A casa?... Le diré a usted lo que sucede para que me tenga lástima, mucha lástima. Mañana tengo baile y cena, una solemnidad de familia, absolutamente indispensable. Ya he repartido las invitaciones..., ¡verá usted qué chasco! Hija, déme usted, por Dios, un vaso de agua, porque no puedo hablar. Tengo algo aquí que me corta la respiración... *(Después de tragar algunos buches de agua.)* Para evitarme quebraderos de cabeza, encargo la cena a Bonelli[81]. Ayer le mandó llamar. Creo arreglarlo fácilmente; pero el tal, con todo su descaro, me exige que le he de pagar las tres cenas que se le deben. Yo bien quisiera; figúrese usted si me gustará deber... ¡Ay!, créalo usted, mi mariducho tiene la culpa de que vivamos de esta manera... Pero vamos a lo que decía. ¿Qué estaba yo diciendo? No sabe usted cómo está mi cabeza. ¡Ah! En vista de la exigencia de Bonelli, mando llamar esta mañana a Trouchín[82], el de la calle del Arenal, que nunca me ha servido nada; le propongo servirme la cena de mañana, la ajusto, nos convenimos; pero el condenado, ¿creerá usted?, con muchas cortesías y mucha labia me dice que si no le pago anticipadamente no hay cena... Esto ya es un insulto. Jamás me ha pasado cosa igual... Le diré a usted. Es que los reposteros todos son unos. Sin duda, Bonelli fue a prevenir a Trouchín y a llevarle el cuento de que yo le debía tres cenas. Es una conspiración contra mí, un complot... Si bien se mira, no les falta razón, querida; pero ¿yo qué culpa tengo? ¡Ese hombre incapaz, mi maridillo...! Cuanto se diga de él es poco. Es propiamente incalumniable... He tenido que pagarle ayer una cuenta de su sastre, que se había colgado de la campanilla de la

---

[81] Bonelli: cocinero italiano, dueño por entonces de un famoso restaurán madrileño.

[82] Trouchín: cocinero francés, propietario de un restaurán en la calle de la Montera.

puerta de casa... Conque ya ve usted mi situación: acon-
séjeme, indíqueme alguna salida.

Rosalía, con humildes razones, se declaró incapaz de
brujulear a su amiga por aquel laberinto, mayormente
cuando ella estaba en un aprieto semejante y contaba
con recobrar aquel día los..., aquellos seiscientos
reales...

—¡Oh!, sí; me acuerdo perfectamente... Anteayer me
los eché en el portamonedas para traérselos a usted...
dispénseme..., pero antes de salir de casa se presentó el
cobrador de la Congregación con el recibo de mi cuota
para la función de ayer, y... Hija de mi alma, no tuve
más remedio que aflojar... Por cierto que ayer la vi a
usted en la iglesia, y sentí que no estuviera a mi lado
para hacerle observar algunas cosas. La función, bonití-
sima; pero ¿no vio usted cuánto mamarracho? La de
Cucúrbitas se fue a la iglesia con aquel estrepitoso vestido color de tabaco, que parece un hábito de la orden de
Estancadas. El uniforme de la casa. La de San Salomó
estaba también muy estrepitosa. No he visto en mi vida
mayor *pouff,* y aunque dicen que la tendencia de la
moda es aumentarlo, creo que la Iglesia pide modera-
ción en esto. Nada quiero decir del bullonado tan estupendo que llevaba... Pues ¿y la cola? En cuanto a mí...,
¿usted me miró bien? No se podía pedir más sencillez...
Pero vuelvo a mi pleito, querida mía. ¿No me aconseja
usted algo? Discurra por mí; pues yo me he vuelto como
tonta. Si de aquí a mañana no he resuelto la cuestión,
estoy perdida... Crea usted que es para suicidarse.

Por curiosidad preguntó Rosalía a su amiga lo que
necesitaba, y oyéndole decir que unos nueve o más bien
diez mil reales, puso una cara de mal humor que aumentó la tribulación de la ya tan atribulada Milagros.

—¡Ay!, qué pocos alientos me da usted... Y para
colmo de desdicha, ayer tarde me hizo Eponina un escándalo. Si lo que a mí me pasa no le pasa a nadie... Me
ha puesto unas cuentas..., de lo más estrepitoso... Por
una hechura ¡dos mil reales!, por avíos de aquella bata,
sólo por avíos, ¡mil quinientos!... Es para matarla...

—¡Diez mil reales! —murmuró Rosalía mirando al suelo y contando las sílabas como si fueran monedas—. Con la quinta parte tendría yo bastante.

—Diga usted, don Francisco... —indicó Milagros con animación, dando a entender que el bendito Bringas debía de tener ahorros.

—¡Cállese usted, por Dios! Si mi marido supiera... —replicó la otra aterrorizada—. Estas cosas le sacan de quicio.

—¿Y Cándida?...

—¡Ave María Purísima!

—Podía darse el caso... Olvidé decirle a usted que, empeñando tres o cuatro cosillas, podré reunir cuatro mil reales. Sólo necesito seis.

—Imposible de toda imposibilidad.

—Ese Torres... —murmuró Milagros con la boca tan seca, que la lengua se le pegaba al paladar.

—¡Jesús! ¡Torres!... ¡Qué disparate!... —exclamó Rosalía viendo alzarse ante ella, como una aparición fantástica, la imagen de su acreedor—. No sé si le he dicho a usted que mañana antes de las doce... ¡Ay!, fue una locura la compra de aquella manteleta. Ya ve usted..., ¿qué necesidad tenía yo de estos ahogos?

—Es una bicoca, hija —manifestó la marquesa con aquel tono y aire de superioridad indulgente que sabía tomar cuando le convenía—. Si salgo de mi conflicto, esa futesa porque usted se apura tanto, corre de mi cuenta. *(Acercándose más a su amiga y oprimiéndole el brazo.)* Don Francisco debe de tener mucho *parné* guardadao, dinero improductivo, onza sobre onza, a estilo de paleto. ¡Qué atraso tan grande! Así está el país como está, porque el capital no circula, porque todo el metálico está en las arcas, sin beneficio para nadie, ni para el que lo posee. Don Francisco es de los que piensan que el dinero debe criar telarañas. En esto su apreciable marido de usted es como los lugareños ricos. ¿Por qué no le propone usted una cosa? Que me prèste lo que necesito..., se entiende, con el interés debido y mediante una obligación formal. ¡Yo no quiero...!

—Dudo yo que Bringas...

—(Con calor.) Pues hija, alguna influencia ha de tener usted sobre él... Pues no faltaba más. ¿Es usted tonta? Con decirle: «Hombre, por amor de Dios, ese dinero no nos produce nada.» Y duro, duro, para que aprenda. ¿O es que no tenemos carácter...? Yo creí que él le consultaba a usted todo, y se dejaba dominar por quien le gana en inteligencia y gobierno... A ver, decídase a proponérselo. Lo dicho, dicho: en caso de que nos arreglemos, el piquillo de usted corre de mi cuenta. (Riendo.) Lo consideraremos como corretaje.

—Dudo yo que mi marido... ¡Quia imposible...!

Pero, aun creyendo imposible lo que se le había ocurrido a su ingeniosa amiga, Rosalía meditaba sobre ello. La misma dificultad insuperable del asunto atraía su espíritu, como los grandes problemas embelesan y fascinan los entendimientos superiores. Durante un rato no se oyó en *Gasparini* más ruido que los suspiros de la Pipaón y algunas tosecillas de la marquesa, que no tenía sus bronquios en el mejor estado. Como las dos amigas estaban solas en la casa, pues Bringas no había vuelto de la oficina, ni del colegio los niños, podían hablar con toda libertad de sus cuitas sin hacer misterio de ellas. Volvió la de Tellería a explanar su proposición, robusteciéndola con razones de gran peso (¡Oh! ¡El dinero de manos muertas es la causa del atraso de la nación!) y con zalamerías muy cucas; mas la de Bringas persistía en considerar la propuesta como una de las cuestiones más arduas y escabrosas que podían ofrecerse a la voluntad humana. Acometerla sólo era como encaramarse a las cimas del heroísmo. En el propio estado seguían las dos cuando se les apareció Cándida, muy risueña y oronda. Venía de ver a Su Majestad y a doña Tula, y después había estado en las cocinas, donde el cocinero jefe se empeñó en hacerle aceptar tres *entrecotes*[83] y un par de perdices. «Cosas de Galland...» Era un hombre

---

[83] «*entrecotes*»: filete de entre las costillas del animal.

que no se cansaba de obsequiarla, y por no desairarle, ella había dicho: «Pues que me lo suban a casa.»

—Luego le mandaré a usted una perdiz y dos *entrecotes* —dijo a Rosalía, azotándola con su abanico—. No, no me lo agradezca... Si yo no lo he de probar. A mí me sobra carne... Ayer he repartido entre los vecinos un solomillo magnífico que mandé traer de la plaza del Carmen, esperando tener convidados... ¡Si viera usted aquella pobre gente, qué agradecida...! Mi casa es la Beneficencia. El día que yo me mude de aquel cuarto, han de correr por allí muchas lágrimas.

Capítulo XIX

Y luego, llevando sus ideas a un terreno muy distinto del de la caridad, aunque también muy interesante, se dejó decir lo que a la letra se copia:

—¿Me podrán decir ustedes dónde y cómo y de qué manera podría yo colocar un poco de dinero, una cantidad que me sobra?... Que sea cosa segura y con un producto moderado...

El efecto que estas cláusulas hicieron en las dos amigas no fue tan grande como debía esperarse. En la cara de Rosalía se pintaba una incredulidad indiferente, que poco después se resolvió en alarma, recordando que el préstamo de cinco duros solicitado un mes antes por Cándida, había tenido un preámbulo parecido al que acababa de oír. Milagros, sin tener confianza en lo que la García Grande decía, sospechaba que hubiese algo de verdad en ello, o lo que es lo mismo, se amparaba a lo absurdo como el desesperado que se agarra al clavo ardiendo.

—Pero diga usted, Cándida..., ¿ese dinero lo tiene usted?

—Hija mía, no sea usted materialista... No lo tengo precisamente en el bolsillo, pero como si lo tuviera... Un día de éstos me lo ha de traer Muñoz y Nones...

—*(Con desaliento.)* Un día de éstos..., ya...

—Y acostumbro pensar las cosas con tiempo... Francamente, no me gusta tener gruesas sumas en casa, porque aun en esta vecindad palaciega hay mala gente...

Sin dar importancia a los proyectos rentísticos de Cándida, Milagros observaba el vestido. Por aquella época, la ilustre viuda empezaba a declinar ostensiblemente en su porte y en la limpieza y compostura de su vestimenta, si bien no había llegado, ni con mucho, al lastimoso extremo de abandono en que la hemos conocido más tarde.

Los niños entraron del colegio, y Rosalía fue a darles la merienda.

—¡Qué mona está Isabelita! —dijo Cándida a Milagros; y a poco de decirlo se dirigió hacia *Columnas,* dejando sola con su acerba pena a mi señora la marquesa. Esta oyó el gorjear de los pequeños, la voz de la mamá riñéndoles por su impaciencia y el chasquido de los besos que Cándida les daba. Al poco rato apareció Rosalía en *Gasparini,* y Milagros la vio ceñuda y risueña a un mismo tiempo, como cuando no podemos sustraernos a los efectos de uno de esos lances cómicos que suelen ocurrir en las ocasiones más tristes.

—Vea usted qué gracia —dijo Rosalía al oído de su amiga—. Me ha dicho en el comedor, con mucho secreto, que le haga el favor de adelantarle otros cinco duros.

Milagros se sonrió, como un enfermo que hace esfuerzos por distraerse. Pronto volvió a caer en aquella honda tristeza que la aplanaba como una fiebre consuntiva. Por su mente pasaba el terrible lance de la noche próxima, los convidados que llegaban, los salones llenándose, ella vestida con su gran falda de raso rosa, de enorme *pouff* y larguísima cola, afectando alegría, y el problema de la cena sin resolver aún. Porque en tal noche no podía salir del paso con cuatro frioleras... ¡Qué bochorno!... Rosalía vio los ojos de su amiga humedecidos por las lágrimas, y quiso consolarla.

—Ese perdulario sin conciencia, esa inutilidad... —fue lo único que se le ocurrió.

Don Francisco entró al poco rato, menos vivaracho y humorístico de lo que solía. Milagros le saludó de la manera más afectuosa, quejándose luego de su desgraciada suerte y de lo inexorable que Dios era con ella, no dándole más que penas sobre penas. Bringas la confortaba con razones cristianas, aunque le tenía cierta ojeriza, ya inveterada, por no haber recibido de ella el regalo de Pascua que creyera merecer cuando le compuso la arqueta de marfil. Pero casi casi había llegado mi amigo al perdón de la ofensa, aunque sin olvidarla; y si se ha de decir verdad, no le agradaban mucho las intimidades de su mujer con aquella señora, aun considerándolas puramente circunscritas a lo concerniente al ramo de vestidos.

—¿No tendré el gusto de verle a usted mañana en mi casa? —dijo la marquesa.

Don Francisco se excusó con galantería, aprestándose a poner las manos en su magna obra. Empezaba a notar que le eran perjudiciales las salidas de noche... Su cabeza no estaba buena. Él lo atribuía a los nervios, y quizá fuese efecto del tiempo, del nublado, pues parecía como si quisiera desgajarse el cielo en agua, y nunca acababa de romper. Aquella mañana se había sentido muy mal en la oficina... El jefe opinaba que todo era cosa del estómago, recomendándole una pildorita de acíbar en cada comida. Pero él era tan poco amigo de las botiquerías, que no se determinaba a tomar nada... Por esta desazón se privaba de asistir a la *soirée* de Milagros, y se contentaría con leer la relación que trajeran los periódicos.

—Todavía, todavía —dijo la cuitada con lúgubre tristeza—, no sé, no sé... Quizá no haya nada... Me pasan cosas horrorosas... No me pregunte usted. Eso se queda para mí, para mí sola. Permítame usted que no diga una palabra más. Mi buen maridito es una alhaja..., pero no me corresponde a mí contar sus proezas... Demasiado públicas son, por desgracia... No se ría usted de mí si me ve llorar. Ciertas cosas...

Bringas no sabía qué decirle. Despidióse ella con un fuerte apretón de manos y un afectuoso «hasta mañana».

En la sala y en el pasillo las dos amigas se secretearon un ratito.

He preparado el terreno —dijo Milagros con agonía—. Ahora aventúrese usted..., sin miedo. De seguro...

—¡Ay!, hija mía, usted delira, usted sueña despierta.
Si sabré yo...

—Entonces..., quiere decir que no hay solución para
mí —murmuró la afligida señora abrazando a su amiga,
y apretándose contra ella.

Rosalía conmovidísima, no le dijo nada.

—Al menos —tartamudeó la marquesa—, cuéntele
usted lo que me pasa... Puede ser que Dios le toque al
corazón.

—Se lo contaré en cuanto se vaya Cándida. ¡Pero si
viera usted qué pocas esperanzas tengo...! Mejor dicho,
no tengo ninguna... ¡Y yo! ¿Y yo, que me veo en un
conflicto igual? ¿Que inventaré yo de aquí a mañana?...
Y ahora que se me ocurre, ¿por qué no acude usted a su
hermana?

—Por Dios, hija, no sé cómo dice usted eso. ¡Mi
hermana!... ¡Me ha salvado ya tantas veces! ¡He abusa-
do tanto!... No puede ser. No nos hablamos ahora.
Hace días tuvimos una cuestión. En fin, antes de acudir
a mi hermana, iré a Su Majestad, me echaré a sus
pies...

—Sí, sí, seguramente..., es lo mejor.

—No, no, no... Creo que de aquí a mañana me mo-
riré de dolor. ¿Está abierta la capilla? Voy a rezar
un rato, a ver si el Señor me ilumina... Adiós,
adiós... Volveré mañana, a ver, a ver si hay alguna esperanza.

El abatido rostro de Rosalía revelaba bien que tal
esperanza no era más que un sueño de aquella mente
arbitrista. Debe hacerse constar que la pena de nuestra
muy alta señora de Bringas era motivada por sus propias dificultades, no por las de su apreciable amiga.
Confiaba tanto en las peregrinas dotes de Milagros, que
decía para sí: «No sé cómo será, pero ella saldrá del
paso.» Cuando la marquesa le dio el último apretón de
mano, Rosalía le dijo:

143

—Ya me contará usted mañana cómo lo ha arreglado.

Y cuando fue hacia el nicho de Bringas para contarle el caso, él le tomó la delantera con estas acerbas palabras:

—¿Qué enredos trae ahora la Tellería? Lo de siempre: apuritos. Ya no hay incautos que fíen a esa gente el valor de dos reales. La casta de bobos se va acabando a fuerza de recibir chascos.

La boca de Rosalía tenía un sello. No osaba pronunciar una sola palabra. Clavados en su mente, como un *Inri,* tenía la imagen de Torres y los funestos guarismos de la suma que era indispensable pagarle. Confesar a su marido el aprieto en que se veía era declarar una serie de atentados clandestinos contra la economía doméstica, que era la segunda religión de Bringas. Pero si Dios no le deparaba una solución, érale forzoso apechugar con aquel doloroso remedio de confesarse y con sus consecuencias, que debían de ser muy malas. No, Cristo Padre; era preciso inventar algo, buscar, revolver medio mundo, ahondar en las entrañas oscurísimas del problema para dar con la clave de él. Antes que vender al economista el secreto de sus compras, que eran tal vez el principal hechizo de su vida sosa y rutinaria, optaba por hacer el sacrificio de sus galas, por arrancarse aquellos pedazos de su corazón que se manifestaban en el mundo real en forma de telas, encajes y cintas, y arrojarlos a la voracidad de la prendera para que se los vendiese por poco más de nada. Heroísmo hacía falta, no lágrimas.

Pensando en esto, retiróse al *Camón* para pensar mejor, pues allí tenían siempre sus ideas más claridad. Cándida, después de enredar un rato con los niños, fue a dar conversación a Bringas. Rosalía la oía desde su taller, sin distinguir más palabras que *administrador y papel del Estado... Consolidado... Revolución... Generales Canarias... Montpensier*[84]*... Dios nos asista...* Hablaban

---

[84] Duque de Montpensier, (1824-1890): hijo de Louis-Philippe, esposo de la hermana de Isabel II, infante de España.

144

de negocios altos y de política baja. De repente la dama oyó violentísimo estrépito, como de un mueble que viene a tierra y de loza que se rompe. Al fuerte golpe siguió un grito de Bringas, mas tan agudo y doloroso, que Rosalía se quedó sin aliento, fría, parada... ¿Qué era? ¿Se había caído la bóveda y cogido debajo al mejor de los maridos?

Capítulo XX

Pasado el breve estupor que tan insólitos ruidos le produjeron, Rosalía corrió hacia *Gasparini*, y allí, ¡Santo Dios!, vio un espectáculo incomprensible. Bringas estaba en medio de la habitación, el rostro descompuesto, de una palidez aterradora, las manos crispadas, los ojos muy abiertos, muy abiertos... Un mueblecillo, que al lado de la mesa tenía con el cacharro de goma laca y la lamparilla de alcohol para calentarla, había caído empujado por el artista cuando éste se levantó atropelladamente de su sillón. El espíritu derramado ardía sobre la alfombra con vagarosa llama. Cándida se ocupaba con presteza en apagarlo, pisándolo, para lo cual tuvo que alzarse las faldas hasta muy cerca de la rodilla. Daba saltos y acudía con el peso de su pie adonde la llama era más viva; mas como también corría por el suelo la goma laca líquida y caliente, que es sustancia muy pegajosa, las suelas del calzado de la respetable señora se adherían tan fuertemente al piso, que no podía, sin un mediano esfuerzo, levantarlas.

Rosalía fue derecha a su marido, el cual, sintiéndola cerca, se agarró a ella con ansiedad convulsiva, y volviendo a todos lados sus ojos, parecía buscar algo que se le escapaba. Su rostro expresaba terror tan vivo que su mujer no recordaba haber visto en él nada semejante.

—¿Qué...? —fue lo único que ella, en su consternación, pudo decir.

Bringas se frotó los ojos, los volvió a abrir, y movien-

146

do mucho los párpados, como los poetas cuando leen sus versos, exclamó con acento que desgarraba:

—¡No veo!... ¡No veo!

Rosalía no pudo añadir nada; tal era su espanto. La de García Grande, que había logrado dominar el fuego, aunque no evitar completamente la adherencia de sus botas al piso, acudió al lastimoso grupo...

—Eso no será nada —dijo observando aquel extraño mirar de don Francisco.

—¿En dónde está la ventana, la ventana?... —gimió el infeliz en la mayor desesperación.

—Ahí, ahí, ¿no la ves?... —gritó Rosalía, volviéndole hacia la luz.

—No, no la veo, no te veo, no veo nada... Oscuridad completa, absoluta... Todo negro...

—¡Ay!, ese maldito trabajo... Bien te lo dije, bien te lo decían todos... Pero eso pasará...

Rosalía estaba más muerta que viva... No se le ocurría nada... La pena la ahogaba. Cándida, procediendo con más calma, empezó a tomar disposiciones.

—Sentémosle en el sofá... Ahora convendría llamar al médico.

Le acercaron al sofá, y en él se desplomó el enfermo con desesperación, como si se dejara caer en su ataúd. Palpaba los objetos, palpaba a su mujer, que ni un punto se separó de él.

—Bien te lo decíamos —repitió, ahogándose en lágrimas y disimulando el desentono de la voz—. Esa condenada obra de pelo..., trabajando todo el día... Si notabas cansancio de la vista, ¿para qué seguir?

—Mis hijos, ¿dónde están? —murmuró Bringas.

Junto a la puerta estaban Isabelita y Alfonsín, aterrados, mudos, sin atreverse a dar un paso; el pequeño, con el pan de la merienda en la mano, masticándolo lentamente; la niña, seria, con las manos a la espalda, mirando al triste grupo de sus padres consternados. Rosalía les mandó acercarse. Bringas les palpó, dioles mil besos, lamentándose de no poderles ver, y augurando que ya no les vería nunca. Más lágrimas derramó el pobrecito en aquel cuarto de hora que en toda su vida anterior, y la Pipaón, considerando aquella súbita desgracia que Dios le enviaba, la conceptuó castigo de las faltas que había cometido. Fue preciso, al fin, sacar de allí a los pequeñuelos. Prudencia se encargó de retenerlos en la *Furriela* y de no dejarles pasar. Inspiraba cuidado Isabelita por el temor de que la fuerte impresión recibida le produjese un trastorno espasmódico más grave que los anteriores. Entre tanto, la señora de García Grande, más obsequiosa y servicial con los amigos en las ocasiones críticas, se desvivía por ser útil.

—Yo misma iré en busca del médico. Verán ustedes cómo nos dice que esto no es nada. Yo tuve una cosa semejante cuando aprendí el punto de Flandes. Sentí de repente una perturbación rarísima en la vista; luego empecé a ver los objetos partidos por la mitad. Todo paró en un fuerte dolor de cabeza. Jaqueca oftálmica llaman a eso. Recuerdo haber oído decir a mi médico que en algunos casos se pierde completamente la vista por unas horas, por un día... Serénese usted, mi amigo don Francisco, y tómese un vasito de agua con un poco de vino. Pronto vuelvo.

Salió diligente, con ganas sinceras de servir, y no hallando al médico que vivía en la casa, fue a buscar al de guardia. Mientras estuvieron solos, Bringas y su mujer apenas hablaron. Ella no cesaba de mirarle, con la esperanza de que, cuando menos se pensase, recobraran aquellos ojos atónitos el don preciosísimo para que fueron criados; él empezaba a ejercitar el sentido peculiar de los ciegos, el tacto, y la veía con las manos, ya estrechando las de ella, ya palpándola cariñosa y detenidamente. Alguna palabra suelta, suspiros y lamentaciones del pobre enfermo, eran la única expresión verbal de aquella triste escena, más elocuente cuanto más callada.

El médico vino al fin. Cándida no quiso dejarle de la mano hasta entrar con él en la casa. Era un viejo afable, de la escuela antigua, excelente diagnosticador, tímido para prescribir, y, según se decía, poco afortunado.

Enterándose de los antecedentes del caso, calificó el mal de *congestión retiniana.*

—De la retina —apoyó Cándida—. Eso pasa. Pronto recobrará la vista; pero ese trabajo de los pelos, amiguito, déle usted por terminado.

—Si yo lo decía, si yo lo anunciaba —exclamó briosamente la de Bringas, reanimada con las esperanzas que daba el médico—. ¿Y ahora...?

El doctor prescribió reposo absoluto, dieta, y para el día próximo un derivativo. Ordenó también un vendaje negro, un calmante ligero para en caso de insomnio, y ofreció venir temprano a la mañana siguiente para examinar con detención los ojos del enfermo. Era ya tarde, y la última luz solar se retiraba lúgubremente de la habitación. Cuando el bondadoso anciano se retiró, Bringas y su mujer estaban más animados.

—Nada, hijos míos, no hay que apurarse —les dijo Cándida, cuya útil oficiosidad a entrambos servía de gan consuelo—. Ahora acostarse... y dormir si se puede. Nada de miedo, ni de pensar en lo que no ha de ser. Serenidad y un poquito de paciencia. Es cuestión de horas o de un par de días todo lo más. Yo me encargo de traer las medicinas y cuanto haga falta. Les acompañaré también toda la noche, si fuere preciso...

Cuando la servicial señora volvió de la botica, ya Rosalía había acostado a su marido, después de vendarle con un gran pedazo de tafetán negro. Como todo ciego incipiente, Bringas afectaba no necesitar de extraña ayuda para desnudarse, y conociendo la tribulación de su mujer, tenía el heroísmo de reanimarla con expresiones cariñosas, como si él fuera el sano y ella la enferma.

—Probablemente, esto pasará... Pero es cargante. Ni en broma me gusta esto de no ver. Tranquilízate, que yo lo llevaré con paciencia, y casi casi principio ya a acostumbrarme... Me alegraré mucho de no tener que llamar a un oculista, pues estos, aunque curen, siempre cuestan un ojo de la cara.

Pasó la noche sin suceso notable; Bringas, harto inquieto, con agudísimo dolor cefalálgico y en los ojos; Rosalía, en vela, compartiendo su cuidado y vigilancia entre el marido ciego y la niña epiléptica, que fue acometida de pesadillas más alarmantes que las de ordinario, pues las escenas de aquella tarde la excitaron vivísimamente. Por dicha de todos, Candidita acompañó a su atribulada amiga la noche entera, consolándola con su sola presencia y prestándole auxilios muy eficaces. Era muy propia para casos tales y sabía mil cosillas útiles de medicina doméstica. A lo más difícil encontraba pronta solución; jamás se acobardaba, ni sus baqueteados huesos conocían el cansancio.

Al alba, poco más o menos, Rosalía, vencida del sueño, se adormeció en un sillón frente al lecho conyugal donde el bueno de Thiers reposaba, aletargado ya; y lo mismo fue caer la señora en aquella modorra que empezar a ver al Torres y su barba y nariz famosas. También se ofreció a su vista la suma, que corría pieza tras pieza, desarrollando sus unidades en dilatado espacio, y vio la apremiante hora de aquel día, que despuntaba amenazador... Recobróse la infeliz súbitamente, abriendo los ojos. Creyó haber oído un ¡ay! de Bringas; pero debió de ser ilusión suya, pues el santo varón parecía muy tranquilo, y su mesurado aliento indicaba que, al fin, se había dormido de veras.

«¡Torres..., el dinero!... —pensó Rosalía, moviendo la cabeza para ahuyentar aquella idea, como si ésta fuera un moscón que se le posara en la frente—. ¡Y en qué circunstancias, Dios mío!...»

Capítulo XXI

Pero casi al mismo tiempo que tal decía vínole rápidamente al pensamiento, como esos rayos celestes de que nos habla el misticismo, una idea salvadora, una solución fácil, eficacísima, derivada, ¡oh rarezas de la vida!, de la misma situación aflictiva en que la familia se encontraba. ¡Qué cosas hace Dios! Él sabrá por qué las hace.

Levantóse del sillón quedamente y con mucha pausa para no despertar al enfermo. Ya sabía lo que tenía que hacer. La cosa era clara y fácil. Lo que no pudo hacerse el día anterior, se haría en aquél tan funesto. Había pensado ella varias veces en los candelabros de plata, pero ¿cómo empeñarlos sin que don Francisco, hombre de tan buen ojo, se enterase?... ¡Ya podía ser, ya podía ser!... Ella tendría buen cuidado de reponerlos en su sitio, juntando muy pronto el dinero preciso para el desempeño, y así su marido no se percataría de nada cuando recobrase la vista. ¡Pluguiera a Dios y a Santa Lucía que esto fuera pronto! No siendo quizá bastante el producto de los candelabros para allegar la cantidad que necesitaba, pues además del dinero de Torres le hacía falta el del segundo plazo de *Sobrino Hermanos,* dispuso unir a las mencionadas piezas de plata los tornillos de brillantes que en las orejas llevaba, donativo de Agustín Caballero. Bringas no podía notar la falta y si por acaso la notaba al pasarle la mano por la cara, ella le diría cualquier cosa, le diría que... Que se los había quitado en señal de duelo.

Doña Cándida le venía como de molde para la operación de crédito que proyectaba. Encontróla en el comedor, tan campante, tan despabilada, tan despierta como si no hubiera pasado una mala noche. Al punto sacó Rosalía el chocolate, para que su amiga se hiciese a su gusto el que había de tomar. Mientras la respetable señora se ocupaba de esto con la prolijidad que siempre ponía en tan grata operación, su amiga le participó sus proyectos. Oyéronse durante un ratito cuchicheos íntimos y viose la cabeza de Cándida haciendo movimientos afirmativos, bastantes a dar seguridad a la misma duda.

—Antes de las doce estará todo hecho. Tranquilícese usted... Para estas cosas me valgo yo de un amigo que es un lince... Sigilo, actividad, entendimiento, todo lo tiene; y despacha estos encargos en un decir Jesús.

Hay motivos para creer que ya por aquella época, la segunda etapa de su decadencia, principiaba Cándida a visitar en persona el Monte de Piedad y las casas de préstamos, bien para asuntos de su propia conveniencia, bien para prestar un delicado servicio a cualquier amiga de mucha confianza. A esto llamaba Máximo Mando la *segunda manera de doña Cándida,* y debo hacer constar que aún hubo una *tercera manera* mucho más lastimosa.

Todo se arregló, pues, aquella mañana tan fácil y prontamente como la de García Grande había dicho, pues no eran las once y media cuando ya estaba ella de vuelta con el dinero. Tomólo Rosalía con ansia y se alegró de poseer lo bastante para cumplir con Torres y con Sobrino, conservando un resto para atencioncillas de poco más o menos.

—No sé cómo agradecerle a usted... —dijo con vehemencia a su insigne amiga, estrechándole las manos—. Pronto volverá todo a casa, pues no me gusta que mis alhajas hagan estas excursiones; y sólo por una gran necesidad...

No se sabe cómo rodó la conversación hacia un cierto apurillo que había por la mucha calma de un pícaro administrador... Cuestión de dos o tres días... ¿Cómo negar este favor a quien se había portado tan bien? Rosalía creyó que se arrancaba un pedazo de sus entrañas cuando se le fueron de entre las manos aquellos diez duros con que apagó la sed metálica de su amiga. Pero no había más remedio. Muy gozosa pasó doña Cándida a ver a Bringas, el cual dijo que se sentía mejor, aunque muy débil de la cabeza. El médico le había examinado por la mañana y su pronóstico fue bastante favorable. Recobraría pronto la vista..., y... Aún creía ver algo cuando se apartaba la venda... Lo que hacía falta era mucho reposo, paciencia y tomar con método y puntualidad las medicinas prescritas.

—¿Quién ha entrado? —preguntó Bringas vivamente.

—Me parece que es el señor de Torres —replicó Cándida—, que ha venido a preguntar por usted.

—Tengo la cabeza tan débil, y al mismo tiempo tan trastornada, que me pareció oír contar dinero... Aunque no quiera, y aunque el médico me ordene que no me ocupe de nada, no puedo menos de prestar atención a todo lo que pasa en la casa. No lo puedo remediar. Tengo el oído siempre alerta, y hasta cuando me duermo paréceme que no se me escapa ningún rumor.

Díjole ella cuerdamente que todo cerebro enfermo pide inacción; que le convenía entregar sus sentidos a la indiferencia y al descanso; que mientras estuviese en la cama no se le había de dar conversación, y que ni aun sus hijos debieran entrar en la alcoba. Con esto se manifestó él conforme, dando un gran suspiro, y sostuvo que para lo que necesitaba más paciencia y fuerza de voluntad era para reprimir su afán de enterarse de todo y de dar órdenes.

Mientras esto se hablaba en la oscura alcoba, Rosalía cuchicheaba con Torres en la Saleta. Por grandes que fueron las precauciones tomadas para no hacer ruido de dinero al contar veinte duros en plata, algún leve *tintín* hubo de vibrar en la habitación y extenderse por la casa en ondas tenues hasta llegar al sutil oído de Bringas. Torres, muy afectado por la dolencia de su amigo, expresó la esperanza de que no fuera cosa grave... El tenedor de libros de Mompous había tenido un ataque semejante a la vista.

—Nada; que estando un día escribiendo, se quedó ciego... Creyeron al principio que era gota serena; pero con diez días de venda y algunas medicinas se puso bueno, aunque siempre delicado. En los baños de Quinto se acabó de curar...

Despidióse el susodicho tan contento por llevarse su dinero como afligido por el percance de don Francisco.

A Isabelita, que estaba triste, afectada y sin ganas de comer, la mandaron a casa de Cándida para que pasara allí todo el día jugando con Irene y otras niñas de la vecindad. Alfonsín fue al colegio, y Paquito, a quien la enfermedad de su papá tenía muy melancólico, no salió de casa ni quiso probar bocado en el almuerzo. Cándida fue la única persona que allí mostró un regular apetito.

—Es preciso alimentarse, aunque sea haciendo un esfuerzo —decía a la de Bringas—. No se deje usted ir así. Hay que tomar fuerzas para poder velar y trabajar y atender a todo... Yo tampoco tengo ganas; pero me domino, hija, y como por obligación, porque es preciso.

Poco después recibió nuestra amiga una esquelita de Milagros en que le decía que todo se había arreglado al fin satisfactoriamente, y que la esperaba por la noche. La carta respiraba alegría y satisfacción.

—Esta pobre Milagros no sabe lo que nos pasa... —dijo Rosalía rompiendo la carta—. La pobre me suplica que no falte esta noche. Hijo, vete un momento allá y dale cuenta de esta desgracia... Mira, al regreso te pasas por casa de Pez y enteras también a Carolina... ¡Ah!, ella tiene la culpa, con sus obras de pelo. ¡Qué esperpento de mujer!...

La modista fue aquel día; pero la señora la despidió diciéndole que no estaba la Magdalena para tafetanes; que volviera la próxima semana. Por la tarde fue también Milagros, que sentía mucho no haber sabido antes el suceso para *ir volando* a consolar a su amiga. Su pena sincera no era parte a ocultar la satisfacción que la embargaba por el feliz arreglo de su conflicto metálico en aquel día crítico. Cómo y de qué manera se había hecho el arreglo, ya lo diría más adelante, pues no era ocasión de importunarla con cosas que no le importaban...

—Y el médico, ¿qué dice?

La excelente señora esperaba que la ceguera fuese una desazón de pocos días. Pediría a Dios que curase a aquel hombre tan bueno, a aquel modelo de los padres de familia...

—¡Cuánto siento que no pueda usted venir esta noche a mi casa!... De seguro estará la reunión muy brillante, y en cuanto al *buffet*, será de lo más espléndido... Ya, ya le contaré a usted cómo... Hay para rato.

Despidiéndose junto a la puerta, no pudo reprimir algunos desahogos muy espontáneos de su pasión dominante. Como quien dice un secreto de importancia, declaró a su amiga que se pondría aquella noche el vestido de muselina blanca con viso de *foulard*, color lila, al cual había hecho poner un *entredós* y casaca Watteau[85]... A última hora se había podido arreglar una camiseta como la que le mandaron de París a la de San Salomó... Pensaba peinarse con el cabello levantado, ondulado, gran trenza alrededor de la cabeza y largos bucles por detrás...

—En fin, no está usted de humor para oír tanta tontería... Adiós, adiós... Mañana vendré a saber cómo sigue nuestro don Francisco y a contar, a contar...

Bringas, que de todo se enteraba, dijo a su esposa:

—Ya oí tus secretos con la Tellería en la puerta ¿y qué tal? ¿Ha caído algún bobo?... ¡Pobre mujer! De veras te digo que más vale comer en paz un pedazo de pan con cebolla, que vivir como esa gente, entre grandezas revestidas de agonía... ¡Y esta noche, gran jaleo!... Te juro que les tengo lástima.

---

[85] «casaca Watteau»: casaca al estilo de las figuras de Watteau (1684-1721), pintor versallesco.

Capítulo XXII

Animábase mucho, porque cuando se alzaba un poquito la venda, contraviniendo las órdenes del médico, percibía la luz, aunque con impresión turbada y dolorosa. Como quiera que fuese, tenía el convencimiento de que el órgano no estaba perdido y de que más tarde o más temprano recobraría el uso de aquella función preciosísima. El cosquilleo le molestaba mucho y también la visión calenturienta de millares de puntos luminosos o de tenues rayos metálicos, movibles, fugaces, imágenes de los malditos y nunca bien execrados pelos que conservaba la enferma retina. Con todo, llevaba mi hombre su mal resignadamente, y lo que pedía por Dios era que le sacaran del lecho; pues era para él grandísimo suplicio estar tendido boca arriba, revuelto entre las sábanas ardientes. Permitióle el médico levantarse de la cama a los tres días, mas con orden terminante de no moverse de un sillón y estarse quieto y mudo, indiferente a todo y sin recibir visitas ni ocuparse de cosa alguna, siempre vendado rigurosamente. Levantóse, y le instalaron en *Gasparini,* en cómodo sillón con almohadas. No se permitía que nadie entrara a darle conversación, ni se le obedecía cuando suplicaba a Paquito por las noches que le leyese algún diario. Respecto a su apartamiento de los asuntos domésticos, poco pudo lograr Rosalía, pues aunque él se preciaba de dejar al cuidado de ella todas las cosas, no podía contener su anhelo de autoridad, de aquella autoridad tan bien ejercida durante largos años; y a cada momento se acordaba del buen uso que había hecho de sus funciones.

—Rosalía...

—¿Qué quieres, hijito?

—¿Qué principio has puesto hoy?

—¿Para qué te ocupas...?

—Me ha olido a estofado de vaca... No me lo niegues... Ahora, más que nunca, hay que apelar a las tortillas de patatas, a las alcachofas rellenas, a la longaniza y, si me apuras, a asadura de carnero, sin olvidar las carrilladas. Si te fías de Cándida y le encargas la compra, pronto nos dejará por puertas. Ya sabes que esa señora derrochó dos fortunas en comistrajos... Di una cosa: ayer pusiste para almorzar merluza frita.

—Es que creí que el médico te mandaría tomarla. Por eso se trajo. Después resultó que no.

—Oye una cosa... ¿Dónde está ahora Cándida?

—Está en la Furriela. No temas que te oiga.

—¿Por qué no haces, con buen modo, que se vaya a comer a su casa? No me gustan convidados perpetuos. Un día, dos, pase...

—Pero, hombre... ¡Si supieras cuánto me ha ayudado la pobre!... Mañana veremos. No puedo decirle de buenas a primeras que se vaya...

—¿Qué te ha traído Prudencia de la plaza de la Cebada?

—Las tres arrobas de patatas.

—¿A cómo?

—A seis reales.

—Mira, hijita, no olvides de apuntar todo, para que cuando yo esté bueno pueda seguir llevando la cuenta del mes. ¿Has traído aceite? No traigas vino, pues ya sabes que yo no lo gasto por ahora. El médico me dice que tome un dedito de Jerez; pero no lo compres. Si doña Tula te manda las dos botellas que te prometió, lo tomaré; si no, no. Si Candidita sigue viniendo por las mañanas y es forzoso darle la jicarita de chocolate... ¿Me podrá oír?

—No, no hay nadie.

—Pues digo que traigas para ella del de a cuatro reales, que sin duda le sabrá a gloria: yo dudo que en su casa cate ella otra cosa que el de tres... Estoy pensando en el regalo que tenemos que hacer al médico, y en eso se nos van a ir todos nuestros ahorros. Y gracias que no me traiga acá un oculista, que si lo llega a traer, apaga y vámonos. Dios querrá no sea preciso... Ayer habló de tomar baños. Tiemblo de pensarlo. Esto de los baños es una monserga que los médicos han inventado ahora para acabar de exprimir el jugo a los pobres enfermos. En mi tiempo no había tales baños, y por eso no había más enfermedades. Al contrario, creo que moría menos gente. Si habla de baños, te lo recomiendo, hija, ponle mala cara, como se la pongo yo.

Lo más singular era que ni en aquel estado mísero hubo de abandonar mi buen Thiers la contabilidad de su casa. Mientras estuvo en el lecho, dio a su mujer las llaves de la gaveta donde tenía el dinero; pero desde que se levantó quiso empuñar de nuevo las riendas del gobierno y ejercer aquella soberana función, que es el atributo más claro de la autoridad doméstica. No acobardado por su ceguera y sobreponiendo su activo espíritu a la dolencia corporal, levantábase de su asiento, acercábase a la mesa, palpaba los muebles para no tropezar y abría la gaveta para sacar el cajoncito donde estaba el dinero. Había adquirido ya su tacto, en tan corto periodo educativo, la finura que poseen en el suyo los privados de la vista, y conocía las monedas sólo con sopesarlas y sobarlas un poco. Con la arqueta sobre las rodillas, iba sacando y contando hasta poner la regateada cantidad en las manos de su mujer. Ésta hacía alguna observación tímida:

—Ya ves, hijito, el gasto es mayor en estos días.

—Pues que no lo sea. Arréglate... ¡Ah! Hoy es sábado: los veinticuatro reales del carbonero... En cuanto al maestro de baile, si insiste en subir más cubas, que yo no pago más que lo de costumbre; lo demás es por su cuenta. No me pongas más caldo de gallina, a no ser que el cocinero jefe te mande alguna. Suprimido el cuarto de gallina o el medio pollo. Felizmente, me he acostumbrado a no ser hombre de melindres. El caldo del cocido, con su buen hueso y tuétano, vale más que nada.

Rosalía, por no contrariarle, a todo decía *amén*. Después de sacar el dinero del gasto cotidiano, quedábase Bringas un rato con la arqueta sobre las rodillas; y levantando un falso fondo que el mueblecillo tenía, sacaba una vieja y sobada cartera, entre cuyos dobleces iban apareciendo algunos billetes del Banco. Con exquisito tacto los repasaba, los desdoblaba, los volvía a doblar cuidadosamente, diciendo:

—Este es el de quinientos; estos dos, de cuatro mil...

Conocíalos por el orden en que estaban colocados... Luego ponía todo en su sitio con respetuosa pausa, guardaba el arca, y echando la llave, depositaba ésta en el bolsillo izquierdo de su chaleco. La señora le guiaba hasta volverle a poner en el sillón. Esto se hacía siempre a puerta cerrada; pues antes de escudriñar su tesoro mandaba a Rosalía que echase el pasador a la puerta para que no entrara nadie.

Una semana transcurrió desde el día de San Antonio, tristísima fecha en la casa, sin que el enfermo adelantara gran cosa. No estaba mejor; bien es verdad que tampoco había empeorado, lo cual, al fin y al cabo, siempre es un consuelo. No había duda alguna de que las funciones ópticas se conservaban intactas; es decir, que don Francisco veía; mas era tan penosa la impresión de la luz en sus ojos, que si por un instante se levantaba la venda, los crueles dolores y el ardor vivísimo que sentía obligábanle a ponérsela otra vez. Su mujer le cuidaba con un esmero y atención dignos del mayor elogio. Ella le ponía las compresas de belladona sobre los párpados cuando los dolores eran grandes, y le frotaba las sienes con belladona y láudano. Dábale todas las noches el calomelano con ligera dosis de opio cuando había insomnio; pero en nada ponía tanto cuidado la solícita esposa como en amonestarle para que no se levantase nunca la venda; pues era el pobre señor tan vivo de genio, que desde que se sentía un poquito mejor ya le faltaba tiempo para *echar una miradita* al mundo, como decía.

—Por Dios, hombre, no seas así... Mira que te perjudicas. Eres como los chiquillos. No sé de qué te valen la razón y los años. Te dice el médico que por nada del mundo te descubras, y tú empeñado en que sí... De ese modo no adelantas nada. Ten paciencia, que día llegará en que te quites ese trapajo negro y puedas mirar directamente al sol. Pero ahora, por algún tiempo, cieguecito y nada más que cieguecito. Conque mucha formalidad, que si das en *abrir la ventanita,* como dices, te amarraré las manos.

—Es que esta maldita venda —dijo Bringas dando un suspiro— me agobia, me pesa como si fuera el bastión de una muralla... Es verdad que padezco mucho cuando me hiere la luz; pero también la impaciencia, y sobre todo la oscuridad, me mortifican horriblemente... Es un consuelo ver de rato en rato alguna cosilla, aunque sólo sea la cavidad de la habitación, con los objetos confusos y como borrados; es consuelo verte, y por cierto que si no me engaña esta pícara retina enferma, tienes puesta una bata de seda... La que te dio Agustín, ¿no la habías deshecho para cortar un vestido a la niña? *Ainda mais*[86], la que llevas ahora es de un color así como grosella...

[86] *Ainda mais:* portugués, gallego; *también, además de eso.*

Capítulo XXIII

Rosalía oyó esto desde la puerta. Desconcertada al pronto, no tardó en recobrar su serenidad, y dijo riendo:

—¿Pues no dice que llevo bata de seda?... Sí, para batas de seda estamos... Ahí tienes lo que te vale asomarte a la ventanita. Todo lo ves cambiado, todo lo ves equivocado; el tartán se te antoja seda, y este color pardo, sucio, te parece grosella...

—Pues yo juraría...

—No jures, hijito, que es pecado... ¡Batas de seda...! Qué más quisiera yo...

Y salió prontamente. En el *Camón* mudó la bata que tenía puesta por otra muy vieja, que era la que generalmente usaba.

—¿Estás aquí? —preguntó Bringas después de aguardar un rato, durante el cual hubo de dudar si su esposa estaba presente o no.

—Aquí estoy..., sí —respondió Rosalía, contestando apresurada—. El panadero... Hoy no he tomado más que tres libras...

—Pues yo juraría... ¿Será que todo lo veo trastornado?

—¿Todavía estás con lo de la bata?... —dijo Rosalía acercándose a él y haciéndole caricias...

El ciego tocó la tela, estrujándola entre sus dedos.

—Lo que es al tacto, lana es, y muy señora lana.

Y después de otra pausa, durante la cual ella no dijo

161

nada, Bringas, azuzado por su ingénita suspicacia, añadió:

—Como no te la mudaras en el ratito que estuviste fuera... Me pareció haber sentido ruido y frotamiento de tela...

—¡Jesús!... Oír es. Puede que sí. Está ahí la modista arreglando los vestidos de Milagros...

Paquito, que acababa de entrar de la calle, se sentó junto a su padre para contarle algunas anécdotas de las que corrían y leerle sueltos de periódico. Aquella tarde fue Milagros, que también había ido las anteriores, demostrando por la salud del señor don Francisco un interés verdaderamente fraternal. Algunos ratitos le acompañaba; pero pronto se dirigían ella y su colega al aposento más lejano, que era la *Furriela*.

Nunca explicó claramente la marquesa a su amiga cómo había sido aquel feliz arreglo de la famosa apretura del día 14; pero ello debió de ser un préstamo a cortísimo plazo, por lo que se verá más adelante. Lo cierto es que la cena fue esplendidísima, y un célebre cronista de salones, con aquel estilo eunuco que les es peculiar, la ponderó y ensalzó hasta las nubes, usando frases entre españolas y francesas que no repito por temor a que, leyéndolas, sientan mis buenos lectores en su estómago efectos parecidos a los del tártaro emético[87]. Cuando le leyeron a don Francisco la relación de la lucida fiesta, el buen señor no cesaba de repetir: «¡Quién sería el bobo, quién sería el bobo...!»

Los primeros días después del sarao, Milagros parecía muy satisfecha. Paulatinamente, su contento amenguaba, y hacia el 20 podríais notar en ella súbitos ataques de tristeza. No pasó el 22 sin que a ratos revelara con hondos suspiros una aprensión muy grave. Por San Juan ya los ratos de tranquilidad eran los menos, y la marquesa anunció a su amiga confidencias muy desagradables. Esta se asustaba oyendo tales augurios, y veía

---

[87] «*tártaro emético*»: solución de potasio para inducir el vómito.

venir una nube más negra y tempestuosa que la pasada. Entre tanto, los cariños de Milagros eran tan extremados, que Rosalía no sabía cómo agradecerlos. A menudo hablaban de trajes y modas, aunque la de Bringas no tenía gusto para nada, mientras su esposo estuviese enfermo. Por fortuna, el médico anunciaba una curación pronta, y con este pronóstico feliz tomaba tales alientos la dama, que su espíritu empezó a reservar un hueco no pequeño para todo lo concerniente al orden de la indumentaria elegante. Los regalitos de Milagros en aquella ocasión triste le llegaban al alma. Y cuenta que no eran bicoca estos obsequios. Una tarde, al despedirse, le dijo:

—¿Sabe usted que el sombrero Florián no me va bien? A usted le caería perfectamente. Se lo voy a mandar.

Y se lo mandó. Otro día hablaron de vestidos, con más calor.

—El de pelo de cabra, que tengo a medio hacer, no me gusta. Se lo enviaré mañana... Como usted ha de ir forzosamente a baños con su marido, puede usarlo allá... No, no me lo agradezca usted. Si no me sirve... También le traeré el *fichú*[88] con cinta de terciopelo verde y un casquete de fieltro para que usted se lo arregle fácilmente. Para baños, delicioso. Le mandaré igualmente flores, plumas, *aigrettes*[89]... Tengo seis cajones llenos de estas cosas... Hoy me llevó la modista la bata grosella... ¿Sabe usted que no me va muy bien? Ese color sólo sienta bien a las gruesas, a las caras frescas... ¿La quiere usted? Puede hacerle algunas variaciones, ensancharla un poquito, y le servirá... La tela es riquísima.

He aquí cómo entraron en la casa todas estas ricas prendas. Rosalía, como hemos dicho, no tenía gusto

---

[88] *«fichú»:* tela con que las mujeres se cubrían el cuello, pecho y espalda.
[89] *«aigrettes»:* plumas para adornar sombreros y peinados. .

para nada, y las iba almacenando en el *Camón*. Alguna vez, cuando su espíritu estaba sosegado por las buenas esperanzas que daba el médico, solía encerrarse en la citada pieza para probarse la bata, el vestido, el sombrero... Sin poder resistir la tentación, dispuso con Emilia varios arreglos, alargando unas cosas, reformando completamente otras. A veces, dejándose llevar de su apasionado afán, salía del *Camón* y daba dos o tres vueltas por la casa con todos aquellos arreos sobre su cuerpo. Para esto esperaba a que la criada y los niños estuviesen fuera y don Francisco encerrado en *Gasparini* con Paquito. Más de una vez se mostró engalanada a la admiración de Cándida, solicitando del criterio de ésta una aprobación o censura juiciosas. La viuda siempre se sentía tocada del furor del aplauso, y para que no le diese con aspavientos ruidosos, Rosalía se llegaba a ella con el dedo en la boca, incitándola a reprimir toda manifestación de pasmo y sorpresa, no fuera que algún sutil oído percibiese lo que en la *Saleta* ocurría. Luego tornaba, melancólica, al recatado *Camón,* y allí se despojaba de aquellas galas, diciendo con pena:

—No tengo gusto para nada, no está mi espíritu para estas bromas.

El 26 fue cuando la de Tellería, no pudiendo ya contener la ola de tristeza que se desbordaba en su afligido pecho, la vertió sobre el de su buena amiga, previo este exordio patético que nos ha conservado la historia:

—También le mandaré a usted el vestido de muselina con visos violeta... y todos mis encajes de Valenciennes, punto de Alençon y *guipure*[90]. ¿Para qué quiero nada ya? Las pocas joyas que me quedan tal vez sean algún día para usted... Yo estoy perdida; no tengo más remedio que esconderme, entrar en un convento, huir, o qué sé yo... Si pudiera entrar en un convento, sería lo mejor... Y si Dios me quisiera llevar, ¡qué servicio me haría!... Pero no sé lo que me digo... Se pasmará usted

---

[90] «*guipure*»: encaje de malla ancha.

de verme tan aturdida, tan trastornada, que no parezco la misma... ¡Cuando usted sepa...! Es que llueven sobre mí las calamidades, como si el Señor quisiera probarme. Dicen que así se hacen méritos para la otra vida, y tiene que ser, tiene que ser, porque, si no, amiga mía, ¿qué cosa más triste que penar aquí y penar allá?... Yo nací con mala estrella... Hasta ahora, los conflictos en que me ha puesto mi mariducho han sido tales, que los he ido sorteando con maña... Dios sabe el mérito grande, ¿qué digo mérito?, el heroísmo de estos últimos años. ¡Qué sofocaciones para sostener la dignidad de la casa, para que a los hijos no les faltase nada!... ¡Y algunos días, qué afán horroroso para que los criados pudieran decir: «La sopa está en la mesa...» ¡Cuánta humillación, cuánto padecer, y qué lucha, amiguita, qué lucha con acreedores, con gente ordinaria y con toda clase de pedigüeños!... Pero cuando se van acumulando las dificultades, cuando se prolonga mucho el sistema de abrir un hueco para tapar otro y prorrogar y aplazar, llega un día en que todo se va de través; es como un barco ya muy viejo y remendado que de repente se abre... ¡plum!... y...

Al llegar a esto del barco averiado, el lenguaje de la pobre señora, más que lenguaje, era un sollozo continuo. Rosalía, casi tan apenada como ella, la incitó a que explicara el motivo de tanta desdicha, para ver si, conocido de una manera clara y concreta, era fácil buscarle remedio. Mas la marquesa no supo o no quiso exponer su conflicto en términos categóricos. Ello era cosa de reunir para fin de mes una cantidad no pequeña. Si no la tenía, veríase en el mayor y más grave compromiso de su vida, y quizá, o sin quizá, expuesta al vilipendio de ser llevada a los Tribunales de Justicia. Pero ¿qué era? ¿Tal vez que un amigo se había comprometido por sacarla del difícil paso y ella había puesto su malhadada firma...? ¡La muy tonta! ¿Por qué no se cortó la mano antes?... Es verdad que si se hubiera cortado la manecita, no habría tenido cena en la mil veces malhadada noche del 14.

Rosalía, que sabía de lógica más que la marquesa, díjole que por qué no escribía a su administrador de Almendralejo para que le anticipase la renta del trimestre, aunque fuera con descuento. A lo que Milagros contestó entre suspiros que ya esta probable solución se había tanteado y no podía contar con la renta hasta el 15 de julio... Eso sí, la renta era segura, y a la persona que le hiciera el anticipo le pagaría puntualmente en dicha fecha.

—¿Pero no puede usted aplazar?...

—Imposible, hija, imposible... Tan imposible como que vuelen los bueyes o que mi marido tenga sentido común.

—¿Y su hermana de usted, Tula?...

—Más absurdo aún...

Rosalía alzó los hombros. No veía salvación. Pero Milagros, que iba tras el *quid* de que su amiga la sacase de aquel profundo atolladero en que estaba, echóle los brazos al cuello, y con ahogada voz le deletreó en el oído estas palabras, más lacrimosas que el cenotafio en que don Francisco había trabajado con tan mala fortuna:

—Usted... usted, amiga del alma, puede salvarme...

Dicho esto, le entró una congoja y una convulsioncilla de estas que las mujeres llaman ataque de nervios, por llamarlo de alguna manera, seguida de un espasmo de los que reciben el bonito nombre de síncope.

Capítulo XXIV

Fue preciso traerle un vasito de agua, desabrocharle el corsé y no sé qué más.

—Pero yo..., ¿cómo? —exclamaba Rosalía, mucho después, espantada—. ¿Cómo puedo yo...?

—Pidiéndolo a don Francisco. Le daré interés, el rédito que quiera y un pagaré en toda regla... Traeré la carta de mi administrador para que la vea. Dice que cuente con la renta para el quince. No es mi administrador, como el de doña Cándida, un vano fantasma, sino un ser de carne y hueso. Bien se conoce esto en que sus anticipos son siempre al veinte por ciento.

Rosalía denegaba enérgicamente con la cabeza y con la voz:

—Hija mía, usted se hace ilusiones. Mi marido no tiene un cuarto. Y si lo tuviera, no lo daría. Usted no le conoce...

A esta razón terminante opuso la angustiada señora otras que denotaban su perspicacia y los infinitos recursos de su ingenio. Que don Francisco tenía, era un punto inconcuso, superior a todas las dudas. Sentado este principio, la cuestión quedaba reducida a ver cómo se vaciaba el misterioso tesoro en las necesitadas manos de Milagros. Si una esposa fiel tomaba a su cargo esta empresa, que no era un arco de iglesia, bien podía efectuarse la transferencia sin contar con Bringas para nada. La fiel esposa no debía tener escrúpulos de conciencia por esta acción un tanto incorrecta y temeraria,

167

porque la cantidad sería repuesta antes que el buen señor se hallara en estado de advertir la falta.

—Pues qué, ¿cree usted que don Francisco verá antes del día quince de julio?

Esta pregunta, hecha por Milagros en el calor de la improvisación, lastimó bastante a Rosalía.

—Yo espero que sí, y si así no fuera, como lo deseo tanto, quiero suponer que no tardará en recobrar la vista.

—Perdóneme usted, amiga querida, si soy poco delicada. A veces digo unos disparates... Usted no sabe lo que es una situación como esta en que yo me veo. Vive usted en la gloria y no comprende cómo nos retorcemos y nos achicharramos y aun blasfemamos los condenados en este infierno de Madrid... ¡Las cosas que a mí se me ocurren!... En un caso como éste, no se asuste usted y créame lo que le digo... en un caso como éste, me figuro que sería capaz hasta de apropiarme lo ajeno..., se entiende, con propósito de devolver. ¡Ay! Cuando entro en mi casa y veo al portero en su cuartito bajo, comiéndose unas sopas de ajo con la portera, ¡me da una envidia!... Quisiera mandarle a mi principal y quedarme yo en la portería, aunque tuviera que barrer el portal todas las mañanas, limpiar los metales y lavar la escalera de arriba abajo... Si es lo que digo: me vendría bien encerrarme en un convento y no acordarme más del mundo. Pero mis hijos, mis pobres hijos..., ¿qué sería de ellos entonces?... Cuando case a María, ¡quién sabe!..., puede ser, puede ser que me decida a buscar descanso en la vida religiosa... Por lo menos renunciaré al mundo y haré vida recogida en mi propia casa; no tendré más vestido que un hábito del Carmen, y aquí paz... Por las mañanas, mi misa; por las tardes, visitar a alguna amiga, y por la noche, a casa... Acostarme tempranito, que es lo más saludable, y... ¡Ay, qué rica vida!...

Después que volvió a insinuar su pretensión, no obteniendo de Rosalía sino frías negativas, dijo súbitamente:

—A ver cómo nos arreglamos para ir juntas a baños. Yo siento mucho retrasarme, pero antes de principios de agosto creo que no podrá ser. ¿No ha dicho el médico aún qué aguas va a tomar Bringas? Yo iré a donde usted vaya, pues para mis males lo mismo son unas aguas que otras... Todo está en zarandearse un poco y salir de este horno.

En esto del viajecito a baños era Rosalía más comunicativa que en el anterior tema. Bien deseaba veranear, pero aún no había dicho el médico nada terminante. Bringas no quería ir por no hacer gastos; pero si el médico se lo mandaba, ¿cómo negarse a ello?... A la señora misma no le sentaría mal un poco de expansión y movimiento, pues estaba delicadita y algo desmejorada... De este palique de los baños pasaron a los vestidos, y tras las observaciones vinieron las probaturas... Rosalía se puso el de *mozambique,* ya casi concluido, y su amiga la felicitó tan calurosamente por el buen aire que con él tenía, que a poco más revienta de vanidad la hija de cien Pipaones.

—Si es usted elegantísima... si cuanto usted se pone resulta maravilloso. La verdad, no es porque sea usted mi amiga... A todo el mundo lo digo: si usted quisiera, no tendría rival. ¡Qué cuerpo!, ¡qué caída de hombros! Francamente, usted, siempre que se quiere vestir, oscurece cuanto se le pone al lado.

Que a Rosalía se le caía la baba con esta adulación, no hay para qué decirlo. Era una estupidez que persona de tal mérito tuviera que esconder su buena ropa, ponérsela a hurtadillas e inventar mil mentiras para justificar el uso de diversas prendas que parecían ajustadas a su hermoso cuerpo por los mismos ángeles de la moda. Al quitarse aquellas galas delante de su amiga, pensaba en el tremendo problema de explicar al marido la adquisición de ellas, cuando no tuviera más remedio que lucirlas ante sus ojos o no lucirlas.

Milagros no se despidió sin repetir con amaneramiento compungido sus ahogos y el remedio que solicitaba. Por fin, Rosalía confortó su espíritu con un *veremos,* y el rostro de la Tellería iluminóse con un chispazo de alegría.

—Mañana —dijo ya en la puerta— le mandaré aquella blonda que le gustaba a usted tanto... No, no me lo agradezca... Yo soy la que tiene que agradecer, y si usted me saca del pantano... *(estampándole dos sonoros y sentimentales besos),* gratitud eterna... Adiós.

Por aquellos días volvió de Archena don Manuel Pez, contento de lo bien que le habían sentado las aguas, con buen color, mejor apetito y ánimos para todo. Su primera visita fue para Bringas, de cuya enfermedad había tenido noticia en los baños, y le animó mucho y se brindó a acompañarle por mañana, tarde y noche, dedicándole todo el tiempo que sus quehaceres le dejaban libre. Cumplió esto al pie de la letra, y su presencia en la casa llegó a ser tan reglamentaria, que cuando no iba parecía que faltaba algo. A ratos entretenía al enfermo con los sucesos políticos, contándole mil chuscadas; pero tenía cuidado de no ponderar los peligros del Trono ni el mal curso que tomaban las cosas, pues mi don Francisco, en cuanto oía hablar de la *llamada* revolución, se ponía tristísimo y daba unos suspiros que partían el alma. Cuando había otros acompañantes en *Gasparini,* o cuando se consideraba perjudicial la conversación muy prolongada, Pez se iba a la *Saleta* o a *Embajadores,* donde Rosalía, hallándole al paso, cambiaba algunas palabras con él. Notaba la dama en su amigo un mudo y ceremonioso respeto, y las galanterías con que la obsequiaba eran siempre caballerescas y de estilo un tanto rebuscado. Ella le correspondía con sentimientos de admiración, de una pureza intachable, porque Pez se agigantaba más cada día a sus ojos, como tipo del personaje oficial, del alto empleado, fastuoso y cortesano. En la mente de la Pipaón, ningún ideal de hombre podía ser completo sin estar bañado en la dorada atmósfera de una nómina. Si Pez no hubiera sido empleado, habría perdido mucho a sus ojos, acostumbrados a ver el mundo como si todo él fuera una oficina y no se conocieran otros medios de vivir que los del presupuesto. Luego aquel aire elegante, aquella levita negra cerrada, sin una mota, planchada, estirada, cual si hubiera nacido en la misma piel del sujeto; aquellos cuellos como el ampo de la nieve, altos, tiesos; aquel pantalón que parecía estrenado el mismo día; aquellas manos de mujer cuidadas con esmero...

Capítulo XXV

Y aquel modo de peinarse, tan sencillo y tan señor al mismo tiempo; aquel discreto uso de finos perfumes, aquella olorosa cartera de cuero de Rusia, aquellos modales finos y aquel hablar pomposo, diciendo las cosas de dos o tres maneras para que fueran mejor comprendidas... Ni una sola vez, siempre que le decía algo, dejaba de emplear alguna frase de sentido ingenioso y un poco doble. Rosalía no las hubiera oído quizá con gusto si no le inspirara indulgencia la consideración de que las merecía muy bien y de que, en cierto modo, la sociedad tenía con ella deudas de homenaje, que hasta entonces no le habían sido pagadas en ninguna forma. Venía a ser Pez, en buena ley, el desagraviador de ella, el que en nombre de la sociedad, le pagaba olvidados tributos.

Como apretaba bastante el calor, principalmente por la tarde, a causa de estar la casa al Poniente, la familia buscaba desahogo en la terraza. Una tarde, con permiso del médico, salió el mismo don Francisco, apoyado en el brazo de Pez, y dio un par de vueltas; mas no le sentó bien, y se dejaron los paseos hasta que el enfermo se hallase en mejores condiciones. Pero por verse privado de aquel esparcimiento, no gustaba que los demás se privasen, y con frecuencia instaba a su mujer para que saliese a tomar el aire.

—Hijita, no sé qué me da verte encerrada en esta cazuela. Yo no siento el calor; pero tú que no cesas de andar de aquí para allí, estarás abrasada. Salte a la terraza.

Las más de las veces negábase Rosalía.

—No estoy yo para paseos... Déjame...

Pero algunas tardes salía. El señor de Pez la acompañaba. Un día que él salió primero, porque verdaderamente se ahogaba en el caldeado gabinete, la vio aparecer con su bata grosella, adornada de encajes, abanicándose. Estaba elegantísima, algo estrepitosa, como diría Milagros; pero muy bien, muy bien. Contar los piropos que le echó Pez sería convertir este libro en un largo madrigal. Sin saber cómo, dejóse ir la dama al impulso de una espontaneidad violenta que en su espíritu bullía, y contó a su amigo el incidente de la bata, sorprendida por el esposo en un momento en que se alzó la venda.

—¡Pobrecito! No le gusta ver en mí cosas que le parecen de un lujo excesivo..., y quizá tenga razón...

De aquí pasó la Pipaón a consideraciones generales. Para Bringas no había más que los cuatro trapos de siempre, bien *apañaditos,* y las metamorfosis de un mismo vestido hasta lo infinito... Por cierto que ella no sabía cómo arreglarse. De una parte la solicitaba la obediencia que debía a su marido; de otra, el deseo de presentarse decentemente, con dignidad..., ¡por decoro de él mismo!

—Si se tratara de mí sola, me importaría poco. Pero es por él, por él... para que no digan que me visto de tarasca.

Todo esto lo aprobaba Pez con frase no ya decidida sino vehemente, y llegó a indignarse, increpando duramente a su amigo por mezquindad tan contraria a las exigencias sociales.

—Ese hombre no conoce que su propia dignidad, que su propio decoro, que su propio interés... ¿Cómo ha de hacer carrera un hombre semejante, un hombre que así discurre, un hombre que de este modo procede?...

Rosalía se extendió aún más en el terreno de las confidencias, no callando las agonías que pasaba para ocultar a Bringas las pequeñas compras que se veía obligada a hacer...

—A veces, no sabe usted lo que padezco; tengo que mentir, tengo que inventar historias...

Tan caballero era Pez y tan noble, que, después de compadecer a su amiga con toda el alma, se brindó a prestarle su desinteresada ayuda si por las incalificables sordideces de Bringas se veía ella en cualquier situación difícil...

—O hay amistad entre los dos, o no la hay; o hay franqueza, o no. Ello quedaría entre usted y yo... ¡Cómo consentir que usted..., con tanto valer, tanto mérito, con una figura como hay pocas, deje de lucir...!

Y siguió tal diluvio de elogios, que Rosalía se abanicaba más para atenuar el vivísimo calor que a su epidermis salía. Su bonita nariz de facetas se hinchaba, se hinchaba hasta reventar.

—Voy a darle el refresco...; son las siete —dijo de súbito. También ella debía tomarlo, que bien lo necesitaba.

Con las seguridades que dio el médico, al siguiente día se pusieron todos muy contentos. Oyéronse de nuevo risas en la casa, y el paciente mismo, recobrando sus ánimos, despedía chispas de impaciencia y vivacidad. «La semana que entra —había dicho el doctor— le quitaremos a usted el trapo. Eso va muy bien. Para la otra semana no tendrá usted sino ligeras alteraciones en la visión, y podrá salir a la calle con espejuelos oscuros. Absteniéndose durante el verano de todo trabajo en que se canse la vista, para el otoño volverá usted a su oficina y a las ocupaciones ordinarias, renunciando para siempre a jugar con pelos... Los trabajos mecánicos que afecten al sistema muscular le sentarán bien, como la carpintería, por ejemplo, la tornería, labores campestres... Pero nada de menudencias...» Muy mal gesto puso Bringas cuando el médico agregó a esto la indicación de tomar las aguas de Cestona[91]. Hubo aquello de

---

[91] «las aguas de Cestona»: en Guipúzcoa.

«patraña; en otros tiempos nadie tomaba baños y moría menos gente», y lo de que «los baños son un pretexto para gastar dinero y lucir las señoras sus arrumacos...».

A lo que el viejo galeno contestó con una apología vehemente de la medicación hidropática.

—Sea lo que quiera, hijito —declaró Rosalía, con más elocuencia en las ventanillas de la nariz que en los labios—. El médico lo manda, y basta... ¿Qué es patraña?... Eso no es cuenta tuya. En estos casos debe hacerse todo para que no quede el desconsuelo de no haberlo hecho si te pones peor... El clima de las provincias en verano te acabará de reponer. ¡Oh!, lo que es por mí, aquí me quedaría, pues el viajar más es molestia que otra cosa; pero los niños... *(Acentuando la afirmación con enfáticos ademanes.)* No pueden pasarse un año más sin los baños de mar.

A pesar de que lastimaba su espíritu aquella perspectiva de viaje, con las molestias consiguientes, el mucho gastar, el pedir billetes gratuitos y demás chinchorrerías, don Francisco estaba tan contento que le rebosaba la alegría en los labios, y no podía estar callado ni un minuto.

—En cuanto me ponga bien voy a emprender un trabajo de carpintería. Te voy a hacer un armario para la ropa, tan bueno y tan famoso, que la gente pedirá papeleta para verlo, como la Historia Natural y Caballerizas. El arrendatario de las cortas de Balsaín me da cuanta madera de pino me haga falta... En los sótanos de esta casa hay un depósito de caobas que se están pudriendo, y Su Majestad me permitirá sacar una piececita... El contratista del panteón de Infantes, de El Escorial, me ha ofrecido todo el mármol que quiera. Te haré un armario de mármol..., digo, un panteón para la ropa..., no; haré un magnífico lavabo y una consola... Y a Candidita le voy a hacer también un mueble... De herramientas estoy tal cual... Pero me procuraré otras..., o me las prestará el contratista de las obras de La Granja.

Hablando de esto, metió su cucharada la viuda, di-

175

ciendo al artista que ella le podría suministrar para su trabajo los modelos más suntuosos y elegantes. Tenía una consola con incrustaciones que perteneció al mismísimo Grimaldi[92], y un perro traído de París por la de Ursinos[93]. En cuanto al taller que don Francisco necesitaba, fácil le sería conseguir de Su Majestad que le cediera un local de los muchos que estaban inhabitados y vacíos en el piso tercero. Precisamente junto al oratorio había una gran sala con excelentes luces, en otro tiempo palomar, que ni hecha adrede sería mejor para aquel objeto. Con tanto brío se restregaba las manos Bringas, que poco faltó, sin duda, para echar chispas de ellas. «Vamos bien, bien. Vea yo, y verán todos mis obras...», era lo que, sin cesar, decía.

Inútil creo decir que Rosalía estaba también muy alegre. Su querido esposo recobraría la salud, la vista, que es la mejor parte de ella, y de la vida, y volvería a desempeñar en aquella casa sus funciones de soberanía paterna. Mas como ninguna dicha es completa en este detestable mundo, sino que los sucesos prósperos han de llevar siempre consigo su proyección triste, como llevan los cuerpos todos su sombra, aquel placer de la Bringas tenía por uno de sus lados una oscuridad desapacible. Era que por aquella región de su mente se extendía el recuerdo de los candelabros empeñados y del forzoso compromiso de redimirlos antes que Bringas recobrase la vista, y con ella, el mirar vigilante, la observación entremetida, la curiosidad implacable, policiaca, ratonil. Seguramente, si llegaba el día feliz y los candelabros no estaban en la consola ni los tornillos en las bonitas orejas de la dama, lo primero que notaría aquel lince sería la falta de estos objetos... ¡Horror daba el pensarlo!... Ved por dónde la propia felicidad engendraba una punzante pena, de tal suerte, que la infeliz dama

[92] Grimaldi, Jerónimo (1720-1786): diplomático famoso durante los reinados de Felipe V, Fernando VI y Carlos III.

[93] «la de Ursinos»: princesa francesa, muy popular en España durante el reinado de Felipe V.

se hallaba en una perplejidad harto dolorosa. La expresaba diciéndose que tal vez se alegraría de no estar tan alegre.

La impaciencia y vivacidad de Bringas se manifestaban en una fiebre de intervención doméstica, en un como delirio de administración, vigilando sin ver y dirigiendo todo lo mismo que si viera. Ni un instante dejaba de promulgar disposiciones varias, y él mismo se contestaba a las preguntas que hacía. Su mujer, justo es decirlo, tenía la cabeza loca con tal tarabilla.

Capítulo XXVI

—Hijita, oye lo que te digo... Si vamos, al fin, a esos condenados baños, te arreglarás con los vestidos que tienes. Los mudas, los cambias, le quitas a uno una cosa para ponérsela a otro..., y como nuevo. Todas dirán que te los ha mandado Worth. No creas, así lo hacen hasta las duquesas... Cuento con que Su Majestad le ponga dos letritas al jefe del Movimiento para que nos dé billetes gratis para todos... Otra cosa: si tú lo tomas a tu cargo y lo sabes hacer, podrás conseguir que la Señora ordene a la Intendencia que se me den dos pagas el mes de julio... ¿Y por qué no julio y agosto? Todo será que lo sepas hacer, y que al hablarle de nuestro viaje te aflijas y digas que no podemos por falta de... Ello depende de que la cojas de temple benéfico, y fácil será, porque casi siempre está en ese temple... A tu maña lo dejo... Los niños no necesitan vestidos... Si acaso, algún sombrerito chico... No hagas nada hasta que yo lo vea. Capaz eres de gastar un sentido y ponerlos muy llamativos, con unos canastos en la cabeza que les hagan sudar el quilo. Yo me pondré el jipijapa[94] que Agustín se dejó olvidado, y con mi *levisac* de lanilla, el que me hice hace seis años, y mi traje mahón, que siempre parece nuevo... tan campante. Haré que nos den un coche reservado para poder llevar comida, cocinilla en que hacer choco-

---

[94] «jipijapa»: sombrero tropical de paja muy fina.

178

late, un colchón, almohadas, botijo de agua y alguna otra cosa útil... En fin, se realizará el viaje como se pueda.

Continúa la tarabilla:

—¿Qué ruido es ese que he sentido? ¿Qué me han roto? Desde que no veo llevo la cuenta de los platos y copas que he sentido caer, y no bajan de docena y media. Cuando vea, ¡Dios mío!, voy a encontrar la casa hecha una lástima. No me digas que no. Me parece que estoy viendo el desorden de todo y mil gastos inútiles. No me explico ese consumo enorme de petróleo, ahora que no necesito luz. Y a Prudencia, ¿se le toma bien la cuenta? Apostaría que no. Con ello de que el amo no ve, todo es barullo. Dices que de limones veinticuatro reales. ¿Pero tú has mandado traer acá toda la huerta de Valencia? Pues si las medicinas nos costaran dinero, tendríamos que pedir limosna. En fin, póngame yo bueno, y todo irá bien. Me parece que desde que estoy así no se hacen muchas cosas que tengo ordenadas... Ya, como el amo no ve... Ni se trae la carne de falda, ni he vuelto a tener noticia del señor escabeche de rueda, que es un señor plato muy arreglado; ni se me ha dicho si siguen viniendo los mostachones de a cuarto para el postre... En la distribución del tiempo no sé lo que se hará. Dices que no puedes estar en todo, y yo pregunto que por qué razón no ha de limpiar Paquito los cubiertos cuando viene de la clase. Pues qué ¿un señor licenciado desmerece por esto? Pues su padre lo ha hecho y lo hará cuando recobre la vista... También estoy seguro de que no haces quitar a los niños los zapatos cuando vienen del colegio y ponerse los viejos. En el ruido de las pisadas conozco que andan correteando con el calzado de salir a la calle. Bien podía habérsete ocurrido traerles unas alpargatitas, que para este tiempo son lo mejor... Pero yo veré, yo veré, y todo volverá a aquel tole-tole sin el cual no podemos vivir... Y se me figura que Prudencia no lava todo lo que debiera. No será por falta de jabón, del cual se ha gastado más de la cuenta en estos días en que me he mudado tan pocas veces, sin haber usado cuellos ni puños... Apostaría a que cuando Candidita ha tomado el café no se lo has hecho con el mismo del día anterior, sino que lo has colado de nuevo. Por el tufillo que despide lo he conocido. Bien, bien, fomentar vicios; para eso estamos.

Esta cantinela no sonaba bien en los oídos de Rosalía, y menos entonces. Trataba de volver todas las cosas al estado en que se hallaran antes, y de obedecer puntualmente las prolijas reglas que afluían sin cesar de aquel inagotable manantial de legislación doméstica. Trajo las alpargatas de los chicos, y Bringas dispuso que no fueran ya a la escuela, porque el excesivo calor les era nocivo, y el asueto, sobre ser una economía, era muy higiénico. Ellos lo agradecieron mucho, y todo el santo día se lo pasaban corriendo y jugando en los corredores con amplios ropones de dril, o bien se iban al piso tercero en busca de otros niños y de Irene. Eran los seres más felices de la casa, casi tanto como las palomas que anidan en los huecos de la arquitectura y envuelven todo el grandioso edificio en una atmósfera de arrullos.

Por aquellos días tuvieron una visita, que a entrambos esposos causó extrañeza y un sentimiento algo distante de la satisfacción. Una persona de cuyo nombre no querían acordarse, Refugio Sánchez Emperador[95]; presentóse en la casa cuando menos la esperaban. Venía muy cohibida, por lo cual creyó Rosalía que disimulaba su desparpajo para poder alternar, siquiera un momento, con personas decentes. Bien pronto dijo el motivo de su visita. Su hermana Amparo le había escrito desde Burdeos[96]... ¡ay!, muy dolorida por la enfermedad de don Francisco... «Dice que desde que lo supo no piensa en otra cosa.» Le encargaba que inmediatamente fuese a visitar a los señores, se enterase de cómo seguía el enfermo, y se lo escribiera a correo vuelto. Quería sa-

---

[95] Refugio Sánchez Emperador: hermana de Amparo dedicada a la vida cortesana; personaje importante al final de nuestra novela. La hemos conocido en *Tormento:* aparece también en *El doctor Centeno.*
[96] «Su hermana... desde Burdeos»: cfr. nota 61, pág. 114.

ber de él dos o tres veces por semana, lo menos...
Don Agustín también estaba con mucho cuidado y deseando saber noticias...

Bringas se mostró muy agradecido, y tanto encareció su mejoría, que Refugio hubo de creer que sólo por capricho llevaba aquella enorme venda. «Diles que ya estoy bien y que les agradezco mucho su atención...» Rosalía sintió ganas de decir cuatro frescas a la que tenía el atrevimiento de profanar la honrada casa entrando en ella; pero la compostura que guardaba don Francisco y los buenos modos de la chica la contuvieron. No pudo, sin embargo, guardar las fórmulas sociales con ella, y apenas la saludó, sin darle la mano. Mientras la joven hablaba con Bringas, la Pipaón de la Barca entraba y salía como si tal visita no estuviera en la casa. Fijándose en ella al paso, hubo de advertir algo que disminuyó sus antipatías. No fue el comedimiento y gravedad que mostraba; no fueron las cosas razonables y bien medidas que dijo; fue su vestido, que era elegantísimo, de novedad, admirablemente cortado, hecho y adornado. Rosalía la miraba de soslayo y no pudo menos de pasmarse de aquel *pelo de cabra* de un color tan original y bonito, y del aspecto decentísimo de la joven, bien enguantada y mejor calzada. «Es graciosilla», dijo para sí; y se quedó con ganas de preguntarle dónde había comprado el *pelo de cabra*... Quizá Amparito se lo había mandado de Burdeos. ¡Luego llevaba un alfiler de pecho tan *chic!*... ¡Cómo se le fueron los ojos tras él a Rosalía!

—Y tú, ¿qué te haces? —le preguntó don Francisco, volviendo hacia ella el rostro, cual si la pudiera ver al través de la negra venda.

—¿Yo?... —replicó la Sánchez, un poco desconcertada al pronto, pero recobrándose con la mayor viveza—. Pues nada: ahora no trabajo. Estoy un poco delicada; me duele el pecho; a veces me cuesta trabajo respirar y paso algunas noches sin dormir. ¿Sabe usted?, desde que me acuesto parece que se me pone una piedra aquí... Mi hermana me manda lo que necesito para pasarlo desahogadamente y con descanso. Vivo con unas señoras muy decentes que me quieren mucho. Hago una vida muy retirada... Pues como iba diciendo a usted, mi hermana quiere que me ocupe en algo. Como no puedo trabajar de aguja ni en máquina, Amparo se empeña en que ponga un establecimiento de modas y para empezar me ha mandado un cajón grandísimo de sombreros, *fichús, pamelas*[97], lazos, corbatitas, camisetitas... preciosidades. En Madrid no se han visto nunca cosas de tanta novedad y buen gusto. También he recibido casquetes de paja y tela, cintas de mil clases, plumas, *marabús egretas*, penachos, amazonas, *toques, alones, colibrises, esprís*[98], y cuanto Dios crió. Estoy haciendo ensayos a ver qué tal me compongo... Ya he buscado algunas parroquianas de la grandeza, y han ido a mi casa muchas señoras... Todas encantadas de lo que tengo. He mandado hacer unas tarjetitas...

Diciéndolo, sacó del bolsillo una para dársela a Rosalía, quien, con mal desarrugado ceño, la tomó, dignándose agraciar a la joven con una sonrisa benévola, la primera que Refugio había visto en aquellos desdeñosos labios. Y mientras la joven *calipiga*[99] continuaba encareciendo los primores de aquella industria en que se había metido, la Bringas oíala con algún interés, perdonando quizá el vilipendio de la persona por la excelsitud del asunto que trataba. Así como el Espíritu Santo, bajando a los labios del pecador arrepentido, puede santificar a éste, Refugio, a los ojos de su ilustre pariente, se redimía por la divinidad de su discurso.

[97] *«pamelas»:* sombrero femenino de verano, de paja fina, de alas anchas.

[98] *marabús egretas, toques, alones, colibrises, esprís:* aves todas diversamente exóticas del trópico y subtrópico de África, América y Australia. El *marabú*, por ejemplo, es una enorme cigüeña africana, en tanto que el *colibrí* es un minúsculo pajarito de plumas brillantes, y el *alón* sólo tiene un ala.

[99] *«calipiga»:* probablemente del francés *callypige*, Venus no muy conocida, la de «las nalgas hermosas».

—¿Conque moditas? —dijo don Francisco, chanceándose—. ¡Bonito negocio! ¡Vaya unos micos que te van a dar tus parroquianas! Aquí el lujo está en razón inversa del dinero con qué pagarlo. Mucho ojo, niña... Se me figura que si tu hermanita no te manda con qué vivir, lo que es con el trapo nuevo te comerás los codos de hambre... ¿Y vienes a sonsacarnos para que seamos tus parroquianos? Chica, por Dios, toca, toca a otra puerta... Tu industria es la ruina de las familias y el noviciado de San Bernardino. Pero te deseo buena suerte y te recomiendo que no tengas entrañas, si quieres defenderte de la miseria. ¡Duro con ellas! Por lo que vale doce, cobra cuarenta, y así, con el exceso de las que paguen, cubres la falta de las que no te den un cuarto... ¡Ay, qué gracia!...

Un buen rato le duró la risa, de la que participaron todos los presentes, incluso la señora, quien tuvo la increíble bondad de acompañar a Refugio hasta la puerta y obsequiarla con algunas frases amables.

Capítulo XXVII

—¿No le preguntaste si se han casado? —dijo Rosalía a su esposo cuando volvió apresuradamente al lado de él.

—Tuve la palabra en la boca más de una vez para preguntárselo; pero no me atreví por temor a que me dijese que no, y tomase yo un berrinchín.

—He tenido que contenerme para no ponerla en la calle —declaró la dama, haciendo todo lo necesario para mostrarse poseída de un furor sacro, hijo legítimo del sentimiento de la dignidad—. Es osadía metérsenos aquí y venir con recados estúpidos de la buena pieza de su hermanita... otra que tal. ¡Ni qué nos importa que Amparo se interese o no por nosotros!... Pues los sentimientos de Agustín también me hacen gracia... Una gente para quien el Catecismo es como los pliegos de aleluyas... Yo estaba volada oyéndola. No sé cómo tú tenías paciencia para aguantar tal retahíla de mentiras y sandeces... Y ahora se sale con vender novedades... ¡Qué porquerías serán esas! Te aseguro que me daba un asco...

La entrada del señor Pez cortó la serie de observaciones que, sin duda, habían de ilustrar el asunto. Poco después, Bringas, que no se cansaba nunca de dar órdenes, dispuso que de allí en adelante se comiese a la una o una y media, a usanza española, cenando a las nueve de la noche. Esto no solo era más cómodo en la estación calurosa, sino más económico, porque gastaba menos carbón. La cena debía de ser de cosa ligera. Recomendó mi hombre las lentejas, menestras de acelgas y guisantes, aunque fueran de caldo negro, las sopas de ajo, y abstinencia de carne por las noches. Este plan no tenía más inconveniente que la necesidad de añadir a los estómagos, de tarde, el peso de un chocolatito, cuya carga, por la circunstancia de haberse pegado doña Cándida a la familia como una lapa, se hacía punto menos que insoportable. Verdad es que Dios iba siempre en ayuda de Thiers, porque doña Tula, que en verano adoptaba el mismo sistema de comidas, hacía todas las tardes un chocolate riquísimo y casi siempre mandaba al enfermo una jícara, bien custodiada de mojicón y bizcochos.

—Esta doña Tula —decía Bringas cuando sentía entrar a la criada de su vecina— es una persona muy atenta...

Rosalía pasaba a la vivienda de doña Tula, y rara vez faltaba Pez al chocolate de las seis y media... Allí se encontraban otras personas muy calificadas de la ciudad, como la hermana del intendente, un señor capellán a veces, el oficial segundo de la Mayordomía, el inspector general, el médico y otros. Milagros no ponía nunca los pies en la casa de su hermana, pues hacía algún tiempo que no se trataban. Hablando de la marquesa, solía doña Tula designarla con alguna reticencia; pero sin pasar de aquí. María estaba casi siempre, y todos se encantaban con ella, mimándola. La de Bringas hacía allí público alarde de su vestido *mozambique,* y Cándida lucía el suyo de gro negro, único que conservaba en buen estado. Ocioso será decir que, hallándose presente el señor de Pez, ningún otro mortal podía atreverse a levantar el gallo en una conversación de política o sobre cualquier asunto de sustancia. Por mi parte, confieso que el modo de hablar de aquel señor tan guapín y de palabras tan bien medidas, ejercía no sé qué acción narcótica sobre mis nervios. Lo mismo era ponerse él a explicar el porqué de su consecuencia con el partido moderado, ya me parecía que un dulce beleño se derramaba en mi cerebro, y el sillón de doña Tula, acariciándome en sus calientes brazos, me convidaba a dormir la siesta. La cortesía, no obstante, obligábame a luchar con el maldito sueño, de lo que resultaba un estado semejante al que los médicos llaman *coma vigil,* un ver sin ver, transición de imagen a fantasma, un oír sin oír, mezcla de son y zumbido. La pintoresca habitación, que a causa del calor, estaba medio cerrada y en la sombra; la luz que entraba filtrada por la tela de los transparentes, iluminando con tropical coloración las enormes flores de estos; el tono bajo de tapiz descolorido que tenían todas las cosas en aquella soñolienta cavidad; los ligeros carraspeos de doña Cándida y sus bostezos, discretamente tapados con la palma de la mano; la hermosura de María Sudre, que no parecía cosa de este mundo; el *mozambique* de Rosalía, con pintitas que mareaban la vista, y, finalmente, el lento arrullo de las mecedoras y el *chischas* de los abanicos de cinco o seis damas, eran otros tantos agentes letárgicos en mi cerebro. Como brillaban las lentejuelas de algunos abanicos, así relucían los conceptos uno tras otro... El verano se anticipaba aquel año y sería muy cruel... Los generales habían llegado a Canarias... Prim estaba en Vichy... La Reina iría a La Granja y después a Lequeitio... Se empezaba a llevar las colas algo recogidas, y para baños las colas estaban ya proscritas... González Bravo estaba malo del estómago... Cabrera [100] había ido a ver al *Niño terso* [101]...

Últimamente se destacaba la voz de Pez, de un tono íntimamente relacionado con su áureo bigote, que, por la igualdad de los pelos, parecía artificial, y el efecto narcótico crecía... El tal no podía ver sin amarga tristeza la situación a que habían llegado las cosas por culpa

---

[100] Cabrera, Ramón (1806-1877): famoso general carlista («El tigre del Maestrazgo»), que para 1868, casado con una dama protestante inglesa, estaba ya retirado de toda actividad política y militar.

[101] *Niño terso:* el pretendiente Don Carlos, a quien había servido Cabrera.

de unos y otros... La revolución con su *todo o nada,* y los moderados con su *non possumus,* ponían al país al borde de la pendiente, al borde del abismo, al borde del precipicio. Estaba el buen señor desilusionado, y no creía que hubiera ya remedio para el mal. Este era un país de perdición, un país de aventuras, un país dividido entre la conspiración y la resistencia. Así no podía haber progreso, ni adelanto, ni mejoras, ni tampoco administración. Él lo estaba diciendo siempre: «Más administración, más administración.» Pero era predicar en desierto. Todos los servicios públicos estaban en mantillas. Tenía Pez un ideal que acariciaba su mente organizadora; pero ¿cómo realizarlo? Su ideal era montar un sistema administrativo perfecto, con ochenta o noventa Direcciones generales. Que no hubiera manifestación alguna de la vida nacional que se escapara a la tutela sabia del Estado. Así andaría todo bien. El país no pensaba, el país no obraba, el país era idiota. Era preciso, pues, que el Estado pensase y obrase por él, porque sólo el Estado era inteligente. Como esto no podía realizarse, Pez se recogía en su espíritu, siempre triste, y afectaba aquella soberana indiferencia de todas las cosas. Considerábase superior a sus contemporáneos, al menos veía más, columbraba otra cosa mejor, y como no lograba llevarla a la realidad, de aquí su flemática calma. Consolábase acariciando mentalmente sus principios, en medio del general desconcierto. Para contemplar en su fantasía la regeneración de España, apartaba los ojos de la corrupción de las costumbres, de aquel desprecio de todas las leyes que iba cundiendo... ¡Oh!, Pez se conceptuaba dichoso con el depósito de principios que tenía en su cuerpo. Adoraba la moral pura, la rectitud inflexible, y su conciencia le indemnizaba de las infamias que veía por doquier... Quisiera Dios que aquel ideal no se apartase de su alma... pues, que no se le desvaneciera al contacto de tanta pillería; quisiera Dios...

No sé el tiempo que transcurrió entre aquel segundo *quisiera* y un discreto golpecito que me dio doña Cándida en la rodilla...

—Está usted distraído —me dijo.

—No, no; ¡quia!, señora... Estaba oyendo a don Manuel, que...

—Si don Manuel ha salido a la terraza. Es Serafinita de Lantigua, que cuenta la muerte de su marido. Estoy horripilada...

—¡Ah! Yo también..., horripiladísimo.

Capítulo XXVIII

Vagaban indolentes por la terraza, como si hicieran tiempo, Pez, Rosalía y la hermana del intendente. Esta fue a la vivienda del sumiller, y la elegante pareja se quedó sola... El pobre don Manuel era, en verdad, digno de lástima. La monomanía religiosa de su mujer llegaba ya a tan enfadoso extremo que no era posible soportarla...

—¿Qué cree usted? Me encocoraba tanto oír a Serafinita el cuento, ya tan viejo y resobado, de sus penalidades, que estaba deseando echar a correr... Aquella voz de canturria de coro y aquellos suspiros de funeral me atacan los nervios... Yo soy religioso y creo cuanto la Iglesia manda creer; pero esta gente que *se acuesta con Dios y con Dios se levanta* se me sienta en la boca del estómago. Esa Serafinita es la que le ha sorbido los sesos a mi pobre Carolina, es la autora de mi desgracia y del aborrecimiento que tengo a mi propio domicilio... ¡Oh, amiga mía, no sabe usted qué enfermedad tan triste es esa del horror a la casa!... Felizmente, no la conoce usted... Yo quisiera estar fuera todo el día y no parecer por allí... Insensiblemente me acostumbro a considerar como casa propia la casa de mi amigo, y ni un instante se me va del pensamiento la comparación entre el calor cordial de aquí y la frialdad seca de allá... Soy hombre que no puede vivir sin cariño. Es para mí tan necesario como el aire. Sin él me asfixio, me muero. Allí donde lo encuentro, armo mi tienda y allí me quedo...

Isabelita y Alfonsín pasaron corriendo. Iban sofocados, sudorosos, de tanto como habían bregado en la galería del piso tercero con Irene y las chicas del jefe de cocinas.

—¡Hija, cómo estás!... —dijo Rosalía, deteniendo a la niña—. Tienes la cara como un cangrejo cocido... Ahora corre aire... Métete en casa; no te constipes... ¿Y este granuja...? ¿Ve usted cómo viene? Todo roto y hecho un Adán. Mire usted qué rodillas... Si le pusiera traje de hierro lo mismo lo rompería...

—¡Qué gracioso barbián! Es de la piel del diablo... Este será un hombre —indicó Pez besándole y besando también a la niña.

—Dame cuartos —dijo el pequeño con descaro.

—¿Ve usted qué pillete?... ¡Chico!... ¿Qué es eso?... No haga usted caso. Tiene la mala costumbre de pedir cuartos a todo el mundo. No sé dónde habrá aprendido tales mañas. Es una risa... Una tarde que les llevé a que les viera Su Majestad... ¡bochorno mayor no he pasado en mi vida! No había medio de hacerles hablar una palabra: de repente, este bribón se planta, mira a la Reina con la mayor desvergüenza del mundo y, alargando su manecita... «Dame cuartos», Su Majestad rompió a reír.

—Bien, señorito precoz, toma cuartos.

—¿Qué hace usted? Si los quiere para comprar porquerías... Esta tonta no pide; pero cuando se los dan los toma. No crea usted que es gastadora. ¡Quia! Todo lo va guardando en su hucha y tiene ya un capital. Esta sale...

—Sale a papá...

—Vaya, a casa, que os enfriáis aquí... ¡Cómo sudas, hija!... Allá voy en seguida.

De cuatro brincos se pusieron en la puerta de la escalera de Cáceres, y por allí pasaron a su casa. Pez dio un suspiro. Rosalía llevaba en su mano una rosa medio estrujada, olorosísima, en cuyo cáliz introducía la nariz de rato en rato, cual si quisiera aspirar de una vez todo el aroma contenido en ella. Tal flor era digna funda de nariz tan bonita.

190

—Porque usted —dijo Pez, volviendo a su tema que-jumbrón— tendrá al fin que echarme de su casa... tan pegajoso e impertinente soy.

Ella debió de contestar que no había para qué expulsar a nadie, y él, animándose, pidió perdón de su apego a la familia Bringas... Privarle del consuelo de tales afecciones habría sido una crueldad y, hablando en plata, el foco de atracción... sí, esta era la palabra, el foco de atracción... «no encuentro que esté tanto en mi buen amigo como en mi amiga incomparable. Usted me comprende mejor que él y que nadie. Es particular; el día en que no puedo cambiar dos palabras con usted parece que me falta algo, parece que no tienen jugo que beber las raíces de la vida, parece que se seca la savia del ser...». Tiraba Pez hacia lo poético y filosófico, y Rosalía, oyéndole con henchimiento de vanidad y de nariz, aplastaba contra ésta la rosa, cuya fragancia les envolvía a entrambos.

—Esta simpatía irresistible es más fuerte que yo. Prohíbame usted venir, y verá cómo se extingue una vida consagrada en otro tiempo a la familia, y siempre al servicio del país... hará usted el mayor daño que se puede hacer a un hombre... sin provecho de nadie...

No debió ella de mostrarse muy arisca, porque el otro expresó su deseo de que se vieran más a menudo... Cuando el pobrecito Bringas se curase, ¿por qué no habían de verse con frecuencia y de modo que pudieran hablar con alguna libertad...?

Aún había mucho que decir; pero no era posible prolongar el paseíto. Al llegar a la puerta de la casa, salió Isabelita al encuentro de su mamá gritando con inocente júbilo:

—¡Papá ve, papá ve!

Entraron apresuradamente Rosalía y Pez, poseídos de gozo por tan buena nueva, y vieron a don Francisco que se paseaba de largo a largo en *Gasparini* con la venda alzada, gesticulando, tan nervioso y excitado que parecía demente.

—Nada más que un poco de escozor, una penita...

Pero todo lo veo... A usted, querido Pez, le encuentro más joven... Pues mi mujer se ha quitado quince años... ¡Por vida del sayo de las once mil vírgenes...! Estoy loco de alegría... Nada más que un borde rojizo en los objetos, nada más... la claridad me ofende un poco..: Cuestión de algunos días... Abrázame, mujer, abrazarme todos...

—No cantes victoria, no cantes victoria tan pronto —indicó Rosalía, flechada súbitamente por un pensamiento triste en medio de su alegría—. Hay que temer la recaída... A ser tú, yo no me quitaría la venda.

—¿Qué es esto? —dijo el médico, que entró sin anunciarse—. ¿Jarana tenemos? ¿Qué correrías son esas, amigo Bringas? La venda... No hay que fiar todavía.

—Claro es que no conviene... Un poco más de paciencia, hombre. Luego, los baños...

—¿Qué baños?... Yo no voy a baños —aseguró Thiers, dejándose poner la venda por las autorizadas manos del médico—. No los necesito. No me vengan con papas.

—Eso lo veremos —manifestó el doctor con bondad—. Ahora, a la cárcel otra vez. No se me escape usted antes de tiempo, que podría suceder que la prisión se alargase más de lo regular. Vamos muy bien, vamos muy bien, y llegaremos si seguimos despacio.

La luz crepuscular, con la cual nuestro querido Thiers había tenido el gusto inmenso de probar el restablecimiento de sus funciones ópticas, se desvanecía lentamente. Por fin, la habitación se alumbraba sólo con el resplandor que el sol había dejado en el cielo detrás de la Casa de Campo, y aquél era tan fuerte como el llamear de un incendio. Rosalía quiso encender luz; pero Bringas saltó vivamente con la observación de que la luz no hacía falta para nada... «Eso es, lamparita para que nos asemos de calor... Dispense usted, señor don Manuel; pero me parece que estamos mejor a oscuras... Paquito, abre toda la ventana. Que entre el aire, aire, aire...»

Poco después, Bringas, cansado de oír las anécdotas

universitarias que su hijito le contaba, dijo en voz
alta:

—Señor de Pez... ¿No está?

—No está —observó Paquito.

—¡Rosalía!

—¡Mamá! —gritó el joven, llamando.

Poco después apareció Rosalía. Su majestuosa figura,
fantasma blanco en medio de la sombra, traía como un
misterio teatral a la solitaria habitación en que el padre
y el hijo estaban, rodeados de tinieblas invisibles.

—¿Se ha marchado don Manuel?

—No, está en el balcón de la *Saleta,* contemplando...
siento que no lo puedas ver... contemplando el resplandor que ha dejado el sol hacia Poniente... Es como si se
estuviera quemando medio mundo.

—Ve, no le dejes solo... Hoy le hice una pequeña
indicación acerca del ascenso del niño, y me parece que
no lo ha tomado mal. Dijo un *veremos* que me ha olido
a *sí...* ¡Ah! No olvides que a las nueve menos cuarto
hemos de cenar.

A dicha hora despidióse Pez, y Rosalía, trocando su
galana bata por otra de trapillo y sus zapatos bajos por
unas zapatillas de suela de cáñamo, empezó a disponer
la cena. Quejábase de un fuerte dolor de cabeza y no
tomaría más que un poco de menestra. Su marido le
rogaba que se recogiera; mas ella tenía harto que hacer
para acostarse tan temprano... ¡Ay! La tertulia de doña
Tula y aquel charla que te charla de Pez y Serafinita
habíanle puesto su cabeza como un bombo... Luego el
don Manuel era capaz de dar jaqueca al gallo de la
Pasión con la cantinela de sus lamentaciones. Ya eran
tantas sus calamidades que Job se quedaba tama-
ñito.

—En fin, hija, acuéstate, para que descanses de toda
esa monserga... Es preciso oír con paciencia todo lo que
Pez nos quiera contar, porque... ya ves lo que dice.
Somos su paño de lágrimas, y aquí viene el pobre a
desahogar sus penas.

Hizo al fin Rosalía lo que su esposo le ordenaba.

193

Levantados los manteles, se apagaron las luces, y encargado Paquito de dar a su papá las medicinas que tomaba más tarde, la cabeza de la ilustre dama buscó descanso en las almohadas. El sueño, no obstante, vino tarde, tras un largo rato de cavilación congestiva.

Capítulo XXIX

Los candelabros de plata... el peligro de que su marido descubriese pronto que habían hecho un viaje a Peñaranda de Bracamonte... el medio de evitar esto... el señor de Pez, su ideal... ¡Oh, qué hombre tan extraordinario y fascinador! ¡Qué elevación de miras, qué superioridad!... Con decir que era capaz, si le dejaban, de organizar un sistema administrativo con ochenta y cuatro Direcciones generales, está dicho lo que podía dar de sí aquella soberana cabeza... ¡Y qué finura y distinción de modales, qué generosidad caballeresca!... Seguramente, si ella se veía en cualquier ahogo, acudiría Pez a auxiliarla con aquella delicadeza galante que Bringas no conocía ni había mostrado jamás en ningún tiempo, ni aun cuando fue su pretendiente, ni en los días de la luna de miel, pasados en Navalcarnero... ¡Qué tinte tan ordinario había tenido siempre su vida toda! Hasta el pueblo elegido para la inauguración matrimonial era horriblemente inculto, antipático y contrario a toda idea de buen tono... Bien se acordaba la dama de aquel lugarón, de aquella posada en que no había ni una silla cómoda en que sentarse, de aquel olor a ganado y a paja, de aquel vino sabiendo a pez y aquellas chuletas sabiendo a cuero... Luego el pedestre Bringas no le hablaba más que de cosas vulgares. En Madrid, el día antes de casarse, no fue hombre para gastarse seis cuartos en un ramo de rositas de olor... En Navalcarnero le había regalado un botijito, y la llevaba a pasear por los trigos, permitiéndose coger amapolas, que se deshojaban en seguida. A ella le gustaba muy poco el campo y lo único que se lo habría hecho tolerable era la caza; pero Bringas se asustaba de los tiros, y habiéndole llevado en cierta ocasión el alcalde a una campaña venatoria, por poco mata al propio alcalde. Era hombre de tan mala puntería que no daba ni al viento... De vuelta en Madrid, había empezado aquella vida matrimonial reglamentada, oprimida, compuesta de estrecheces y fingimientos, una comedia doméstica de día y de noche, entre el metódico y rutinario correr de los ochavos y las horas. Ella, sometida a hombre tan vulgar, había llegado a aprender su frío papel y lo representaba como una máquina sin darse cuenta de lo que hacía. Aquel muñeco hízola madre de cuatro hijos, uno de los cuales había muerto en la lactancia. Ella les quería entrañablemente, y gracias a esto, iba creciendo el vivo aprecio que el muñeco había llegado a inspirarle... Deseaba que el tal viviese y tuviera salud; la esposa fiel seguiría a su lado, haciendo su papel con aquella destreza que le habían dado tantos años de hipocresía. Pero para sí anhelaba ardientemente algo más que vida y salud; deseaba un poco, un poquito siquiera de lo que nunca había tenido, libertad, y salir, aunque sólo fuera por modo figurado, de aquella estrechez vergonzante. Porque, lo decía con sinceridad, envidiaba a los mendigos, pues éstos, el ochavo que tienen lo gozan con libertad, mientras que ella...

Vencióla el sueño. Ni aun sintió el peso de Bringas inclinando el colchón. Al despertar, el primer pensamiento de la ilustre dama fue para los candelabros prisioneros.

—¿Qué tal te encuentras?

—Me parece —dijo el esposo dando un gran suspiro—, que no voy tan bien como esperaba. Estoy desvelado desde las cuatro. He oído todas las horas, las medias y los cuartos. Siento escozor, dolor, y la idea de recibir la luz en los ojos me horroriza.

Pasóse la mañana en gran incertidumbre hasta que

vino el doctor. Este se mostró descorazonado y un tanto perplejo, titubeando en las razones médicas con que explicar el retroceso de la enfermedad del pobre Thiers. ¿Era resultado de un poco de exceso en la comida...? ¿Era un efecto de la belladona y desaparecería atenuando la medicación? ¿Era...? En una palabra, convenía volver al reposo, no impacientarse, resguardar absolutamente los ojos de la luz, y ya que no se resignaba a permanecer en la cama, no debía moverse del sillón ni ocuparse de nada ni tener tertulia en el cuarto... La tristeza con que mi buen amigo oyó estas prescripciones no es para dicha.

—¿Ves, ves? —le dijo su esposa, hinchando desmedidamente la nariz—. Ahí tienes lo que sacas de hacer gracias, de querer curarte en dos días. Te lo vengo diciendo, y tú... Si eres un chiquillo...

Abatidísimo, el desdichado señor no decía una palabra. Todo el día estuvo en el sillón, con las manos cruzadas, volteando los pulgares uno sobre otro. Su mujer y su hijo le confortaban con palabras cariñosas, mas él no se daba a partido; y su dolor como que se exacerbaba con los paliativos verbales. Por la tarde, el inteligente Pez, hablando con Rosalía del asunto, dijo con mucho tino:

—Yo no sé cómo desde el primer día no llamaron ustedes a un oculista... Este buen señor (por el médico) me parece a mí que entiende tanto de ojos como un topo.

—Lo mismo he dicho yo —replicó la dama, queriendo expresar con elocuente mohín y alzamiento de hombros la sordidez de su marido—. Pero váyale usted a Bringas con esas ideas. Dice que no, que los oculistas no van más que a coger dinero... Y no es que a él le falte. Tiene sus economías... pero no se decidirá a gastarlas por su salud sino en el último trance, cuando ya la enfermedad le diga: «La bolsa o la vista.»

Mucha gracia le hizo a don Manuel esta interpretación pintoresca de la avaricia de su amigo, y hablando con él después le insinuó la idea de consultar a un especialista en enfermedades de los ojos. Esta vez no recibió mal el enfermo la indicación. Descorazonado e impaciente, consideraba que sus economías valían bien un rayo de luz, y sólo dijo: «Hágase lo que ustedes quieran.»

Por la noche, Milagros fue a acompañar a su correligionaria en trapos. Esta, como no se habían visto desde la semana anterior, creía resuelto ya el problema financiero que puso a la marquesa tan angustiada en los últimos días de junio. Francamente, yo también lo creí. Pero tanto Rosalía como el que tiene el honor de escribir estos renglones advertíamos con sorpresa que en el rostro de la aristócrata no brillaban aquellos resplandores de contento que son segura expresión de reciente victoria. En efecto, la Tellería no tardó en declarar que su asuntillo no estaba resuelto, sino aplazado. A fuerza de ruegos había conseguido una prórroga hasta el día 10. Corría el 7 de julio y sólo faltaban tres días. ¡Por todos los santos del Cielo, por lo que más amase su amiga, le rogaba que...!

Rosalía se puso el dedo en la boca, recomendando la discreción. Andaba por allí Isabelita, y esta niña tenía la fea maña de contar todo lo que oía. Era un reloj de repetición, y en su presencia era forzoso andar con mucho cuidado, porque en seguida le faltaba tiempo para ir con el cuento a su papá. Días antes había hecho reír al buen señor con esta delación inocente: «Papá, dice don Manuel que yo salgo a ti... en que guardo todos los cuartos que me dan.»

Capítulo XXX

Lo que le valió un cariñoso estrujón y un beso de su papá querido.

Y aquella noche, sintiéndola entrar en su cuarto, llamóla y la sentó en sus rodillas.

—¿Tu mamá...?

—Está en la *Saleta* con la marquesa —replicó la niña, que hablaba con claridad y rapidez—. Me dijo que me viniera para acá. La marquesa estaba llorando porque estamos a siete.

—Estamos a siete —había dicho Milagros a la Pipaón, cruzando las manos y hecha una lástima—, y si para el día diez no he podido reunir... ¡A mí me va a dar un ataque cerebral!... Usted no sabe cómo está mi cabeza. Se habían encerrado, y en la soledad de la habitación, sin luz, porque el amo de la casa era partidario frenético del oscurantismo en todas sus manifestaciones, la dolorida señora se explayaba y derrochaba a sus anchas el tesoro de su dolor manifestándolo de mil modos con florida inspiración elegiaca... El día le era antipático. Gustaba de la noche para cebarse en la contemplación de su pena. Mirando a las estrellas, creía sentir inexplicable consuelo... las estrellas como que le prometían algo linsonjero, o bien lanzaban a lo interior de su alma un cierto destello metálico... Es muy peregrino el parentesco de los astros con el oro acuñado... La infeliz no tenía ya esperanza en nada ni en nadie más que en su amiguita... Había contado con que ella la salvaría...

¿Cómo? Eso sí que no sabía decirlo. Se le había aparecido en sueños con aquélla su sonrisa angélica y aquel aire distinguidísimo...

—Por María Santísima —dijo Rosalía—, no se haga usted ilusiones, querida, yo no puedo, no puedo, no puedo...

—Que sí puede, que sí puede —replicó Milagros, con una insistencia que ejercía cierta fascinación en el ánimo de la otra—. Basta querer... La cosa no es desmesurada. He podido reunir cinco mil reales: me faltan sólo otros cinco mil. Bringas...

—No sé con qué palabras he de decir a usted que es más fácil que nos bebamos toda el agua del mar.

—Olvidaba decirle que traigo aquí la carta de mi administrador, asegurando que del quince al veinte... No sé qué mejor garantía podría dar. Además, no faltará una obligación formal... Si esto no se arregla, no podré soportar la vergüenza que me aguarda... De seguro que me van a buscar y me encuentran muerta. A veces digo: «¿No habrá un cataclismo, un terremoto o cosa así antes del día diez?» Pienso en la revolución, y créalo usted... desearía que hubiese algo... Me basta con una semana de jarana y tiros, durante la cual no pueda salir la gente a la calle... Pero ni eso querida. ¿Sabe usted que a los generales Serrano, Dulce y Caballero de Rodas[102] les han puesto presos, y dicen que les mandarán a Canarias y que también destierran al duque de Montpensier? Con estas precauciones, ¡ay!, no habrá quien levante el gallo.

—¿A Canarias? ¡A los quintos infiernos! —exclamó la Pipaón con júbilo—. Eso me gusta; que los pongan lejos, y se acabaron los sustos. Que conspiren ahora. ¿Y también al infante me le dan aire...? Voy a decírselo a Bringas, que esto para él es oro molido.

---

[102] «los generales Serrano, Dulce y Caballero de Rodas»: Francisco Serrano (1810-1875); Domingo Dulce y Garay (1808-1869); Antonio Caballero y Fernández de Rodas (1816-1876). Liberales todos, contrarios a Isabel II.

Corrió la dama a llevar a su esposo las felices nuevas, y éste se regocijó como si le cayera la lotería (tanto no, pero sí un poquito menos), celebrando el hecho con las expresiones más ardientes.

—Bien, bien, bien. Eso es gobernar. Luego dicen que Ibrahim Clarete está ido; lo que está es más despabilado que nunca, grandísimos pillos. ¡Ea!, conspirad ahora contra la mejor de las Reinas... ¿Conque a la sombra? ¡Hombre más bravo que ese presidente del Consejo...! Le daría yo dos abrazos bien apretados... ¡A Canarias con ellos, como si dijéramos a Ultramar! Y si se pierde el barco que los lleva, mejor... No lo puedo remediar, me dan ganas de salir a la terraza y dar un *¡viva la Reina!* muy fuerte, muy fuerte.

Poco faltó para que lo hiciera como lo decía. Un rato después, Milagros lisonjeaba con charla pintoresca la pasión dinástica de Bringas, y pedía para los generales no una muerte, sino cien muertes, y para todos los que conspirasen el cadalso. Con estas cosas se animaba mucho el enfermo; pero ¡ay!, que el día siguiente había de ser de los más negros de su vida. ¡Pobre señor! Después de haber pasado la noche muy inquieto, observó por la mañana una pérdida casi absoluta de la facultad de ver. El médico estaba tan aturdido, que ni aun acertó con las fórmulas escurridizas que ellos emplean cuando no quieren confesarse vencidos. Pero hombre de conciencia, supo al fin abdicar su autoridad antes de producir mayores males, diciendo: «Es preciso que le vea a usted un oculista. Que le vea a usted Golfín»[103].

Don Francisco creyó que se le caía el cielo encima. Sin duda su mal era grave. Vencida por el temor la avaricia, no pensó en poner reparo al dictamen de su médico y de toda la familia. Consternados todos, fiaban en la prodigiosa ciencia del más afamado curador de ojos que tenía España. Acordóse no dilatar la consulta ni un solo día, ni una hora.

—¡Ah, Golfín!... Bringas le conocía. Era hombre del

---

[103] Golfín, Teodoro: personaje también de *Marianela*.

cual se contaban maravillas. A muchos ciegos desahuciados había dado vista. En América del Sur y del Norte había ganado dinerales, y en España no se descuidaba tampoco en esto. ¡Vaya una hormiga! Por batir unas cataratas al marqués de Castro había llevado dieciocho mil reales, y por la cura de una conjuntivits del niño de Cucúrbitas, había puesto una cuenta tal, que los Cucúrbitas, para pagarla, se empeñaron por seis años. «Pero, en fin, Dios nos asista, y salgamos con bien de ésta. Cúreme el tal Golfín, y que me deje en los puros cueros...» Discurrióse luego sobre si iría el enfermo a la consulta o harían venir a casa al oculista, decidiéndose Bringas por lo primero, que era lo más barato.

—Paquito y yo nos metemos en un coche, y allá...

—No, que no estás para salir a la calle. Él vendrá.

—Que no viene, mujer. Estos potentados de la ciencia no se mueven de su casa más que para visitar a príncipes o gentes de muchísimo dinero.

—Te digo que vendrá. Voy abajo. Su Majestad le pondrá cuatro letras...

—Eso me parece acertadísimo. Y si la Señora quiere añadir que se trata de un pobre... mejor que mejor. Dios te bendiga, hijita.

Y vino Golfín y le vio, y con su ruda bondad infundióle ánimos y la esperanza que comenzaba a perder. La dolencia no era grave; pero la curación sería lenta. «Paciencia, muchísima paciencia, y cumplimiento exacto, escrupulosísimo de lo que yo prescriba. Hay un poco de conjuntivitis, que es preciso combatir con prontitud y energía.»

¡Pobre, desgraciado Bringas! Por de pronto, cama, dieta, quietud, atropina.

Inauguróse con esto una vida tristísima para el infeliz Thiers. Ya no le valió quitarse la venda, pues apenas veía gota, y le daba tanta pena, que se volvió a las tinieblas, en las cuales su único consuelo era recordar las palabras de Golfín y aquella promesa celestial con que se despedía: «Usted verá, usted verá lo que nunca ha visto», queriendo ponderar así la plenitud de la facultad preciosa que estimamos sobre todas las demás de nuestro cuerpo. ¡Ver!... ¿Pero cuándo, Dios poderoso; cuándo, Santa Lucía bendita? Paciencia no le faltaba al pobre hombre, que en aquella situación inclinó con ardor su espíritu hacia la contemplación religiosa, y se pasaba parte de las solitarias horas rezando. Su mujer no se separaba de él sino cuando alguna visita importuna le obligaba a ello, cuando Milagros entraba con aire afligido y, llamándola aparte, me la obsequiaba con un par de lágrimas o de zalameras caricias... Ya no había que pensar en baños, a menos que no se restableciese Bringas para los primeros días de agosto, lo cual no parecía probable.

Pez era de los amigos más constantes en aquella tribulación de la honrada familia. Una tarde que pudo hablar a solas con Rosalía en *Gasparini*, ésta le dijo: «Entramos ahora en una época de dificultades, de la cual no sé cómo vamos a salir.» A lo que don Manuel contestó con un arranque quijotesco, ofreciéndose a ayudarla en todas aquellas dificultades, de cualquier clase que fuesen. Este noble pensamiento penetraba en el espíritu de la dama como un rayo de luz celestial. Ya podía contar con algún sostén en las borrascas que su vida ulterior le trajese. Ya había tras ella un lugar de retirada, una reserva para cualquier caso crítico... Ya veía cerca de sí un brazo, un escudo... La vida se le ofrecía más llana, más abierta... «Yo cuidaré —pensaba—, de que esta amistad y mi honradez no sean incompatibles.»

Capítulo XXXI

Viendo a su esposo tan decaído y maltrecho se reverdeció en Rosalía el cariño de otros tiempos; y el aprecio en que siempre le tenía depurábase de caprichosas malquerencias para resurgir grande y cordial, tocando en veneración. Agasajaba en su pensamiento la vanidosa dama al buen compañero de su vida durante tantos años, el cual, si no le había proporcionado satisfacciones muy vivas del amor propio, tampoco le había dado disgustos. Recordaba entonces aquella existencia matrimonial prosaica y tranquila, llena de escaseces y de goces sencillos, que si aisladamente parecían de poco valor, apreciados en total ofrecían a la memoria un conjunto agradable. Al lado de Bringas no había gozado ella ni comodidades, ni representación, ni placeres, ni grandeza, ni lujo, nada de lo que le correspondía por derecho de su hermosura y de su ser genuinamente aristocrático; pero en cambio, ¡qué sosiego y qué dulce correr de los días, sin ahogos ni trampas, ni acreedores! No deber nada a nadie era el gran principio de aquel hombre pedestre, y con él fueron tan cursis como honrados y tan pobretes como felices. Seguramente, si a ella le hubiera tocado un hombre como Pez, estaría en posición más brillante... «Pero Dios sabe —pensó muy cuerdamente—, las agonías que se pasan en esas casas donde se gasta siempre más de lo que se tiene. Eso hay que verlo de cerca y pasarlo y sentirlo para conocerlo bien.»

Ello es que Rosalía, con la agravación del mal de su

marido, se acercaba moral y mentalmente a él, apretando los lazos matrimoniales. La atracción de la desgracia obraba este prodigio, y el hábito de compartir todo el contingente de la vida, así en lo adverso como en lo venturoso. ¡Y con qué celo le cuidaba! ¡Qué manos las suyas, tan sutiles para curar! ¡Con qué gracia y arte derramaba el bálsamo de palabras tiernas sobre el espíritu del enfermo! Él estaba tan agradecido, que no cesaba de alabar a Dios por el bien que le concedía, inspirando a su compañera aquel admirable sentimiento del deber conyugal. Alegrías íntimas endulzaban su pena, y penetrado de religioso ardor, consideraba que los cuidados de su mujer eran fiel expresión de la asistencia divina. Sólo estaba abatido cuando ella, por razón de sus quehaceres, se apartaba de su lado; y a cada instante la llamaba para la menor cosa, rogándole que abreviase lo más posible sus ocupaciones para consagrarse a él.

En todo este tiempo, Rosalía dio de mano a las galas suntuarias. No tenía tiempo ni tranquilidad de espíritu para pensar en trapos. Estos yacían sepultos en los cajones de las cómodas, esperando ocasión más propicia de mostrarse. Ni se le ocurría a ella componerse... ¡Buenos estaban los tiempos para pensar en perifollos! ¿Era hastío verdadero de lujo o abnegación? Algo había de una y de otra cosa. Si era abnegación, ésta llegaba al extremo de presentarse delante del señor Pez con el empaque casero más prosaico que se podría imaginar. La única presunción que conservaba era la de llevar siempre su mejor corsé para que no se le desbaratase el cuerpo. Pero su peinado era primitivo, y en su bata se podían estudiar por inducción todas las incidencias del gobierno de una casa pobre. Una tarde había dicho a don Manuel: «No me mire usted. Estoy hecha un espantajo.» Y él le había contestado: «Así, y de todas maneras, siempre está usted preciosa.» Galantería que ella agradeció mucho.

La debilidad del cuerpo trae necesariamente flojedades lamentables al carácter más entero. Una enfermedad prolongada remeda en el hombre los efectos de la vejez, asimilándole a los niños, y el buen Bringas no se libró de este achaque físico-moral. El abatimiento encendía en él ardores de ternura, y la ternura se traducía en cierto entusiasmo mimoso.

—Hijita, no me digas que eres mujer. Yo te digo que eres un ángel... Mira, hasta ahora no se ha hecho en la casa más voluntad que la mía. Has sido una esclava. De hoy en adelante no se hará más que tu voluntad. El esclavo seré yo.

El primer día de lo que llamaremos el reinado de Golfín, don Francisco se hizo traer a la cama la caja del dinero, para sacar por sí mismo, como de costumbre, el del gasto diario. Pero bien pronto aquella ternura mimosa, o más bien pueril pasividad de que antes hablé, le inspiró confianzas que nunca había tenido: «No es preciso, hijita, que traigas el cajoncillo. Toma la llave y saca lo que te parezca prudente.» La señora así lo hacía. En lo que no se descuidaba después Bringas era en pedir las llaves y guardarlas debajo de su almohada, porque todos los entusiasmos y aun la flaqueza senil o infantil tienen su límite.

De este modo pudo Rosalía explorar libremente el tesoro secreto. Revolvió, contó y recontó todo lo que había en el doble fondo, pasmándose del caudal allí guardado. Su marido tenía mucho más de lo que ella sospechaba; era un capitalista. Había cinco billetes de cuatro mil reales, que componían mil duros, y después un pico en billetes pequeños que sumaban tres mil setecientos. Los cinco billetes grandes formaban el más elegante cuadernillo que la dama había visto en su vida. Al examinar aquello, renacieron los rencorcillos y las quejas que diferentes veces habían perturbado su espíritu... ¡Quien tal poseía la privaba de ponerse un vestido nuevo! ¡El dueño de aquella suma se empeñaba en vestir a su mujer como a un ama de cura!... ¡Oh, qué hombre más ñoño!... Si, como él decía, en lo sucesivo iba a ser ella verdadera señora de la casa, precisábale variar de temperamento, mostrarse más exigente y dar a las economías de la familia un empleo más adecuado a la dignidad de la misma... Guardar dinero de aquel modo, sin obtener de él ningún producto, ¿no era una tontería? ¡Si al menos lo diera a interés o lo emplease en cualquiera de las sociedades que reparten dividendos...!

El descubrimiento del tesoro sacó las ideas de Rosalía de aquel círculo de modestia y abnegación en que las había encerrado la enfermedad de su marido. Éste le dijo en un rapto de entusiasmo: «Cuando me ponga bueno, te compraré un vestido de *gro*[104], y para el invierno, si sigo bien, tendrás uno de terciopelo. Es preciso que te luzcas alguna vez, no con los regalos de la Reina y de las amigas, sino con el producto de mi economía y de mi honrado trabajo.»

Y ella empezó a considerar que si el tesoro no le pertenecía por entero, la mayor parte de él debía estar en sus manos. «Bastante me he privado, bastantes escaseces he sufrido para que ahora, teniéndolo, pase los ahogos que paso. Si no quiere dármelo, ya le haré entender la consideración que me debe.» En esta situación de espíritu la cogió una mañana Milagros, con tan buena suerte, que parecía que la Providencia lo había preparado todo para satisfacción de la dichosísima marquesa. Sucedió que aún no había ésta concluido de anunciar con suspiros y ayes la inminencia de su catástrofe, cuando Rosalía con decidido tono le dijo:

—¿Usted me firma un pagaré comprometiéndose a devolverme dentro de un mes la cantidad que yo le dé ahora? Porque mientras más amigas, más formalidad. ¿Usted me da un interés de dos por ciento al mes? ¿Usted añade al pagaré los seiscientos reales aquéllos...? Porque una cosa es la amistad, amiga mía y el negocio... Yo creo que usted no se ofenderá...

No hay para qué añadir que la Tellería dijo a todo que sí con expresiones sinceras y ardorosas. No creerla habría sido como poner en duda la luz del día.

—Pues con esas condiciones le daré a usted cuatro

---

[104] «un vestido de *gro*»: de un tejido de tela sin brillo.

mil realitos —declaró Rosalía con ínfulas de prestamista.

Los que han tenido la dicha de ver, ora realmente, ora en estática figuración, el cielo abierto y en él las cohortes de ángeles voladores cantando las alabanzas del Señor, no ponen, de seguro, una cara más radiante que la que puso Milagros al oír aquel venturoso anuncio. Pero...

Capítulo XXXII

No hay felicidad que no tenga su *pero,* y el de la felicidad de la marquesa era que para completar la suma hacían falta unos cinco mil... Porque sí; estaba pendiente una cuentecilla... Esto no venía al caso. En lo relativo a interés, lo mismo le daba dos, que cuatro, que seis. «Eso es material, hija, y mientras más provecho para usted, mayor será mi satisfacción.» Dudó Rosalía un ratito; pero al fin todo fue arreglado a gusto de entrambas, y aquella misma tarde se extendió y firmó el contrato en la *Furriela,* con todas las precauciones necesarias para que Isabelita, que andaba husmeando por allí, no se enterase de nada.

Milagros se despidió de don Francisco con las frases más cordiales y caramelosas que había pronunciado en su vida. «¡Oh! ¡Qué mujer tiene usted! Dios le ha mandado uno de sus arcángeles predilectos. No se queje usted de su mal, querido amigo, pues eso no vale nada, y pronto sanará. Dé gracias a Dios, pues los que tienen a su lado personas como Rosalía, ya pueden recibir calamidades y soportarlas con valor...» Don Francisco le alargó la mano conmovidísimo, mientras oía el chasquido de los frenéticos besos que la marquesa daba al ángel predilecto.

A diferentes impulsos había obedecido éste al hacer lo que hizo. Primero, el deseo de complacer a su amiga la estimulaba grandemente. En segundo lugar, la idea, tantas veces expresada por Bringas, de que ella podía disponer de todo se había posesionado de su entendimiento, engendrando en él otras ideas de dominio y autoridad. Era preciso mostrar con hechos, aunque traspasaran algo los límites de la prudencia, que había dejado de ser esclava y que asumía su parte de soberanía en la distribución de la fortuna conyugal. No sólo con esto se tranquilizaba su conciencia, sino con la consideración de que al disponer del dinero lo hacía para colocarlo al rédito. El poquita-cosa no tendría razón para quejarse si los cinco mil volvían a la caja con el aumento correspondiente. Y por último, todo lo expuesto no habría bastado quizá a determinar en ella la temeraria acción del préstamo, si no contara con la retirada segura en el caso extremo de que Bringas lo descubriera y lo desaprobase; si no contara con los ofrecimientos que la tarde anterior le había hecho el amigo de la casa. El cual, llevándola a la ventana, a la hora del crepúsculo, para admirar la gala y melancolía del horizonte, haríale dicho en términos muy claros lo que a la letra se copia:

—Si por algún motivo, sea por los gastos de la enfermedad de *este señor,* o porque usted no pueda nivelar bien su presupuesto; si por algún motivo, digo, se ve usted envuelta en dificultades, no tiene más que hacerme una indicación, bien verbalmente, bien por medio de una esquela, y al instante yo... No, si esto no tiene nada de particular... Perdone usted que lo manifieste de una manera cruda, de una manera brutal, de una manera quizá poco delicada. Tales cosas no pueden tratarse de otro modo. Esto queda de usted para mí, y el primero que lo ha de ignorar es Bringas... En el seno de la confianza, de la amistad honrada y pura, yo puedo ofrecer lo que me sobra y usted aceptar lo que le falta sin menoscabo de la dignidad de ninguno de los dos.

Siguieron a esto frases de un orden más romántico que financiero, en las cuales el desgraciado señor expresó una vez más el consuelo que experimentaba su alma dolorida respirando la atmósfera de aquella casa, y descargando el fardo de sus penas en la indulgente persona que ocupaba ya el primer lugar en su corazón y en sus pensamientos. Rosalía se retiró de la ventana con la cabeza trastornada. De buena gana se habría estado allí un par de horas más oyendo aquellas retóricas que, a su juicio, eran como atrasadas deudas de homenaje que el mundo tenía que saldar con ella.

Algunos días transcurrieron sin que Bringas advirtiera mudanza sensible en su dolencia. Golfín le martirizaba cruelmente tres veces por semana, pasándole por los párpados un pincel mojado en nitrato de plata, después otro pincel humedecido en una solución de sal común. Nuestro amigo veía las estrellas con esto, y necesitaba de todas las fuerzas de su espíritu y de toda su dignidad de hombre para no ponerse a berrear como un chiquillo. Con la aplicación de unas compresas de agua fría, su dolor se calmaba. Algún tiempo después de la quema sentía relativo bienestar, y se creía mejor y alababa a Golfín ampulosamente. Pasados diez o doce días con este sistema, el sabio oculista aseguraba que en todo agosto estaría el buen señor muy mejorado, y que en septiembre la curación sería completa y radical. Tanta fe tenía el enfermo en las palabras de aquel insigne maestro, que no dudaba de la veracidad del pronóstico. Después del 20, la cauterización, que se hacía ya con sulfato de cobre, era menos dolorosa, y el enfermo podía estar algunos ratos sin venda en la habitación más oscura, pero sin fijar la atención en objeto alguno.

Las hiperbólicas alabanzas que don Francisco hacía de Golfín le llevaban como por la mano a otro orden de ideas, y arrugando el ceño ponía cara de pocos amigos.

—Cuando pienso en la cuentecita que me va a poner esta Santa Lucía con gabán —decía—, me tiemblan las carnes. Él me curará los de la cara, pero me sacará un ojo del bolsillo... No es que yo escatime, tratándose del precioso tesoro de la vista; no es que yo sienta dar todos mis ahorros, si preciso fuera; pero ello es, hijita, que este portento nos va a dejar sin camisa.

Bien se les alcanzaba a entrambos, marido y mujer, que los especialistas célebres tienen siempre en cuenta, al pedir sus honorarios, la fortuna del enfermo. A un rico, a un potentado, le abren en canal, eso sí; pero cuando se trata de un triste empleado o de cualquier persona de humilde posición, se humanizan y saben adaptarse a la realidad. Rosalía supo de una familia (las de la Caña, precisamente), a quien Golfín había llevado muy poco por la extirpación de un quiste, seguida de una cura lenta y difícil. Firme en estas ideas de justicia distributiva, aplicada a la humanidad dolorida, el gran Thiers, cuando Golfín estaba presente, no cesaba de aturdirle con bien estudiadas lamentaciones de su suerte. El buen señor se lloraba tanto, que casi casi era como pedir una limosna.

—¡Ay, señor don Teodoro; toda mi vida le bendeciré a usted por el bien que me hace, y más le bendigo a usted por mis hijos que por mí, pues los pobrecitos no tendrán qué comer si yo no tengo ojos con qué ver!... ¡Ay, don Teodoro de mi alma... cúreme pronto para que pueda ponerme a trabajar, pues si esto dura, adiós familia!... Estamos en un atraso horrible a causa de mi enfermedad. En la Intendencia me han rebajado el sueldo a la mitad, y como yo no vea pronto... ¡qué porvenir!... Y no lo digo por mí. Poco me importa acabar mis días en un hospital; pero estos pobres niños... estos pedazos de mi corazón...

Capítulo XXXIII

Mal concordaban estas ideas con las que Golfín tenía de la posición y arraigo de los señores de Bringas, pues como había visto tantas veces a la feliz pareja en los teatros, en los paseos y sitios públicos, muy bien vestidos uno y otra; como, además, había visto a Rosalía paseando en coche en la Castellana con la marquesa de Tellería, la de Fúcar[105] o la de Santa Bárbara[106], y aun creía haberla encontrado en alguna reunión elegante, compitiendo en galas y en tiesura con las personas de más alta alcurnia, suponía, dando valor a estos signos sociales, que don Francisco era hombre de rentas, o, por lo menos, uno de esos funcionarios que saben extraer de la política el jugo que en vano quieren otros sacar de la dura y seca materia del trabajo. Pero aquel Golfín era un poco inocente en cosas del mundo, y como había pasado la mayor parte de su vida en el extranjero, conocía mal nuestras costumbres y esta especialidad del vivir madrileño, que en otra parte se llamarían *misterios,* pero que aquí no son misterio para nadie.

A medida que Bringas iba entrando en caja, advertía su mujer que se debilitaban aquellos raptos de cariño conyugal que tan vivamente le atacaron en los días

---

[105] «la de Fúcar»: hija del marqués de Casa-Fúcar; personaje que aparece también en *La familia de León Roch* y en *Lo prohibido*.
[106] «la de Santa Bárbara»: marquesa; aparece también en *Misericordia*.

lúgubres de su enfermedad. Observaba ella que tales exageraciones de cariño se avenían mal con la esperanza de remedio, y que cuando ésta llevaba la ventaja sobre el desánimo, el niño senil, llorón y soboncito recobraba las condiciones viriles de su carácter real. Por descontado, aquello de *tú serás la señora de la casa y yo el esclavo* resultó ser jarabe de pico, mimitos de enfermo impertinente. Desde que mi hombre pudo gobernarse solo y pasar las horas sin sufrimiento, aunque privado de la vista en su sillón de *Gasparini,* ya le había entrado como una hormiguilla de inspeccionar todo y de disponer y enterarse de las menudencias de la casa... Rosalía, por no oírle, le dejaba solo con Paquito o con Isabelita la mayor parte del día, y pretextando ocupaciones, se daba largas encerronas en el *Camón,* donde nuevamente empezó a funcionar Emilia en medio de un mar de trapos y cintas, cuyas encrespadas olas llegaban hasta la puerta.

Pero el economista, impaciente por mostrar a cada instante su autoridad, mandábala venir a su presencia, y allí, con ademanes ya que no con miradas de juez inexorable, hacía pública ostentación (solía estar presente Torres o algún otro amigo) de su soberanía doméstica.

—Me huele a guisote de azúcar. ¿Qué es esto? La niña me ha dicho que vio esta mañana un gran paquete traído de la tienda... ¿Por qué no se me ha dado cuenta de esto?...

Rosalía contestaba torpemente que aquel día comería en la casa el señor de Pez, y que este huésped no debía ser tratado como Candidita, a quien se le daba de postre medio bollo y dos higos pasados.

—Pero, hija, tú debes haber echado al fuego una arroba de canela... Está la casa apestada... Si yo estuviera bueno, no se harían estas cosas así. Seguramente habrás hecho natillas para un ejército... No se te ocurre nada. Con preguntar al cocinero cómo se hacía tal o cual cosa, él te lo hubiera mandado hecho... Y vamos a ver: ¿qué ruido de tijeretazos es ese que he sentido hoy todo el día?... Quisiera yo ver eso, y qué faenas trae aquí esa holgazana de Emilia... ¿De qué se trata, de vestidos para la marquesa? Es mucho cuento éste que tengamos aquí taller de modista para su señoría... Y dime una cosa, ¿qué vestidos has hecho a los niños, que ayer llamaban la atención en la plaza de Oriente?

—¡Llamando la atención!

—Sí, llamando la atención... por bien vestidos... Menos mal que sea por eso. Golfín me dijo esta mañana: «He visto ayer en el Prado a sus niños de usted *tan elegantes*...» ¡Fíjate bien, tan elegantes! Créelo, hija mía, esta palabrilla me ha sabido muy mal y la tengo atravesada. ¿Qué pensará de nosotros ese buen señor, cuando ve que nuestros hijos salen por ahí hechos unos corderos de rifa, como los de las personas más ricas?... Pensará cualquier disparate... Algo de esto me figuraba yo, porque ayer, en un ratito que desvendado estuve, vi que la niña tenía puestas unas medias encarnadas muy finas. ¿De dónde ha salido eso?... Y ya que las tiene, ¿por qué no se las quita al entrar en casa?... ¿Qué es esto? ¿Qué pasa aquí?... De ello nos ocuparemos cuando yo vea claro y sin dolor, que Dios quiera sea muy pronto.

Con estas andróminas, Rosalía estaba, fácil es suponerlo, dada a los demonios. Procuraba apaciguarle con sutiles explicaciones de todo; mas su ingenio no llegaba a alcanzar por completo el deseado fin, por ser extraordinaria la suspicacia del buen economista y muy grande su saber en cosas y artes domésticas. A solas desahogaba la dama su oprimido corazón, pronunciando mudamente alguna frase iracunda, rencorosa:

—Maldito cominero, ¿cuándo te probaré yo que no me mereces?... ¿No comprenderás nunca que una mujer como yo ha de costar algo más que un ama de llaves?... ¿No lo comprendes, bobito, ñoñito, ratoncito Pérez? Pues yo te lo haré comprender.

Hacía planes de emancipación gradual, y estudiaba frases con que pronto debía manifestar su firme intento de romper aquella tonta y ridícula esclavitud; pero todos sus ánimos venían a tierra cuando consideraba el gran bochorno que caería sobre ella si el *bobito* descubría la exploración hecha en el doble fondo del arca del tesoro. ¡Cristo Padre, cómo se iba a poner!... Grandísima falta había ella cometido al sustraer aquella porción de la fortuna conyugal, pues aunque la conceptuaba muy suya, no debió tomarla sin consentimiento del propio ratoncito Pérez... Pero mayor había sido su yerro al creer que con semejante hombre se podían tener bromas de tal naturaleza. La disculpas que en la ocasión del acto había conceptuado tan razonables, parecíanle ya vanas e impropias de una persona seria. Los móviles a que obedeció antojáronsele sin fundamento alguno, y su conciencia le arguyó poderosamente. No, no podía esperar a que su marido advirtiese la falta. Dábale una fuerte congoja sólo pensar que la descubriría; y era indispensable reponer en su sitio la malhadada cantidad, seis mil reales, pues había tomado cinco mil para Milagros y mil para desempeñar los candelabros y otras menudencias.

La necesidad de esta devolución se impuso de tal modo a su espíritu, que ya no pensaba en otra cosa. Contaba con la fuerza del pagaré y con la palabra de la marquesa. Esta la tranquilizó el día 22, diciéndole:

—Todo está arreglado. Puede usted descuidar.

Pero entre tanto, Rosalía pasaba la pena negra, temiendo a cada instante una catástrofe y discurriendo toda clase de industrias y maquinaciones para evitarla. Hasta entonces el bobito persistía en la buena costumbre de dar a su mujer las llaves para que ella sacase de la arqueta el dinero. Pero una tarde antojósele volver a las andadas y sacar el funesto cajoncillo, y lo abre y empieza a manosear lo que dentro había... ¡Ay, Dios mío, qué trance, qué momento! A la Pipaón un color se le iba y otro se le venía. Estaba lela, y su terror impedíale tomar una resolución.

—Tú... siempre enredando... No haces caso de lo que dice don Teodoro... ¡Qué hombre!... Dame acá la caja.

—Quita allá, calamidad —dijo Bringas, defendiendo su tesoro con ademán enérgico.

Contó los centenes de oro uno por uno; toco las dos

onzas, el reloj viejo que había sido de su padre, una cadena y medallón antiquísimo... Como no faltaba nada, no había peligro mientras no fuese alzado el doble fondo... Rosalía sintió impulsos de gritar «¡Qué se quema la casa!», u otra barbaridad semejante; pero no se atrevió porque estaba presente Paquito. Ya las flexibles manos del cominero acariciaban la parte por donde la tapa del doble fondo se levantaba. Rosalía invocó a todos los santos, a todas las Vírgenes, a la Santísima Trinidad, y aún se cree que hizo alguna promesa a Santa Rita si la sacaba en bien de aquel apuro. Pero cuando ya don Francisco metía la uña en el huequecito de la madera, hubo en su espíritu un cambio de intención que debió de ser milagroso... Retirando sus dedos cerró la arqueta. A Rosalía le volvió el alma al cuerpo, y sus pulmones respiraron de nuevo. Había estado en un tris... Sin duda no le pasaba por la imaginación a su marido la idea ni aun la sospechaba del desfalco, y aunque solía repasar los billetes sólo por gusto, en aquella ocasión no lo hizo sabe Dios por qué. Quizá todas aquellas invocaciones que la señora hizo a los santos obtuvieron buena acogida, y algún ángel inspiró al ratoncito Pérez la idea de dejar para otra vez el recuento de sus ahorros.

Capítulo XXXIV

Pero la Pipaón no las tuvo todas consigo hasta que no le vio guardar la arqueta, ponerla en su sitio cuidadosamente, como se pone en la cuna un niño dormido, y echar la llave a la gaveta. Sólo entonces elevó su mente al Cielo en acción de gracias por el gran favor que acababa de otorgarle. Pero lo que no sucedió aquel día por especial intervención de la divinidad podía muy bien ocurrir en otro. No siempre están los santos del mismo humor. Por si segunda vez se le antojaba registrar el doble fondo, discurrió la industriosa señora un arbitrio que, a su parecer, aplazaría el conflicto mientras llegaba el momento de conjurarlo resueltamente reponiendo el dinero. Imaginó, pues, colocar en la caja unos pedacitos de papel del tamaño de los billetes, y si lograba encontrar papel igual en la calidad de la pasta, de modo que no resultase diferencia al tacto, el engaño era fácil, porque su marido no había de verlos sino con los dedos... Púsose a la obra y rebuscó y examinó cuanto papel había en la casa. Por fin, en la mesa de Paquito halló uno que pareciole muy semejante, por su flexibilidad y consistencia, al que empleaba el Banco en sus billetes. Obtuvo esta certidumbre después de un detenido trabajo de comparación entre las distintas clases de papel y un billete de doscientos reales que conservaba. Para refinar la imitación faltaba darle la pátina del uso, aquella suavidad pegajosa que resulta del paso por tantas manos de cajeros y cobradores, por las de los pródi-

218

gos, así como por las de los avaros. Rosalía sometió los trozos a una serie de operaciones equivalentes al traqueteo de los billetes en la circulación pública.

—¿Qué buscas aquí, niña? —dijo con enfado a Isabelita, que iba, como de costumbre, a meter su hocico en todo—. Vete a acompañar a papá, que está solito.

Encerróse en el *Camón* para evitar indiscreciones, y allí arrugaba el papel, dejándolo como una bola. Luego lo estiraba, lo planchaba con la palma de la mano, hasta que los repetidos estrujones le daban la deseada flexibilidad. Echaba de menos aquella epidermis pringosa que los verdaderos billetes tienen; ¿pero cómo obtener esto? Parecióle imposible, aunque sus manos estaban muy bien preparadas para el objeto. Acababa de hacer unas croquetas en la cocina, y había tenido cuidado de no lavarse las manos para que pudieran imprimir sobre el papel algo de aquella suciedad a la cual ningún idealista, que yo sepa, ha hecho ascos todavía.

Cuando creyó haber trabajado bastante, quiso hacer prueba de su obra. Entrábale desconfianza y decía:

—No sé qué tiene este papel que ningún otro se le iguala. Me parece que no le engaño.

Y sus dedos hacían un estudio de tacto sobre el billete verdadero y los fingidos.

—Supongamos que no veo... Supongamos que me ponen éste delante y que trato de diferenciar el legítimo de los... ¡Oh!, no hay duda posible. Se conoce en seguida...

Y dando un suspiro se desanimaba tanto, que casi casi hubo de renunciar a la superchería... «No, no —pensó después—. Cuando se está en el secreto, se nota más la diferencia; pero no estando en el secreto... Los pondré en el doble fondo, y Dios dirá. Allá veremos.»

Al anochecer de aquel día, cuando Bringas sacó la arqueta, la dama tenía sus papeles preparados para hacerlos actuar convenientemente en caso de que el cominero abriese el doble fondo. Pero no lo abrió. Entonces Rosalía, como para impedirle la molestia de ir a la mesa, le quitó de las manos el cajoncillo, y en el breve tiempo que empleara para colocarlo en su sitio, supo introducir los papeluchos que, cuando se pasase revista de presente, debían responder por los que se habían ido a otra parte. Por supuesto, aquella solución provisional era muy peligrosa, y convenía acelerar la definitiva exigiendo de Milagros el pago del préstamo.

Al día siguiente, que fue el 25 de julio, día de Santiago, apretó el calor de una manera horrible. Bringas estaba en mangas de camisa y Rosalía, con una bata de percal muy ligero, no cesaba de abanicarse, renegando a cada instante del clima de Madrid y de aquella exposición a Poniente que había elegido Bringas para su vivienda. ¡Y el cominero tenía la desfachatez de decir que el calor le gustaba, que era muy sano y que compadecía a los *tontos que se iban fuera!* Aquel mismo día de Santiago el gran economista había anunciado solemne y decididamente a toda la familia que no irían a baños, con lo cual estaba Rosalía más sulfurada que con el calor. ¡Prisionera en Madrid durante la canícula, cuando todas sus relaciones habían emigrado! La alta ciudad palatina estaba ya casi desierta. La Reina se había ido a Lequeitio, y con ella doña Tula, doña Antonia, la mayor y más lucida parte de la alta servidumbre. Milagros y el señor de Pez también estaban preparando su viaje. Se quedaría, pues, sola la pobrecita, sin más amistad que Torres, Cándida y los empleadillos y gente menuda que vivían en el piso tercero... Su excitación era tal que en todo el día no dijo una palabra sosegada, y todas las que de su augusta boca salían era ásperas, desapacibles, amenazadoras. Paquito estaba tendido sobre una estera leyendo novelas y periódicos. Alfonsín enredaba como de costumbre, insensible al calor, mas con los calzones abiertos por delante y por detrás, mostrando la carne sonrosada y sacando al fresco todo lo que quisiera salir. Isabelita no soportaba la temperatura tan bien como su hermano. Pálida, ojerosa y sin fuerzas para nada, se arrojaba sobre las sillas y en el suelo, con una modorra calenturienta, desperezándose sin cesar y buscando los cuerpos duros y fríos para restregarse contra ellos. Olvidada de sus muñecas, no tenía gusto para nada; no hacía más que observar lo que en su casa pasaba, que fue bastante singular aquel día. Don Francisco dispuso que se hiciera un gazpacho para la cena. Él lo sabía hacer mejor que nadie, y en otros tiempos se personaba en la cocina con las mangas de la camisa recogidas y hacía un gazpacho tal que era cosa de chuparse los dedos. Mas no pudiendo en aquella ocasión ir a la cocina, daba sus disposiciones desde el gabinete. Isabelita era el telégrafo que las transmitía, perezosa, y a cada instante iba y venía con estos partes culinarios: «Dice que piquéis dos cebollas en la ensaladera... que no pongáis más que un tomate, bien limpio de sus pepitas... Dice que cortéis bien los pedacitos de pan... y que pongáis poco ajo... Dice que no echéis mucha agua y que haya más vinagre que aceite... Que pongáis dos pepinos si son pequeños, y que le echéis también pimienta... así como medio dedal.»

Por la noche la pobre niña tenía un apetito voraz, y aunque su papá decía que el gazpacho no había quedado bien, a ella le gustó mucho, y tomóse la ración más grande que pudo. Cuando se acostó, la pesadez del sueño infantil impedíale sentir las dificultades de la digestión de aquel fárrago que había introducido en su estómago. Sus nervios se insubordinaron y su cerebro, cual si estuviera comprimido entre dos fuerzas, la acción congestiva del sueño y la acción nerviosa, empezó a funcionar con extravagante viveza, reproduciendo todo lo que durante el día había actuado en él por conducto directo de los sentidos. En su horrorosa pesadilla, Isabel vio entrar a Milagros y hablar en secreto con su mamá. Las dos se metieron en el *Camón,* y allí estuvieron un ratito contando dinero y charlando. Después vino el señor de Pez, que era un señor antipático, así como un diablo, con patillas de azafrán y unos calzones verdes. Él y su papá hablaron de política, diciendo que unos pícaros muy grandes iban a cortarles la cabeza a todas las personas, y que correría por Madrid un río de sangre. El mismo río de sangre envolvía poco después en ondas rojas a su mamá y al propio señor de Pez, cuando hablaban en la *Saleta,* ella diciendo que no iban ya a los baños, y él:

—Yo no puedo ya detenerme más, porque mis chicas están muy impacientes.

Después, el señor de Pez se ponía todo azul y echaba llamas por los ojos, y al darle a la niña un beso la quemaba. Luego había cogido a Alfonsín y puéstole sobre sus rodillas, diciéndole:

—Pero hombre, ¿no te da vergüenza ir enseñando...?

A lo que Alfonsín contestara pidiendo cuartos, según su costumbre... Más tarde, cuando ningún extraño quedaba en la casa, su papá se había puesto furioso por unas cosas que le contestó su mamá. Su papá le había dicho: «Eres una gastadora», y ella, muy enfadada, se había metido en el *Camón...* Después había entrado otra visita. Era el señor de Vargas, el cajero de la Intendencia, la oficina de su papá. Hablando, hablando, Vargas había dicho a su papá:

—Mi querido don Francisco, el intendente ha mandado que desde el mes que entra no se le abone a usted más que la mitad del sueldo.

Al oír esto, su papaíto se había quedado más blanco que el papel, más blanco que la leche, más blanco todavía, y daba unos suspiros... Hablando, hablando, Vargas y su papá dijeron también que iban a correr ríos de sangre, y que *la llamada* revolución venía sin remedio. Su mamá entró en el gabinete cuando se despedía el tal Vargas, que era un señor pequeño, tan pequeño como una pulga, y parecía que andaba a saltitos. Su mamá y su papá habían vuelto a decirse cosas así como de enfado y a ponerse de vuelta y media... Él daba golpes en los brazos del sillón, y ella daba vueltas por *Gasparini.* Nunca había visto ella a sus papás tan enfurruñados.

—Eres una gastadora...

—Y tú un mezquino.

—Contigo no es posible la economía ni el orden...

—Pues contigo no se puede vivir...

—Qué sería de ti sin mí...

—Pues a mí no me mereces tú...

¡Válganos Dios! Su mamá se había metido en el *Camón* llorando. Ella fue detrás y entró también para consolarla; quería subírsele a las rodillas, pero no podía. Su mamá era tan grande como todo el Palacio Real, más grande aún. Su mamá le había dado besos. Después, desenfadándose, había sacado un vestido, y luego otro, y otro, y muchas telas y cintas. En esto entra su papá de repente en el *Camón,* sin venda, y su mamá da un grito de miedo.

—Ya veo, señora, ya veo —dice su papá muy atufado— que me ha traído usted aquí una tienda de trapos...

Y su mamá, azorada, con la cara muy encendida, no decía más que:

—Yo... yo... verás...

En esto, la pobre niña, llegando al periodo culminante de su delirio, sintió que dentro de su cuerpo se oprimían extraños objetos y personas. Todo lo tenía ella en sí misma, cual si se hubiera tragado medio mundo. En su estómago chiquito se asentaban, teñidos de repugnantes y espesos colores, obstruyéndola y apretándola horriblemente las entrañas, su papá, su mamá, los vestidos de su mamá, el *Camón,* el Palacio, el señor de Pez, Milagros, Alfonsito, Vargas, Torres... Retorcióse doloridamente su cuerpo para desocuparse de aquella carga de cosas y personas que la oprimían, y ¡bruumm...!, allá fue todo fuera como un torrente.

Capítulo XXXV

Se sintió aliviada..., libre de aquel espantoso hervor de su cerebro. Su mamá le limpiaba el sudor de su frente, llamándola con palabras cariñosas. Había sentido Rosalía sus quejidos, síntoma indudable de la pesadilla, y saltó de la cama para correr en su socorro. Eran las doce. Hízole después una taza de té, y ayudada de Prudencia le mudó las sábanas. A la media hora la pobre niña descansaba tranquila, y su mamá se fue a dormir al sofá del gabinete porque la cama despedía fuego. Antes quiso dar parte a su marido de la desazón de la niña.

—¿Lo de siempre? —preguntó él desde el embozo de la única sábana con que se cubría.

—Sí, lo de siempre: pesadilla, convulsiones; ha sido de los ataques más fuertes. Por fin se ha tranquilizado. ¡Pobre ángel! Tú te empeñas en que a nuestra niña se le arraigue esta propensión a la epilepsia... sabiendo que se corrige con los baños de mar...

—Lo mismo son los de los Jerónimos... Digo, son mejores.

La voz de Rosalía, objetando algo, se perdió en los aposentos inmediatos. Bringas, después de toser un poco, envolvió en las nubes del sueño su opinión sobre la superioridad de los baños del Manzanares ante todos los baños del mundo.

La mejoría de nuestro amigo se acentuaba tanto, que Golfín, desde mediados de julio, dejó de ir a la casa.

Don Francisco, acompañado de Paquito, iba a la consulta dos veces por semana. Como el doctor tenía su casa en la calle del Arenal, poco trecho había que correr. Los oscuros cristales de unas gafas oftálmicas, amén de una gran visera verde, resguardaban sus ojos de la luz. Golfín, siempre amabilísimo con el recomendado de Su Majestad, le despachaba pronto. Estaba muy satisfecho de su cura, y elogiaba la excelente naturaleza del enfermo, vencedora del mal en pocas semanas. En la última de julio anunció el oculista a su cliente que se marchaba a principios de agosto a dar una vuelta por Alemania.

—Pero ya no necesita usted que yo le vea. Le doy de alta, y por lo que pueda ocurrir, uno de mis ayudantes pasará por aquí tres o cuatro veces mientras yo esté fuera.

Bringas oyó con júbilo esta despedida del concienzudo médico, indicio cierto de que el mal estaba vencido. Llevado de su honradez y delicadeza, rogó al doctor que antes de partir le pasase...

—Ya usted me entiende... la cuentecita de sus honorarios.

Golfín se deshizo en cumplidos.

—Tiempo habrá... ¿Qué prisa tiene usted?... En fin, como usted quiera...

Y el gran economista, al salir con su hijo, pesaba en la balanza de su mente los términos de aquel enigma aritmético que pronto se había de revelar. ¿Qué tipo regulador o qué tarifa le aplicaría? ¿Le consideraría como pobre de solemnidad, como empleado alto, como rentista bajo o como burgués vergonzante y pordiosero? A todas horas del día y de la noche pensaba Thiers en esto, y deseaba que la cuenta llegase para salir de su angustiosa duda.

Desde que don Francisco anunció a su esposa que a principios de agosto era necesario pagar al médico, la pobre señora creyó más urgente la reposición de los billetes sustraídos de la arqueta. Felizmente, Milagros le había dado poco más de la mitad de lo que su deuda importaba, con promesa de entregar el resto antes de marcharse a Biarritz.

—Las cosas se me van arreglando bien —le dijo—. Seguramente tendré lo bastante para los compromisos de estos días, y aún creo poder dejar a usted algo si lo necesita... No, no hay que agradecer... Es que no me hace falta, y más seguro está en sus manos que en las mías.

Con estas promesas y ofrecimientos, la Pipaón veía próximo el término de su ahogo. Contentas ambas, aunque la de Thiers tenía los espíritus algo abatidos por no poder ir a baños, pasaban ratos deliciosos hablando de modas. La Tellería, con aquel arte tan admirable y tan suyo, se las compuso muy bien para volver a tomar algunas de las cosillas que regaló a Rosalía en aquellos raptos de cariño precursores del empréstito.

—¡Puesto que usted no sale, maldita la falta que le hará esta *pamela*... ni esta forma de paja... Veré cómo la arreglo yo para mí... Aquí no podrá usted usar el *pelo de cabra*. Es tela muy impropia de estos calores. Como allá se siente fresco algunos días, me la llevo. Yo he de traerle a usted cosas mejores... ¡Ah!, le dejaré unas varas de crudillo para vestidos de los pequeñuelos, y unos pedazos de crespón que me han sobrado.

Con todo se conformaba la de Bringas. No pudiendo ella lucirse en las provincias del Norte, quería vengarse de su destino engalanando a su prole; ya se había provisto de figurines, y proyectaba cosas no vistas para que Isabelita y Alfonso publicaran en la plaza de Oriente, entre la festiva república de niños, el buen gusto de su opulenta mamá.

—Tiene Sobrino unos abrigos de verano —decía Milagros— que me entusiasman. No me voy sin tomar uno. Ya sabe usted... medios pañuelos de imitación a Chantilly, con *guipure*.

—Los he visto, hija; los he visto ayer —replicó la otra dando un gran suspiro.

—No se desconsuele usted, querida —dijo Milagros acariciándola—. En Bayona se compran estas cosas por la mitad, y luego se introducen sin pagar derechos. Yo le traeré a usted uno de estos medios pañuelos, más bonito que los que tiene Sobrino... ¿Quiere usted para los niños un poco de *piel del diablo*, a cuadritos, que no me hace falta? Se la mandaré. En cambio me llevo estos *fichús* que no son propios para Madrid... ¿Irá usted al Prado? Allí, con el velito y la camiseta basta. Los sombreros parece que se despegan de la cabeza en el verano de Madrid. Esta armadura de *linó*[107] que mandé a usted para nada le servirá. Usaréla yo. Se la devolveré en el otoño, adornada con algo, de mucha novedad, que no se conozca todavía por aquí... ¡Ah!, le recomiendo para los niños unos sombreros marineros que ha traído Sempere y unas como gorras o boinas. Son monísimas... Y no haga usted más compras: le mandaré un par de medias azules para cada uno, y creo tener un buen pedazo de *piqué* que podrá usted utilizar.

En cambio de las cosas que con tanta zandunga iba recuperando, envióle un lío compuesto de informes retazos, cintas y recortes que, en puridad, no servían para nada. Gracias que saliese de allí una corbata para Paquito y otra para el excelso pescuezo del ratoncito Pérez.

Una mañana que la Pipaón estaba sola, pues Thiers había ido a la consulta, presentóse inopinadamente Pez. Vestido de verano, con el ligero y elegante traje de alpaca de color, parecía un pollo. Veíale siempre Rosalía con gusto, y en aquella ocasión le vio con mayor agrado, por lo terso y remozado que estaba. Cada vez se crecía más en el espíritu de la noble señora la imagen de aquel sujeto, y se afianzaba más en los dominios de su pensamiento. Y antes que los atractivos exteriores de él, antes que su modales y su señorío, la cautivaban los propósitos que hizo de protegerla en cualquier circunstancia aflictiva. Hubiérase rendido al protector antes que al amante; quiero decir que si Pez no hubiera

---

[107] «*linó*»: lino.

puesto aquellas paralelas del ofrecimiento positivo, el terreno ganado habría sido mucho menos grande. Él, no obstante ser muy experto, contaba más con la fuerza de sus gracias personales que con aquel otro medio de combate. Pero a muy pocos es dado conocer todas las variedades de la flaqueza humana. Aquel bélico artificio, usado simplemente como auxiliar, resultó más eficaz que los disparos de Cupido.

Y aquel día estuvo Pez tan expresivo desde los primeros momentos, tan atrevidillo y despabilado, que Rosalía, considerándose sola con él en la casa (pues también los niños y Prudencia habían salido), se vio en grandísima turbación. Cuanto en su alma había de recto y pudoroso, así lo ingénito como lo educado por Bringas en tantos años de intachable vida conyugal, se sublevó y se puso en guardia. Pez resultaba ser un muchacho casquivano en aquella hora crítica; transfiguróse en un romántico de los que se decoran con desesperación y se engalanan con un bonito anhelo de morirse. Su lenguaje y sus modos, perfectamente adaptados al ardoroso temple de la canícula, aterraron a Rosalía, primeriza en aquella desazón de las amistades culpables. Dígase y repítase en honor suyo. Halló mi calaverón una virtuosa resistencia que no esperaba, pues según su frase, que le oí más de una vez, había creído que, por su excesiva madurez, aquella fruta se caía del árbol por sí sola.

Capítulo XXXVI

El análisis de la virtud de la Pipaón arroja un singularísimo resultado. Pez no había tenido la habilidad o la suerte de sorprenderla en uno de aquellos infelices momentos en que la satisfacción de un capricho o las apreturas de un compromiso movían en su alma poderosos apetitos de poseer cantidades, que variaban según las circunstancias. En tales momentos, su pasión de los perifollos o el anhelo de cubrir las apariencias y de tapar sus trampas le cegaban hasta el punto de que no vacilara en comprar el triunfo con la moneda de su honor... Así se explica el enigma de la derrota de Pez. Cuando quiso expugnar la plaza, ésta se hallaba bien abastecida. La de Bringas tenía dinero en aquellos días. Milagros habíale pagado más de la mitad de su deuda, y el resto se lo daría seguramente el domingo próximo, con más algo que deseaba dejar en su poder como reserva. Segura de salir bien del compromiso más urgente, aquella señora tan frescota y lozana se creía en el caso de hacer gala de su entereza, de una virtud menos sensible al amor que al interés. Con una frase que conservo en la memoria, calificó Pez aquel carácter vanidoso, aquel temperamento inaccesible a toda pasión que no fuera la de vestir bien. Dijo este gran observador que era como los toros, que acuden más al trapo que al hombre.

Insistía en sus románticas vehemencias mi amigo, y quién sabe si al fin habría tenido la contienda un término funesto... Pero la entrada de los niños fue como intervención de la divina Providencia en el asunto. Poco después llegó don Francisco, y ambos señores hablaron un poco de política, de aquella obcecada política de González Bravo, que en boca de Pez, por especial disposición de su ánimo, tomaba un tinte muy pesimista. Don Francisco se espeluznaba oyéndole. La prisión de los generales y del duque de Montpensier era una torpeza. Los revolucionarios habían dicho su *Última palabra* en *La Iberia* [108] de aquellos días, y el Gobierno había lanzado su último reto. El Ejército simpatizaba con la revolución, y hasta se decía que la Marina...

—¡Por Dios, señor Pez, no hable usted barbaridad semejante! —exclamaba Thiers llevándose ambas manos a la cabeza y olvidándose de retirarlas durante un rato.

—Yo me lavo las manos —dijo el otro—. Yo estoy viendo venir un cataclismo, y, francamente, cuando he sabido que la Unión Liberal [109], que es un partido de gobierno, que es un partido de orden, que es un partido serio, ayuda a los revolucionarios, qué quiere usted... no veo la cosa tan negra...

A punto estuvo Thiers de incomodarse, pues la benevolencia de su amigo como que parecía preludio de una defección. Siguió Bringas desfogando su ira contra los progresistas, la Milicia Nacional, Espartero, sin olvidar el *chascás;* contra el *titulado* Himno de Riego, contra los *llamados* demócratas y todo bicho viviente, hasta que Pez, hastiado, llevó la conversación al asunto de su viaje. Él no tenía impaciencia ni creía que fuese absolutamente necesario para su salud abandonar los Madriles; pero sus niñas le acosaban tanto para que las llevase pronto a San Sebastián, que ya no podía dilatar más la expedición. Querían las pobrecillas lucir en la Concha y en la Zurriola [110] los perendengues de la estación, y tal

---

[108] *La Iberia:* periódico liberal, castelariano.
[109] «la Unión Liberal»: partido de oposición a los «moderados»; dirigido por O'Donnell y Ríos Rosas. Logra gobernar algunos años. Cfr. nota 28 (pág. 76).
[110] «la Concha y la Zurriola»: playa y paseos de San Sebastián.

era su entusiasmo por esto, que si no las llevaba pronto reventarían de tristeza. Su mamá se quedaba aquí, prosternada delante del altar de las Ánimas y comadreando en las sacristías con otras beatonas de su misma estofa. Descanso y libertad era para las pobres niñas el viaje al Norte, y en este concepto no podía menos de ser provechoso a la endeble salud de ambas. Para el papá más era molestia que esparcimiento el tal viajecito, porque sus hijas le mareaban con las frecuentes excursiones a Bayona para comprar trapos y pasarlos de contrabando. Y no necesitaban Josefita y Rosita hacer lo que hacen otras, que se visten lo comprado y meten en los baúles lo de uso; ni necesitaban ponerse dos abrigos de invierno, uno sobre otro, y seis pares de medias y dos faldas y cuatro manteletas. La circunstancia feliz de ser su papá director en Hacienda las eximía de aquella sofocante manera de contrabandear. El administrador de la Aduana de Irún debía el puesto que ocupaba a nuestro Pez, y también él era Pez por el costado materno, con lo cual, dicho se está que las niñas se traían a España media Francia.

—Es para mí una ocasión de infinitos compromisos este viaje —agregaba don Manuel finalmente—, porque no puedo asomar la nariz en Bayona y en Biarritz sin que me vea acosado por las señoras de alta y media categoría pidiendo la consabida tarjeta o volantito para el primo de Irún... Las más de las veces no puedo negarlo... Está ya en nuestras costumbres y parece una quijotería el mirar por la Renta. Es genuinamente español esto de ver en el Estado el ladrón legal, el ladrón permanente, el ladrón histórico... Entre otros adagios de inmoral filosofía, hay aquel de *tiene cien años de perdón, etcétera*... Es mi tema; esto es un país perdido... Y vaya usted a echársela de moralista. El año pasado, una marquesa bastante acomodada, a quien no quise facilitar el paso de un cargamento de vestidos, por poco me saca los ojos. Se puso hecha una leona y clamaba por la revolución y los demagogos. Una duquesa, demasiado lista, se dio el gusto de pasar, en mis barbas y en las barbas del primo de Irún... ¡pásmese usted!... ¡cincuenta y cuatro baúles llenos de novedades!

Dicho esto, retiróse, y al día siguiente volvió para despedirse, pues aquella misma tarde se marchaba. Un ratito pudo hablar a solas con Rosalía, y se mostró tan llagado del corazón y tan herido de punta de despecho amoroso, que la honesta señora no pudo menos de compadecerle, sintiendo al propio tiempo dos clases de vanidad; la del triunfo de su virtud y la no menos grande de ser objeto de pasión tan formidable. Grandes debían de ser su mérito y su belleza cuando se postraba ante ella, como un chicuelo, varón tan serio y sosegado, cuando hombre de aquel temple se chiflaban ante ella y *habrían comprado con su vida* (textual) cualquier favorcillo.

Milagros no salió hasta el veintinueve. ¡Cuántas ocupaciones tuvo aquellos últimos días, y qué angustias y tribulaciones pasaba para preparar su viaje!

—Queridísima amiga —dijo a Rosalía a solas con ella en el *Camón*—, usted me ha de dispensar que no le entregue, antes de irme, aquel resto que falta. Supongo que podrá usted esperar unos días. Al apoderado de casa dejo encargado de poner en sus manos esa cantidad el cinco o el seis del próximo, pues para entonces ha de cobrar ciertas cantidades de unos censos de Zafra. Descuide usted, que no le faltará. Es lo primero que he puesto en la lista de encargos que dejo a Enríquez, y para que no se le olvide, siempre que le veo machaco en lo mismo: «Cuidado cómo deje usted de entregar... cuidado, Enríquez... El pico de mi amiga es lo primero.»

Muy mal le supo a ésta tal dilación; pero como la promesa parecía tan solemne y no era mucho esperar al 5 de agosto, hubo de tranquilizarse. Su amiga prosiguió aturdiéndola con su estrepitoso cariño y perjurando que le había de traer de Francia mil regalitos de *altísima* novedad.

—Supongo que allí tropezaremos con Pez, para que nos libre del mareo de la Aduana, que es insoportable con aquellos empleados tan ordinarios. Si se les deja, capaces son de abrir todos los baúles... y yo llevo la

friolera de catorce. De allá siempre traigo tres o cuatro
más. No puede usted figurarse cómo estoy de rendida
con el trabajo de estos días. Mi maridillo no me ayuda
nada. Todo se lo han de dar hecho. Este año ni siquiera
se ha tomado la molestia de pedir los billetes gratis. Yo
lo he tenido que hacer, poniendo cartitas al presidente
del Comité ejecutivo y, al fin, a regañadientes, me los
han dado. Pero no he podido conseguir que nos den dos
reservados como otros años, sino uno solo. ¡Qué injusti-
cia!... Yo le digo a Sudre que este es el pago que le dan
por defender en el Senado a la Compañía[111] como él la
defiende, contra viento y marea. Me pongo nerviosísima
los días de viaje. Me parece que siempre se queda algo,
que no vamos a alcanzar el tren, que me van a hacer
pagar un sentido por exceso de peso... ¡Ya ve usted,
catorce baúles! Es un laberinto de mil demonios. Leopoldito lleva su perro, María su gatita de Angora y
Gustavo una jaula de pájaros para un amigo. Hay que
pensar hasta en lo que han de comer por el camino esos
irracionales... ¡Y todo esto en un solo departamento,
que parecerá un arca de Noé! Felizmente conocemos al
conductor, y María y yo, después que cenemos en Ávila,
nos pasaremos a una berlina-cama... Llevo a Asun-
ción... No puedo vivir sin mi doncella. Los bultos de
mano creo que no bajarán de veinticuatro. Yo no duermo nada si no llevo mis almohadas. A Agustín no hay
quien le quite de la cabeza el llevar una jofaina para
lavarse dos o tres veces en el camino. Mi maletita-
tocador no se puede quedar atrás, porque no me gusta
llegar a las estaciones hecha una facha. Leopoldito lleva
su tablero de damas, el *bilboquet*[112], la *cuestión romana*[113], su pistolita de salón y una cartera donde apunta

---

[111] «la Compañía»: se refiere al ferrocarril del Norte.

[112] «el *bilboquet*»: juguete de madera; podía ser también una pieza
de madera para rizarse el pelo.

[113] «la cuestión romana»: juego consistente en un rompecabezas
que hay que trabar y destrabar y que se llamó así por el conflicto que
existió en la época entre el Papado y la monarquía sobre la capitalidad
italiana.

todos los túneles y la hora que es en todas las estaciones. Gustavo carga con media docena de librotes para ir
leyendo por el camino; y el maula de mi marido, que
sólo piensa en su comodidad, se enfurece si le faltan las
zapatillas, el gran gorro de seda, el cojín de viento...
A todo tengo que atender, porque no podemos tener
un criado para cada uno. Esos tiempos pasaron, ¡ay!, y
se me figura que no han de volver.

Capítulo XXXVII

Un fuerte abrazo dio la marquesa a don Francisco, deseándole con toda el alma completo restablecimiento; besó a los niños, y, por último, se despidió de su amiga en la puerta con toda suerte de mimos y caricias.

Triste y desconsolada se quedó Rosalía, no sólo por la ausencia de la amiga más querida, sino por su propio confinamiento, por aquel no salir, que era como un destierro. ¡Bonito verano la aguardaba, sola, aburrida, achicharrándose, sufriendo al más impertinente y cócora de los maridos, pasando en suma el sonrojo de permanecer en Madrid cuando veraneaban hasta los porteros y patronas de huéspedes! Tener que decir: «No hemos salido este verano» era una declaración de pobreza y cursilería que se negaban a formular los aristocráticos labios de la hija de los Pipaones y Calderones de la Barca, de aquella ilustre representante de una dinastía de criados palatinos. ¡Si al menos fueran unos diítas a La Granja, donde Su Majestad les proporcionaría algún desván en que meterse y donde podrían darse un poco de lustre, aunque sólo llevaran por equipaje unas alforjas con ración de tocino y bacalao, como los paletos cuando van a baños!... Pero no, aquel califa doméstico rechazaba indignado toda idea de perder de vista la Villa y Corte, hablando pestes de los tontos y perdidos que veranean con dinero prestado, y de los que se pasan aquí tres meses a cuarto de pitanza por el gusto de vivir unos días en fondas y darse importancia poniendo faltas a lo que les dan de comer en ellas.

Aquella aspereza matrimonial de que se hizo mención anteriormente se fue poco a poco suavizando. Ni era Bringas intolerante en un grado superlativo, y aunque lo fuese, sabía sacrificar a la paz conyugal alguna parte de sus dogmas económicos. Las explicaciones que Rosalía dio de aquel improvisado lujo no le satisfacían completamente; pero con un esfuerzo de buena voluntad supo admitir el gran economista algunas de ellas. La fe de su religión matrimonial le mandaba creer algo inexplicable, y lo creyó. Si Rosalía no hubiera pasado de allí, la paz, después de aquella alteración pasajera, habría vuelto a reinar sólidamente en la casa; mas la Pipaón no sabía ya contenerse, y el hábito de eludir secretamente las reglas de la Orden bringuística estaba ya muy arraigado en su alma. Proporcionábale este hábito, además de las satisfacciones de la vanidad, un placer recóndito. Quien por tanto tiempo había sido esclava, ¿por qué alguna vez no había de hacer su gusto? Cada una de aquellas acciones incorrectas y clandestinas le acariciaba el alma antes y después de consumada. La conciencia sabía sacar, no se sabe de dónde, mil sofisterías con que justificar todo plenamente. «Bastantes privaciones he tenido... ¿Pues acaso no merezco yo otra posición?... Se tendrá que acostumbrar a verme un poco más emancipada... Y al fin y al cabo, yo miro por el decoro de la familia...»

Lo que más conturbaba su espíritu en aquellos primeros días de soledad y calor era la necesidad de volver a poner el dinero en la arqueta. Milagros no le había dado todo. ¿De dónde sacar lo que faltaba? Al instante se acordó de Torres, y desde que tuvo ocasión de ello, hízole una indicación discreta. «Él no tenía; ¡qué lástima! Si algún amigo suyo tuviera... En fin, al día siguiente la contestación.» A nuestra amiga no se le cocía el pan hasta saber la respuesta de Torres, porque a cada momento, creía próxima la catástrofe, la cual sería grande, fuerte e inevitable, desde que Bringas registrase su tesoro. Por fortuna, o por especial intervención de los santos y santos a quienes la Pipaón invocaba, aún no se le había ocurrido al buen hombre levantar la tapa del doble fondo. ¡Pero cuando lo hiciera!... Y ya no valía el arbitrio de los papeles que imitaban con grosero arte los billetes, porque el ratoncito veía, aunque mal, y no era posible que se fiase sólo del tacto para hacer el arqueo de su caja. Sobre ascuas estuvo la dama todo el día 31 y parte del inmediato, hasta que Torres le dio esperanzas de remedio. Empezó poniendo dificultades, ponderando lo que había trabajado para hacer comprender la conveniencia del préstamo a su amigo. El cual era un tal Torquemada[114], hombre que no daba su dinero sin garantía. En aquella ocasión, no obstante, en obsequio a Torres, no exigiría la firma del marido en el contrato, pues la de la señora bastaba... No podía hacer el empréstito más que por un mes, con fecha improrrogable, y dando cuatro mil reales se haría el pagaré de cuatro mil quinientos. ¡Ah!, de los cuatro mil se deducirían doscientos reales de corretaje...

Los cielos abiertos vio Rosalía cuando Torres le dio estas noticias, y todo parecióle poco, rédito y corretaje, para el gran favor que se le hacía. Con los tres mil ochocientos reales tendría bastante para su objeto, y aún le sobrarían unos seis duros para algo imprevisto que ocurriese. Todo quedaría arreglado al siguiente día 2 de agosto.

Y el tiempo apremiaba, y el peligro era inminente, como se verá por esta frase de Bringas, textualmente copiada:

—Hijita, mañana me manda Golfín la cuenta, y habrá que pagársela pasado mañana tres. Él se marcha el cuatro, según me ha dicho hoy. Me tiemblan las carnes cuando pienso que ese señor me va a tomar por hombre

---

[114] Torquemada, Francisco: este prestamista será luego un gran financiero y, al final de su vida, marqués. Las cuatro novelas de su vida son: *Torquemada en la hoguera, Torquemada en la cruz, Torquemada en el Purgatorio* y *Torquemada y San Pedro*. Es uno de los más extraordinarios personajes de Galdós, y aparece también en *El doctor Centeno, Lo prohibido, Fortunata y Jacinta* y *Realidad*.

de posibles. ¿Cuánto me pondrá? ¿Se te ocurre a ti? Yo he pensado en eso toda la noche, y he tenido pesadillas como las de Isabelita... Y hoy me dijo Golfín una frase que me dio escalofríos... Lo que te digo; me estás perdiendo con el lustre *estrepitoso* que te das... Pues mira que me hace gracia... cuando no sé si quedaremos mal con el doctor, que éste me diga... así, con ese tonillo impertinente...: «Señor don Francisco: ayer vi a su señora salir de misa de doce en San Ginés... ¡Siempre tan elegante!...» Pues tu dichosa elegancia va a ser el cuchillo con que ese hombre me va a segar el cuello.

A las diez y media del otro día, mientras don Francisco y toda la familia menuda estaba de paseo en la Cuesta de la Vega, quedó realizada la operación. Aparecieron con usurera exactitud, a la hora fija, Torres y Torquemada. Este era un hombre de mediana edad, canoso, la barba afeitada de cuatro días, moreno y con un cierto aire clerical. Era en él costumbre invariable preguntar por la familia al hacer su saludo, y hablaba separando las palabras y poniendo entre los párrafos asmáticas pausas, de modo que el que le escuchaba no podía menos de sentirse contaminado de entorpecimientos en la emisión del aliento. Acompañaba sus fatigosos discursos de una lenta elevación del brazo derecho, formando con los dedos índice y pulgar una especie de rosquilla para ponérsela a su interlocutor delante de los ojos, como un objeto de veneración. La visita fue breve. La única parte del contrato a que Rosalía puso reparo fue la referente al plazo de un mes, que le parecía demasiado corto; pero Torquemada aseguró que no le era posible alargarlo. «A principios de septiembre tenía que... dar una fianza en la Diputación... Provincial, porque se presentaba a la subasta de la... carne para los hospitales. Pensáralo bien la... señora, pues si creía no *tener posibles* para... reembolsarle en la fecha... convenida, el préstamo... no se verificaría.» A todo se avino la dama, atenta sólo a salir del conflicto del día; tomó el dinero, firmó, y los dos amigos se despidieron, dejando expresiones para el dueño de la casa, a quien uno de ellos no conocía. Contentísima se quedó la Pipaón, y no pensaba más que en el modo de introducir en la arqueta los dineros. Una pequeña dificultad ocurría, y era que, no teniendo un billete de cuatrocientos escudos, sino varios de los pequeños, había de procurarse uno de aquéllos. Si los billetes eran de otra clase, aunque la cantidad fuese la misma, el cominero se llamaría a engaño. Con pretexto de hacer una visita salió por la tarde, asustadísima, sospechando siempre que a su marido se le antojase, mientras ella estaba fuera, registrar el erario. Pero un ángel bueno velaba por ella; nada ocurrió durante el tiempo que empleara en hacer el desusado cambio de billetes pequeños por uno grande. El cambista de la calle del Carmen la miró con cierto asombro. Por la noche, la delicada operación de reponer la cantidad sustraída fue hecha con toda felicidad.

Pocas veces se había sentido mi amigo Bringas tan nervioso como en los ratos que precedieron a la llegada de la cuenta de Golfín. A eso de las diez del día 3, mandó a Paquito con un recado verbal, suplicando al doctor le remitiese sin tardanza la nota de los honorarios de su asistencia médica, y serían las once y media cuando el joven regresó a la casa trayendo una carta. Bringas no respiraba mientras su mano trémula rompía el sobre y desdoblaba el papel. Rosalía aguardaba también con anhelosa curiosidad... ¡Ocho mil reales! Leyendo esta suma Bringas se quedó perplejo, vacilante entre la alegría y la pena, pues si la cantidad le parecía excesiva, por otra parte, sus temores de que fuera disparatadamente grande se calmaban ante la cifra verdadera. Había creído a veces que no bajaría la cuenta de doce o dieciséis mil reales, y esta sospecha le ponía fuera de sí; otras no la conceptuaba superior a cuatro mil. La realidad había partido la diferencia entre estas dos sumas ilusorias, y, por fin, el economista vino a consolarse con razonamientos de la escuela de don Hermógenes, diciendo que si ocho mil reales eran mucho dinero en comparación de cuatro, eran poca cosa, relativamente, a dieciséis... Un razonar más suyo que de don Hermógenes[115] dominaba el tumulto de ideas aritméticas que en aquel momento hervía en su cerebro; y era que Golfín, por ser el enfermo recomendado de la reina, no debía haberle llevado nada...

---

[115] «don Hermógenes»: personaje avaro de Moratín; se le menciona también en *Torquemada en el Purgatorio*.

CAPÍTULO XXXVIII

—Pero, en fin, me conformo. No he salido mal, pues he salido con ojos. Lo primero es la salud, y lo primero de la salud, la vista. Y la verdad es que ese asesino me ha curado bien. ¡Ocho mil realitos! Es muy posible —añadió dando un suspiro e incomodándose levemente— que si no hubiera sido por tus elegancias, el escopetazo no habría pasado de cuatro mil...

Sacó el dinero, hizo poner una carta muy fina y muy cortés, dando las gracias al sabio doctor por su admirable asistencia, y todo, carta y billetes, ¡oh dulces prendas de su alma!, lo introdujo en un sobre magnífico, de los de la oficina. Paquito fue a llevar este segundo recado. Si Bringas veía con tristeza la expatriación de sus queridos billetes, por otra parte experimentaba la satisfacción honda y viva de pagar. Este placer sólo es dado a las personas de mucho arreglo, que, al economizar el dinero, economizan las sensaciones que produce, y de éstas se contentan con gozar las más puras y espirituales.

Deslizábanse después de este día, con lentitud tediosa, los del mes de agosto, el mes en que Madrid no es Madrid, sino una sartén solitaria. En aquellos tiempos no había más teatro de verano que el circo de Price, con sus insufribles caballitos y sus *clowns,* que hacían todas las noches las mismas gracias. El histórico Prado era el único sitio de solaz, y en su penumbra los grupos amorosos y las tertulias pasaban el tiempo en conversaciones más o menos aburridas, defendiéndose del calor con los abanicazos y los sorbos de agua fresca. Los madrileños que pasan el verano en la Villa son los verdaderos desterrados, los proscritos, y su único consuelo es decir que beben la mejor agua del mundo.

En su horrible hastío, no gustaba la Pipaón de ir al Prado, porque era esto como pasar revista de miseria y cursilería. Había empleado ya muchas veces la enojosa fórmula-explicación de su destierro: «Teníamos tomada casa en San Sebastián, pero con la enfermedad de Bringas...»; y cansada de ella, esquivaba las ocasiones de repetirla. Por la noche, los Bringas y algunas personas de las pocas que en la ciudad habían quedado solían sacar sillas a la terraza, y formaban en el lado del Norte un grupo que no carecía de animación. Cándida no faltaba nunca. Completaban la pandilla la señora de un Montero de Espinosa, las de dos jefes de oficio, la de un oficial de la Secretaría Particular, la del director de las Reales Mesas, la del jefe del Guardarropa del Rey. Del sexo masculino asistían los poquísimos que en Madrid estaban, y eran de la clase más baja; pero es el verano muy democratizante, y mis queridos Bringas, anhelosos de sociedad, no se desdeñaban de alternar, en una tertulia al raso, con porteros de Banda y de Vidriera, con el encargado del Guardamuebles, con el ayudante de Platería, con dos casilleres, gente toda de seis mil reales para abajo. A éstos solían unirse algún ayudante de Cocina, que gozaba de catorce mil, y algún ujier de Saleta, que percibía nueve mil. En dichas tertulias se hablaba del calor que había hecho por el día, de la Corte, que ya había salido de La Granja para Lequeitio, y de otras menudencias del personal y de la casa. En el piso tercero y en los espacios que al modo de plazoletas cortan la longitud de los pasillos-calles, había también tertulias formadas de mozos de oficio, doncellas, barrenderos y gente que subía de caballerizas. En el sitio correspondiente a las grandes rejas que dan a la plaza de Oriente, sobre la cornisa, la huelga duraba toda la noche con gran animación, risas, guitarreo y algún refresco de horchata de cepas. Doña Cándida trinaba contra estos desórdenes, porque no podía pegar los ojos en toda la noche, y amenazaba a los transgresores con denunciarlos al inspector general.

Por las mañanas, toda la familia bajaba al Manzanares, donde Isabelita y Alfosín se bañaban. El papá había sacado nuevamente a luz su traje de mahón, y con esto y el sombrero de paja, parecía que acababa de venir de La Habana. Resguardados de la luz por espejuelos muy oscuros, sus ojos sanaban rápidamente gracias al puntual cumplimiento del plan curativo que le había dejado Golfín. El aire de la mañana y la alegría del balneario le ponían de muy buen humor, y sin cesar aseguraba que si los *tontos que se van fuera* conocieran los establecimientos de los *Jerónimos, Cipreses, el Arco Iris, la Esmeralda* y *el Andaluz,* de fijo no tendrían ganas de emigrar. También Paquito se arrojaba, intrépido, a las ondas de aquellos pequeños mares sucios, metidos entre esteras, y nadaba que era un primor, de pie sobre el fondo. A Alfonsín era preciso pegarle para hacerle salir, y la niña no entraba sino a la fuerza. Regresaban los cinco lentamente, los pequeños con apetito de avestruces; don Francisco, muy contento y también con propósitos de no desairar el almuerzo. Para bajar al río, la Bringas tenía que vencer la repugnancia que aquello le inspiraba. Sólo por amor de sus hijos era ella capaz de hacer tal sacrificio. Le daban asco el agua y los bañistas, todos gentes de poco más o menos. No podía mirar sin horror los tabiques de esteras, más propio para atentar a la decencia que para resguardarla, y el vocerío de tanta chiquillería ordinaria le atacaba los nervios.

Por las tardes, casi al anochecer, solía bajar a Madrid para visitar a alguna amiga o dar una vuelta por las tiendas conocidas. En éstas había poquísima gente. Luenga cortina mantenía en el local una atmósfera menos calurosa que la de la calle, y esta penumbra, como la ociosidad, convidaba a los dependientes a dormir sobre las piezas de tela. De vez en cuando encontraba en casa de *Sobrino Hermanos* a alguna señora rezagada, a alguna proscrita como ella. Nueva edición de la famosa fórmula: «Teníamos tomada casa en San Sebastián; pero...» La otra solía decir con laudable franqueza: «Nosotros esperamos a los trenes baratos de septiembre.»

Como en aquellos días los tenderos estaban mano sobre mano, entreteníanse en mostrar a la señora telas diversas y cositas de capricho. «Esto se llevará mucho en el otoño... De esto viene ahora surtido, porque será la moda de la estación.» Tales frases parecían salir de los pliegues de las piezas al ser desdobladas. El principal, que se estaba disponiendo para hacer el acostumbrado viaje a París, la incitaba a comprar algo, y ella caía en la tentación, unas veces porque se le presentaban verdaderas gangas, otras porque el género le entraba por el ojo derecho, encendiendo todos los fuegos de su pasión trapística, y no podía menos de satisfacer, so pena de padecer mucho, el deseo de adquirirlo. ¡Oh! Del martirio de aquel verano se había de resarcir en el próximo otoño, vistiéndose como Dios mandaba, quisiéralo o no su marido. Tenía propósito de hacerse un vestido nuevo de terciopelo para el invierno y una capota de las más airosas, nuevas y elegantes. A sus niños pequeños les vestiría como principitos. Ya, ya vería el bobillo con quién trataba... Pensando en estos y otros planes, recorría despacio las calles para volver a su casa; deteníase ante los escaparates de modas y de joyería, y hacía mil cálculos sobre la probabilidad más o menos remota de poseer algo de lo mucho valioso y rico que veía. La tristeza de Madrid en tal época aumentaba su tristeza. El sosiego de algunas calles a las horas de más calor, el melancólico alarido de los que pregonan horchatas y limonadas, el paso tardo de los caballos jadeantes, las puertas de las tiendas encapuchadas con luengos toldos, más son para abatir que para regocijar el ánimo de quien también siente en su epidermis el efecto de una alta temperatura y en su espíritu la nostalgia de las playas. Las tormentas precedidas de viento y sucia polvareda le excitaban horriblemente los nervios, y su único gusto al presenciarlas era ver desmentidos los pronósticos meteorológicos de Bringas, el cual, desde

244

que el cielo se nublaba, decía: «Verás cómo esta tarde refresca.» ¡Qué había de refrescar!... Al contrario, duplicaba el calor.

Si alguna vez salía por la noche, la atmósfera pesada y sofocante de las primeras horas de ésta la ponía de un humor endiablado, y más aún el pensar cuán felices eran los que en aquel momento se paseaban en la Zurriola. Todo Madrid le parecía ordinario, soez, un lugarón poblado de la gente más zafia y puerca del mundo. Cuando veía a los habitantes de los barrios más populares posesionados de las aceras, ellos en mangas de camisa, ellas muy a la ligera, los chiquillos medio desnudos, enredando en el arroyo, creía hallarse en un pueblo de moros, según la idea que tenía de las ciudades africanas. Levantábase temprano y se bañaba en su propia casa, por no querer rebajarse a ser náyade de un río tan pedestre y cursi como el señor de Manzanares. En las primeras horas del día, abiertos de par en par los balcones de la casa, que daban a Poniente, entraba un poco de fresco, y el cuerpo y el espíritu de la dama recibían algún consuelo. Cuando iba a dar una vueltecita por las tiendas, la mortificaban los olores que por diversas puertas salían en las calles más populosas, olor de humanidad y de guisotes. Las rejas de los sótanos despedían en algunos sitios una onda de frescura que la convidaban a detenerse; mas en aquellos sótanos donde había cocinas, el vaho era tan repugnante que la empujaba hacia el arroyo. Veía con delicia las mangas de riego, sintiendo ganas de recibir la ducha en sus propias carnes; pero luego se desprendía del suelo un vapor asfixiante, mezclado de emanaciones nada balsámicas, que la obligaba a avivar el paso. Los perros bebían en los charcos sucios formados por los chorros del riego, y después refugiábanse en la sombra, como los vendedores ambulantes, cansados de pregonar zapatillas de cabra, tubos, *todo a real,* puntillas, guías de ferrocarril, pitos y *pucheros artificiales para economía de carbón...* En aquellas horas, en aquella horrible y molesta estación, sólo las moscas y Bringas eran felices.

Capítulo XXXIX

Fue, sí, el día de San Lorenzo cuando recibieron una carta que a entrambos les dejó perplejos y así como atontados. ¿A quién no le sale al paso alguna vez lo maravilloso, ese elemento de vida que los antiguos representaban por apariciones de ángeles, dioses y genios? En nuestra edad, lo maravilloso existe lo mismo que en las pasadas, sólo que los ángeles han variado de nombre y figura, y no entran nunca por el agujero de la llave. Lo extraordinario que a mis queridos amigos sorprendió en su soledad fue una carta de Agustín Caballero. Uno y otro creyeron que el propio fantasma del generoso indiano se les ponía delante. Expresándose en plural, les decía que habían tomado una casa en Arcachón[116], y sabedores de que a Bringas y a los niños les convenía respirar aires frescos y salinos, les invitaba a pasar un mes allá. El ofrecimiento era tan cordial como explícito. La casa era muy grande, con jardín y mil comodidades. Los señores de Bringas serían hospedados a lo grande y tratados a cuerpo de rey, sin que tuvieran que hacer gasto de ninguna clase... «Amparo y yo —decía la carta en conclusión— nos alegraremos mucho de que aceptéis.»

El primer impulso de Rosalía fue de odio y despecho... ¡Atreverse a invitar a una familia honrada...! «Eso

---

[116] Arcachon: pueblo costero francés, en las Landas, al Sur de Burdeos.

es para darse lustre alternando con nosotros... Eso es para poder pasar por personas decentes, presentándose en nuestra compañía... En una palabra, quieren que seamos el pabellón honrado que cubra la mercancía de contrabando... ¿No te da ira? Porque esto es una injuria.»

Don Francisco estaba tan ocupado en desenredar el espantoso lío de ideas que la carta armó en su mente, que aún no había tenido tiempo de indignarse. Ella siguió rumiando su despecho, y en la tempestad de nubarrones que se desató en su cerebro brillaban relámpagos que decían: «¡Arcachón!» En el retumbante son de esta palabra, más *chic* y simpática aún si era emitida por la nariz, iba como envuelto un mundo de satisfacciones elegantes. Ir a Francia, encontrar en la estación de San Sebastián o San Juan de Luz a algunas familias españolas conocidas y decirles, después de los primeros saludos: «Voy a Arcachón», era como confesarse emparentada con el Padre Eterno. Al pensar esto, una bocanada de humo balsámico salía del corazón de la dama, llenaba todo su tórax y se le subía hasta la nariz, dándole un picor muy vivo y ahuecándosela considerablemente. Por fin, el cerebro de Bringas, tras un laboriosísimo parto, dio a luz esta idea:

—¿Se habrán casado?...

—¡Casarse!... no lo creas... Pues poco lo habrían cacareado... Nada, viven como los animales... Es una indecencia que nos inviten a vivir en su compañía. Pues qué, ¿no hay ya distinciones entre las personas, no hay moralidad? ¡Creen que nosotros tenemos tan poca vergüenza como ellos!...

—¡Qué lástima que no estén casados! —murmuró el economista, mirando a sus pulgares, que estaban quietos, uno enfrente a otro, como recelosos de unirse—. Porque si vivieran como Dios manda... Ya ves qué proporción. ¡Billetes gratis, casa gratis, comida gratis!...

La idea de humillarse a Amparo y ser su huésped y deberle un favor grande sublevó el orgullo de la Pipaón...

—Tú serías capaz de aceptar —dijo—. Yo no puedo rebajarme a tanto.

—No, yo no... Es que decía... Pongo por caso —tartamudeó Bringas, más perplejo aún—. Y no tenemos motivos para asegurar que no se hayan casado.

—Cásense o no... ¿Te parece que es digno?... Esa tonta, a quien hemos dado de comer las sobras de nuestra casa...

—¡Ay, hija mía! No te remontes. ¿Quién se acuerda ya de eso? El mundo olvida pronto esas cosas. Al que tiene dinero no se le pregunta nunca si ha comido la sopa boba. Figúrate tú: en Arcachón nadie nos conocerá, ni a ellos ni a nosotros... No es que yo quiera ir. Al contrario. Le contestaré dándole las gracias...

Tal negativa puso nuevamente ante los ojos de la dama la ideal perspectiva de un viaje a aquel famoso sitio de recreo. «Arcachón.» ¡Con qué música deliciosa sonaría en las visitas de otoño esta frase que, de puro aristocrática, tenía algo del crujir de la seda. «Hemos estado en Arcachón.» Bastaba esta chispa para hacer estallar otra vez la tormenta en aquel ahuecado cerebro, mientras el de Bringas hervía en consideraciones económicas. «¡Pasar una temporadita en Francia sin gastar un real!...» Los dos esposos estuvieron durante largo rato contemplando y revolviendo sus propias ideas, sin comunicárselas ni cambiar una palabra. A veces se miraban en silencio. Cada cual esperaba, sin duda, que el otro dijera algo, proponiendo una fórmula de conciliación... Por la tarde se volvió a hablar del asunto; mas Rosalía, henchida de soberbia, persistió en sus repugnancias y en poner a Agustín y a Amparo por los suelos... Por la noche, la ilusión del viaje ganó en su espíritu tanto terreno, que se aventuró a hacerse una pregunta inspirada en el sentido recto de las cosas: «¿Y a mí qué me importa que se casen o se dejen de casar, o que ella sea como Dios quiere?» Su alma se inundaba de tolerancia; pero no quería dar su brazo a torcer ni manifestarse vencida, por lo cual esperaba que su marido cediera antes para hacerlo después ella, afectando

248

obediencia y resignación. El gran Thiers, en tanto, después de pesar en su mente las ventajas del viaje, miraba a su esposa como deseando que de ella partiese la iniciativa de conciliación. Era como cuando dos están enojados y ninguno quiere ser el primero en romper el hielo y hablar de paces.

Rosalía se acostó, segura de que Bringas, a la mañana siguiente, se mostraría inclinado a aceptar la invitación de su primo. Ya sabía ella lo que tenía que decir. Primero, mucha ira, mucha protesta de dignidad, mucha palabrería contra Amparo y Agustín; después, una serie de modulaciones de transición. Ella (Rosalía) acostumbraba no hacer caso de sí propia y sacrificar su gusto al gusto de los demás... Por sus hijos estaba dispuesta a hacer todo género de sacrificios y a pasar sonrojos y humillaciones. Era evidente que Isabelita necesitaba baños de mar y Alfonsito también... Ante esta necesidad, los gustos de ella, sus escrúpulos, no tenían ningún valor. En una palabra, si Bringas opinaba que debían ir, ella cerraría los ojos y...

Pero, contra lo que esperaba el cominero no habló una palabra de viaje a la mañana siguiente. Levantóse tarareando y parecía olvidado del asunto. En vano Rosalía le pinchaba, echando pestes contra los baños de los Jerónimos y quejándose de un calor mortífero. Él no decía más, sino: «Para lo que queda ya... Desde el quince empezará a refrescar.» Con esto se desesperaba Rosalía.

Aguardó hasta la tarde, impaciente y llena de ansiedad, y viendo que el ratoncito Pérez no mentaba para nada al tal Arcachón, aventuróse a decir:

—Pero, en fin, ¿qué contestas a Agustín? Yo te diré que, por mi parte, aunque me repugna vivir con esa gente... ya ves, por los niños...

—¡Qué niños ni que ocho cuartos! Están muy buenos... —exclamó Bringas, agitando el sombrero de paja como si fuera a dar un viva—. Si los baños del Manzanares son los mejores del mundo... Mira qué colores ha echado la niña. Alfonsito parece un roble... Cada vez me río más de los *tontos que se van fuera*... Y no creas, anoche he estado pensando en eso... Digan lo que quieran, siempre hay gastos. Tendríamos billetes gratis hasta la frontera; pero ¿de la frontera para allá?

—Si no son más que doscientos treinta kilómetros —dijo con gran espontaneidad Rosalía, que había alimentado su ilusión leyendo la guía de ferrocarriles.

—Sean pocos o muchos, esos kilómetros nos habrían de salir caros. Además, ¿cómo ir sin llevarles un regalo? ¿Te parece bien entrar en su casa con las manos vacías?... Luego, otros gastos... Resueltamente no vamos. Desde el quince ya refresca. Observa cómo van achicando los días. Anoche ya la temperatura fue más suave... No nos movamos, hija, que bien nos va en Madrid.

Oyó esto Rosalía con vivo enojo; pero su misma soberbia le vedaba contradecirle. Callóse; y en el pecho le hacían revoltijos las culebrillas de su ilusión desvanecida. Ya se había acostumbrado a la idea de encontrar a las amigas en la estación de San Sebastián y darles con Arcachón en los hocicos, de poner en sus cartas la data de Arcachón y, por fin, de arcachonizarse para todo el otoño e invierno próximos.

CAPÍTULO XL

En la tristeza de su destierro, una sola cosa alegraba el alma de la infeliz señora, y era que sus niños gozaban de inmejorable salud. Isabelita, cuyas desazones tenían siempre a su mamá muy sobre ascuas, no había sufrido, durante el verano, ninguno de aquellos trastornos espasmódicos que marchitaban su infancia. Fueran o no buenos los baños de los Jerónimos, ello es que la niña había ganado, tomándolos, carnes y colores, amén de un apetito excelente. En cuanto al pequeño, excuso decir que con las aguas del Manzanares se puso a reventar de sano. Su robustez era tal, que no cesaba de probarse a sí mismo y de cultivarse para llegar a ser más grande y poderoso. El instinto de desarrollo le impulsaba incesantemente a los ejercicios corporales y a ensayar y aprender actos de trabajosa energía. Subir a las mayores alturas que pudiera, trepar por una pilastra, hacer cabriolas, cargar pesos, arrastrar muebles, verter y distribuir agua, jugar con fuego y, si podía, con pólvora, eran los divertimientos que más le encantaban. No revelaba aptitudes de habilidad mecánica como su papá. Era más bien un hábil destructor de cuanto caía en sus manos. Durante aquellas tareas de fuerza, echaba de su boquita blasfemias y ternos aprendidos en la calle. Cuando la melindrosa de su hermanita los oía, ¡santo Dios!, en seguida iba corriendo a llevar el cuento a su padre. «Papá, Alfonsito está diciendo cosas...» Y don Francisco, que aborrecía los lenguarajos, gritaba: «Niño,

251

ven aquí pronto. Que me traigan de la cocina una guindilla.» Ya con la guindilla en la mano, y teniendo al criminal cogido por el pescuezo, hacía además de querer restregarle con ella los hocicos; pero le miraba ceñudo diciendo: «Por esta vez, pase; pero como repitas esas porquerías, te quemo la boca, y se te cae la lengua y luego, en vez de hablar como las personas, rebuznarás como los burros.»

Alfonsito tenía pasión por los carros de mudanza. Ver uno de éstos en la calle era su mayor delicia. Todo le entusiasmaba: los forzudos caballos, aquel cajón donde iba una casa, los espejos colgados debajo, y, por último, aquellos gandules de blusa azul que iban sentados arriba, dormitando al lento vaivén de la máquina. Su ilusión era ser como aquellos tíos, dirigir un carro, cargarlo, descargarlo, y se imaginaba uno tan grande, tan grande, que cupieran en él todos los muebles de Palacio. En su delirio de imitación, ejercitando el espíritu y los músculos, se entretenía horas enteras en dar a su pensamiento el mayor grado de realidad posible. Como don Quijote soñaba aventuras y las hacía reales hasta donde podía; así Alfonsín imaginaba descomunales mudanzas y trataba de realizarlas. Don Francisco, que estaba en *Gasparini* con Isabelita, oía ruido de trastos, chasquidos de látigo y estas palabrotas: «¡Hala... arriba... upa... ajo..., arre, caballo!» En medio del cuarto apilaba sillas, y entre los huecos de ellas ponía cacharros, trebejos, la piedra de machacar carne, la mano del almirez, líos de trapo, escobas y cuanto encontraba a mano. El gato iba encima de todo. Después empezaba a descargar latigazos sobre el montón, y si alguna cosa se caía, allí eran los gritos y el patear. Encendido el rostro y sudoroso, el bravo chico no paraba hasta que Isabelita iba a informarse, de parte de su papá, del motivo de tal estrépito.

—Si vieras, papaíto —decía la niña, muerta de risa—; ha puesto sillas unas sobre otras, y está dando latigazos y diciendo unas borricadas...

—Dile a ese *gallegote* que si voy allá le pondré cada nalga como un tomate...

(Bringas tenía la mala costumbre de llamar *gallegos* a los brutos, costumbre muy generalizada en Madrid y que acusa tanta grosería como ignorancia.)

Isabelita tenía gustos e inclinaciones muy distintas de las de su hermano. Más que la diferencia de sexo, la de temperamento era causa de que los dos hermanos jugasen casi siempre aparte uno del otro. No miremos con indiferencia el retoñar de los caracteres humanos en estos bosquejos de personas que llamamos niños. Ellos son nuestras premisas; nosotros, ¿qué somos sino sus consecuencias?

Digo que Isabelita, si alguna vez jugaba con muñecas, no tenía en esto gusto tan grande como en reunir y coleccionar y guardar cosillas. Tenía la manía coleccionista. Cuanta baratija inútil caía en sus manos, cuanto objeto rodaba sin dueño por la casa, iba a parar a unas cajitas que ella tenía en un rincón a los pies de su cama. ¡Y cuidado que tocara nadie aquel depósito sagrado!... Si Alfonsín se atrevía a poner sus profanas manos en él, ya tenía la niña motivo para estar gimoteando y suspirando una semana entera... Estos hábitos de urraca parecía que se exacerbaban cuando estaba más delicada de salud. Su único contento era entonces revolver su tesoro, ordenar y distribuir los objetos, que eran de una variedad extraordinaria y, por lo común, de una inutilidad absoluta. Los pedacitos de lana de bordar y de sedas y trapo llenaban un cajón. Los botones, las etiquetas de perfumería, las cintas de cigarros, los sellos de correo, las plumas de acero usadas, las cajas de cerillas vacías, las mil cosas informes, fragmentos sin uso ni aplicación, rayaban en lo incalculable. Pero el montón más querido lo componían las estampitas francesas dadas como premio en la escuela, los cromitos del Sagrado Corazón, del Amor Hermoso, de María Alacoque y de Bernadette, pinturillas en que el arte parisiense representa las cosas santas con el mismo estilo de los figurines de modas. También había lo que ella llamaba papel de encaje, que son las hojuelas estampadas que cubren las cajas de tabacos. Aquello era de los cigarros de

Agustín, y se lo había dado Felipe. No contaré los papelillos de agujas vacíos, los guantes viejos, los tornillos, las flores de trapo, los pitos de San Isidro, los muñequillos, restos de un nacimiento, las mil menudencias allí hacinadas. En otra parte tenía Isabel, muy bien guardada, su hucha, dentro de la cual, al agitarla, sonaba una música deliciosa de cuartos. Estaba ya tan llena, que pesaba así como un quintal. No le costaba a ella poco trabajo vigilarla y esconderla de las codiciosas miradas y rapaces manos de Alfonsín, que, si le dejaran, la rompería para coger el dinero y gastarlo todo en triquitraques... o comprar un carro de mudanza con caballos de verdad.

Tan enamorada estaba Isabelita de su tesoro de cachivaches, que lo reservaba de todo el mundo, hasta de su mamá; pues ésta se lo descomponía, se lo desordenaba, y parecía tenerlo en poca estima, pues alguna vez le dijo:

—No seas cominera, hija. ¿Qué gusto tienes en guardar tanta porquería?

La única persona a quien ella consentía poner las manos en el tesoro era su papá; pues éste admiraba la paciencia de la niña y le alababa el hábito de guardar. En aquellos largos días de verano, don Francisco, que no podía leer ni trabajar, ni ocuparse en nada, se hubiera aburrido de lo lindo si no tuviese el recurso de jugar con su hija a revolver, ordenar y distribuir cosillas.

—Ángel —decía, después de dormir su siesta—, tráete las cajitas y nos entretendremos.

Los dos, en *Gasparini,* sin testigos, se pasaban toda la tarde sentados en el suelo, sacando los objetos y clasificándolos, para volver a guardarlos después con mucho cuidado.

—Algunas de estas cosas servirán todavía —decía el economista—. Pongamos los huesos de albaricoque juntitos aquí. Vamos a contarlos: son veintitrés. Ahora se pone encima un papel, ¿estás? Primero se mete en medio la cajita de plumas, con las cuentas dentro, para que no se corran los huesos de albaricoque... ¡Ajajá! Venga otro papel. Veme dando ahora las cajas de fósforos; dos, dos... dos... dos. ¿Ves? Se cubre todo, y así no se pueden rodar. Siguen los cacharritos... No pongamos los botones de hueso al lado de los de metal; separemos igualmente los de hueso de los de madera, no sea que riñan. En todas partes hay clases, hija mía... Así... Ahora coloquemos estos líos de trapos a un ladito, para que no se junten con las flores artificiales, no sea que tengan envidia de ellas y se echen a reñir. En todas partes hay malas pasiones... Las obras de arte por separado. Este es el Museo adonde vienen los ingleses, que son estos pitos del Santo... Veme dando cosas...

Frecuentemente, después de puesto todo, se volvía a sacar para meterlo de nuevo, colocado de otra manera. También jugaban ambos a las muñecas, vistiéndolas y desnudándolas, recibiendo y pagando visitas. En tanto, el otro bruto de Alfonsín arreaba las caballerías y cargaba su carro hasta que no podía más. En todos los contratiempos, el pequeñuelo iba a buscar refugio en las faldas de su querida mamá, así como la niña siempre se arrimaba a don Francisco para buscar mimo o pedir justicia en algún pleito con su hermano. Alfonso sabía engolosinar a su madre con caricias astutas cuando quería obtener de ella algunos ochavos, y la besuqueaba y hacía mil zalamerías.

—Un secreto, mamá —decía, subiéndosele al regazo y abrazándola y aplicándole su boca al oído—. Un secreto...

—Ya, ya. ¡Ay, qué rico! Lo que mi ángel quiere es un cuartito, ¿verdad?

Y el muy pillo silabeaba en el oído de su mamá estas palabras, más tenues que el aleteo de una mosca:

—Dice papá que yo salgo a ti, que soy un loco.

CAPÍTULO XLI

Con terror vio la ingeniosa señora que pasaban uno
tras otro los días de la segunda quincena de agosto,
porque, según todas las señales, tras ellos debían venir
los primeros de septiembre. Torres, a quien hizo una
indicación de prórroga, se puso pálido y dijo que Torquemada no podía esperar por esto y lo otro y lo de más
allá... Bien claro se lo habían dicho ambos el día de la
celebración del contrato. Era la cláusula principal, y,
seguramente, el señor de Torquemada lo contaba como
seguro...

Y oyendo esto, sopesaba la dama en su mente las
dificultades del caso, más graves entonces que lo habían
sido en otros análogos. Ocioso es decir, pues ciertas
cosas se dicen por sí mismas, que el apoderado de
Milagros no llevó a Rosalía, ni el 4 ni el 5, ni
ningún otro día de agosto, lo que aquélla le había
prometido. De Cándida no debía esperar más que fanta-
sías. ¿A quién volver los ojos? Los de Bringas veían, y
era locura pensar en sustraer otra vez cantidad alguna
del tesoro doméstico. Hablar a su marido con franqueza
y confesarle su fragilidad habría sido quizá lo mejor;
pero también era lo más difícil. ¡Bueno se pondría!...
Sería cosa de alquilar balcones para oírle. ¡Desde que
Bringas se enterase de sus enredos, vendría un periodo
de represión fuerte que aterraba más a Rosalía que los
apuros que pasaba! Su plan era emanciparse poco a
poco; de ningún modo atarse a la autoridad con lazos

más apretados... Se las arreglaría sola, como Dios le diera a entender. Dios no la abandonaría, pues otras veces no la había abandonado.

Desde que pasó el 25, notaba en todo su ser comezón, fiebre, recelo, y sus labios gustaban hiel amarguísima. La idea del compromiso en que se iba a ver no la dejaba libre un momento, y ningún cálculo la llevaba a la probabilidad de una solución conveniente... ¡Si Pez volviera pronto!... ¡Él, que tantas veces le había ofrecido!... Pero, acordándose de lo arisca que con él estuvo en la ocasión de marras, recelaba que, al regresar a Madrid, su insigne amigo no se hallara tan dispuesto a la munificencia... «¡Oh, no! —decía luego—. Le he vuelto loco. Haré de él lo que quiera.» Al pensar en esto, recordaba la escena de aquel día, concluyendo por acusarse de excesivamente melindrosa... Si ella no hubiera sido tan... tan... tan tonta, no habría tenido necesidad de pedir dinero al cafre de Torquemada. ¡Una mujer de su condición verse en tales agonías!... ¿Y por qué? Por una miserable cantidad... Bien podría tener miles de duros si quisiera. Ocho años antes, el marqués de Fúcar, que con frecuencia la veía en casa de Milagros, le había hecho la corte. ¿Y ella?... un puerco espín. Y no era sólo el marqués de Fúcar su único admirador. Otros muchos, y todos ricos, habíanle manifestado con insistente galantería que estaban dispuestos a hacer cualquier disparate. Pero ella, siempre permaneció inflexible en su esquiva honradez. Ni sospechara nunca que esta inflexibilidad, alta y firme como una torre, pudiera algún día sentirse vacilar en sus cimientos, y hubo de parecerle tan extraño lo que a la sazón pensaba, que se creyó muy otra de lo que había sido. «La necesidad —se dijo— es la que hace los caracteres.» Ella tiene la culpa de muchas desgracias, y considerando esto, debemos ser indulgentes con las personas que no se portan como Dios manda. Antes de acusarlas, debemos decir: *Toma lo que necesitas; cómprate de comer, tápate esas carnes... ¿Estás bien comida, bien vestida? Pues ahora... venga moralidad.*

Discurriendo así, Rosalía se admiraba a sí misma, quiero decir, que admiraba a la Rosalía de la época anterior a los trampantojos que a la sazón la traían tan desconcertada; y si por una parte no podía ver sin cierto rubor lo cursi que era en dicha época, por otra se enorgullecía de verse tan honrada y tan conforme con su vida miserable. El alcázar de su felicidad ramplona permanecía aún en pie; pero ya estaba hecha y cargada la mina para volarlo. Antes de dar fuego, la que aún era intachable, de hecho, lo contemplaba melancólica para poder recordarlo bien cuando se sentara sobre sus ruinas.

En las últimas noches de agosto iba alguna vez al Prado, donde se reunía con los Cucúrbitas, y aunque horriblemente atormentada por la idea del compromiso inminente, tomaba parte en las conversaciones ligeras de la tertulia. Se formaba un grupo bastante animado, al que concurrían algunos caballeros. La Bringas pasábales mentalmente revista de inspección, examinando las condiciones pecuniarias de cada uno. «Este —pensaba— es más pobre que nosotros; todo facha, todo apariencia, y debajo de tanto oropel, un triste sueldo de veinte mil reales. No sé cómo se las arregla para mantener aquel familión...» «Este no tiene más que trampas y mucho jarabe de pico...» «¡Ah! Este sí que es hombre: le suponen doce mil duros de renta; pero se dice que no le gustan las mujeres...» «¡Oh! Este sí que es enamorado; pero va a que ellas le mantengan... ¡Y qué ajadito está!...» «Este no tiene sobre qué caerse muerto... es un libertino de mal gusto que no hace calaveradas más que con las mujeres de mala vida...» «He aquí uno a quien yo debo gustar mucho, según la cara que me pone y las cosas que me dice... pero sé por Torres que Torquemada le prestó dos mil reales para llevar a baños a su mujer, que está baldada. ¡Pobrecita!...» De esta revista resultaba que casi todos eran pobretones más o menos vergonzantes, que escondían su miseria debajo de una levita comprada con mil ahogos, y los pocos que tenían algún dinero eran de temperamento reposado y frío... Veíase la dama encerrada en un doble círculo infranqueable. Pobretería era el uno, honradez el otro. Si los saltaba, ¿adónde iría a caer?...

Observando en la semioscuridad del Prado la procesional marea de paseantes, veía pasar algunas personas, muy contadas, que atraían la atención de su exaltado espíritu. El farol más próximo les iluminaba lo bastante para reconocerles; después se perdían en la sombra polvorosa. Vio al marqués de Fúcar, que había vuelto ya de Biarritz, orondo, craso, todo forrado de billetes de Banco; a Onésimo, que solía mirar como suyo el Tesoro público; a Trujillo, el banquero; a Mompous, al agente de Bolsa don Buenaventura de Lantigua y otros. De estos poderosos, unos la conocían; otros, no; algunos de ellos habíanle dirigido tal cual vez miradas que debían ser amorosas. Otros eran de intachables costumbres dentro y fuera de su casa...

Retiróse Rosalía a la suya, con la cabeza llena de todo aquel personal matritense, y les veía pasar por la región más encendida de su cerebro, yendo y viniendo como en el Prado. Ahora los pobres, luego los ricos, después los honrados... y vuelta a empezar. Para mayor confusión suya, Bringas parecía que estaba aquellos días más amable, más cariñoso; pero en lo referente a gastos, mostrábase inflexible como nunca:

—Hijita —le dijo al acostarse—, desde el primero de septiembre volveré a la oficina. Es preciso trabajar, y sobre todo, economizar. Nos hemos atrasado considerablemente, y hay que recobrar a fuerza de privaciones el terreno perdido. Cuento contigo hoy como he contado siempre; cuento con tu economía, con tu docilidad y con tu buen sentido. Si hemos de salir adelante, conviene que en un año, por lo menos, no se gaste ni un real en pingajos. Veo que con lo que tienes podrás estar elegante por espacio de seis años lo menos. Y si vendieras algo para poder hacerme yo un trajecito, bien te lo agradecerían estos pobres huesos... Perdóname si alguna vez he sido un poco duro contigo y con ciertas mañas que sacabas... Me parecía que te salías algo de nuestro

259

régimen tradicional. Pero teniendo en cuenta tus virtudes, cierro mis ojos a aquella disparatada ostentación y espero que tú me correspondas, volviendo a tu modestia y no poniéndome en el caso de hacer una justiciada. De este modo, nuestros hijos tendrán pan que llevarse a la boca y zapatos con que calzarse, y yo podré esperar tranquilo la vejez.

Estas severas y razonables expresiones, por una parte, la conmovían; por otra la aterraban. Volver al rancio sistema de *un trapito atrás y otro delante,* y a las infinitas metamorfosis del vestido melocotón, érale ya imposible; engañar a aquel infeliz dábale mucha pena. En esta perplejidad entregábase al Acaso, a la Providencia, diciendo: «Dios me ayudará. Los acontecimientos me dirán lo que debo hacer.»

Si el gran Pez volviera pronto la sacaría de aquel atolladero. Estudiaba ella el medio de explotar su liberalidad sin venderse. Consiguiendo esto, sería la mujer más lista del orbe... Pero faltaba que don Manuel regresara de aquellos cansados baños. Carolina había dicho que vendría a principios de septiembre, sin fijar fecha. ¡Qué ansiedad! ¡Y el día 2...!

Lo primero que tenía que hacer la afanada señora era detener el golpe del prestamista, o aplazarlo por unos días al menos, hasta que Pez viniera. A pesar de las consideraciones pesimistas de Torres, ella esperaba obtener algún éxito presentándose a Torquemada, y el día 31 se aventuró a ir a casa de éste, paso desagradable, pero necesario, en cuyo buen resultado fiaba. Vivía el tal en la travesía de Moriana, en un cuarto grande, polvoriento, tenebroso, lleno enteramente de muebles y cuadrotes de vario gusto y precio, despojos de su enorme clientela. Museo del lujo imposible, de despilfarro, de las glorias de un día, aquella casa era toda lágrimas y tristeza. Rosalía sintió secreto pavor al entrar en ella, y cuando Torquemada se le apareció, saliendo de entre aquellos trastos con un gorro turco y un chaquetón de paño de ala de mosca, le entraron ganas de llorar.

Capítulo XLII

—¿Y la familia? —le preguntó Torquemada al saludarla.

—No tiene novedad. Gracias... —replicó la dama sentándose en la silla que se le ofreció.

Al instante expuso su pretensión de prórroga, empleando sonrisas amables y los términos más dulces que podía imaginar. Pero Torquemada oyó la proposición con fría seriedad, y luego, ofreciendo a las miradas de Rosalía la rosca formada con sus dedos, como se ofrece la Hostia a la adoración de los fieles, le dijo estas palabras fatídicas:

—Señora, ya dije a usted que no... puedo, no puedo de ninguna manera. Es de todo punto im... posible.

Y viendo que la víctima se negaba a creer tanta crueldad, echó el último argumento en esta forma:

—Si mi padre me pidiera... esa prórroga, no se la concedería. Usted no sabe lo apurado que estoy. Tengo forzosamente que hacer... un depósito. Va en ello mi honor.

La repetición de la súplica, hasta llegar a la pesadez, no quebrantaba aquella roca.

—Diez días nada más —decía ella, con el pagaré atravesado en la garganta.

—Ni diez minutos, señora; no puede... ser. Mucho... lo siento; pero si el día dos...

—Por Dios, hombre; por su madre...

—Me veré obligado a presentar... el pagaré al señor de Bringas, que tiene dinero..., me consta...

261

A pesar de esto, la pobre señora, que pasó aquella noche atormentada por el insomnio y la zozobra, volvió al día siguiente a visitar a su acreedor.

—¿Y la familia? —le preguntó él después del saludo.

Rosalía suplicó con más vehemencia que el día anterior, y Torquemada negaba y negaba y negaba, acentuando su crueldad con la pavorosa aparición de la rosquilla en el espacio comprendido entre las miradas de los dos interlocutores.

La Pipaón confió a las lágrimas lo que no habían podido conseguir los suspiros. El prestamista, creyendo que se desmayaba, hizo traer un vaso de agua, que ella no quiso probar, porque le daba asco. El poder de una mujer que llora se vio en aquel caso; pues la peña de Torquemada se ablandó al fin, y la prórroga fue otorgada.

—Pero le juro a usted, señora, que si el día siete...

—El siete, no; el diez...

—El ocho. Verdad es que el ocho es fiesta, la Virgen de... Septiembre. Para que vea usted que la quiero complacer, pongo el nueve. Pero si el nueve no se realiza el pago, me veré en la precisión... El señor don Francisco tiene dinero..., me consta.

—¡Ay, gracias a Dios! Hasta el diez.

Rosalía se conceptuaba dichosa al ver delante de sí aquellos días de respiro. En este tiempo vendría Pez quizás. Trajérale Dios pronto.

Desde el primero de septiembre, Bringas empezó a ir a la oficina, aunque trabajaba muy poco, y se pasaba todo el tiempo hablando con el segundo jefe. Era una picardía que le hubieran cercenado el sueldo en el mes de agosto, y en cuanto la Señora viniera, pensaba él interesarla en su favor para subsanar un despropósito tan sin gracia. Mientras Thiers estaba en su oficina, su mujer pasaba las horas casi sola. Rara vez iban visitas a la casa; pues la mayor parte de sus amigas, a excepción de las de Cucúrbitas, no habían vuelto aún de baños. Dos o tres veces fue a verla Refugio, y charlaron de modas y de los artículos que había recibido de Burdeos. La

Pipaón no la trataba ya con tanta altivez, aunque cuidando siempre de establecer la diferencia que existe entre una señora honrada y una mujer de conducta misteriosa y equívoca.

Desde que aquellos ahogos financieros empezaron a sofocarla, Rosalía había adquirido la costumbre de calcular, siempre que hablaba con cualquier persona, el dinero que la tal persona podía tener. «Esta perra tiene dinero», se dijo cierto día, mirando a la de Sánchez y oyendo la descripción ampulosa del comercio que iba a establecer.

Al verla salir de la casa, ocurriósele a Rosalía la atrevidísima idea de acudir a ella... ¡Qué horror! Esta idea fue al punto rechazada por ignominiosa. No, antes de humillarse tanto y perder tan en absoluto su dignidad, la de Bringas prefería que su marido le diera el gran escándalo y le dijese cuanto había que decir... ¡Buena pieza era la tal Refugio! Roja de vergüenza se ponía nuestra amiga sólo de pensar que se rebajaba a pedirle favores de cierta clase. Precisamente el día antes le había contado Torres que la dichosa niña era el escándalo de la vecindad, y estaba con tres o cuatro hombres a la vez.

El día 5, un dependiente de *Sobrino Hermanos* fue a avisar a Rosalía que empezaba a llegar de París el género nuevo de la estación. Eran maravillas. Quería Sobrino que su distinguida parroquiana viese todo y diera su parecer sobre algunas telas de una novedad algo estrepitosa. Acudió ella al reclamo; pero lo mucho y nuevo y rico que vio no fue parte a distraerla de la pena que llenaba su alma. Habría deseado comprar todo o siquiera algo; pero, ¿cómo, ¡santo Dios!, en la situación apuradísima en que estaba, amenazada de un grave cataclismo doméstico? «Esto lo he traído para usted», le decía Sobrino con infernal amabilidad. Pero ella, poniendo una cara desconsoladísima y quejándose de dolor de cabeza, negábase a comprar, aunque los ojos se le iban tras de las originales telas, y más aún tras de los admirables modelos colocados en los maniquís.

En *fichús,* encajes, manteletas, camisetas, pellizas, estaban allí las *Mil y una noches* de los trapos. El día 6, ya con el dogal al cuello, triste y apenas sin esperanza, con ganas de echarse a llorar y sintiendo en su alma como un secreto anhelo de confesarse a su marido, Rosalía volvió a casa de *Sobrino Hermanos.* Iba por distraerse nada más y arrancar de su cerebro, durante un rato, la temerosa imagen de Torquemada. Por la calle del Arenal encontró a Joaquinito Pez, el cual, muy gozoso, le dijo:

—Hemos tenido parte. Mañana llegan.

Oír esto Rosalía y ver el cielo abierto, la cerrazón de su alma despejada, la cuestión del día 9 resuelta, y el mundo mejorado, y la Humanidad redimida de sus añejos dolores, fue todo uno. Siguió por la calle adelante, despidiendo alegría de su rostro fresco; y entrando en la tienda de Sobrino, empezó a ver cosas y a dar sobre todas ellas su parecer, encareciendo unas, desdeñando otras, no harta nunca de ver y de comentar. «Que me lleven esto a casa... Vaya, señor Sobrino, al fin se sale usted con la suya: me quedo con el *fichú.*» Estas y otras frases, todas referentes a adquisiciones, matizaban el charlar loco de aquel día.

Capítulo XLIII

Llegó el grande hombre. Rosalía no se equivocaba al suponer que la primera visita de él, después de quitarse el polvo del camino, sería para sus amigos de Palacio. Y desde que Bringas se fue a la oficina, emperejilóse para recibir al que, mientras estuvo ausente, había llenado su pensamiento en las horas de mayor tristeza. Porque, de fijo, don Manuel vendría de los baños más avispado, más caballeresco y más liberal que antes lo fuera, y lo fue mucho. La dama conoció sus pasos cuando se acercaba a la puerta, y le entró un temblor..., luego una vergüenza... ¡Ánimo, mujer! Echó un vistazo en el espejo a su aspecto personal, que era inmejorable, y después de hacerle aguardar un poquito, salió a *Embajadores*... La emoción debió de entorpecerla un poco al saludarle. Apenas se dio cuenta de que confundía unas palabras con otras y de que se embarullaba un poco al hablar de la completa mejoría de Bringas. ¡Y qué bueno estaba Pez! Parecía que se había quitado diez años más de encima, y que se hallaba en la plenitud de los tiempos pisciformes. Su amabilidad, su distinción, no habían cambiado para nada; pero algo observó Rosalía desde el principio de la visita, que le hubo de parecer tan extraño como desconsolador. Ella había creído que Pez, desde el primer momento, se mostraría tan vivo de genio como el día de marras, y en esto se llevó un solemne chasco. Mi amigo se presentaba juicioso, reservadísimo, y no tenía para ella sino las consideraciones discretas y comedidas que se deben a una señora. ¿Era que se había verificado un cambio radical en sus sentimientos? Pues no sería porque ella no estuviera bien guapa, que, en realidad, había echado el resto aquel día... Pasaba tiempo y la Bringas no volvía de su asombro, el cual se iba resolviendo en despecho a medida que Pez agotaba todos los temas de conversación: el tiempo, el calor de Madrid, la salud de todos, las conspiraciones, sin tocar, ni por incidencia, el que ella estimaba más oportuno. El laconismo de las respuestas de ella y el énfasis nervioso con que se abanicaba, eran indicios de su contrariedad. Y Pez, cada vez más frío, con un cierto airecillo de persona superior a las miserias humanas, continuaba hablando de cosas indiferentes con admirable seso, sin perder la brújula, sin decir nada que anunciase una conciencia vacilante o una virtud en peligro. Habíase convertido, por gracia de los aires del Norte, en un varón ejemplar, modelo de rectitud y templanza. Su parecido con el Santo Patriarca antojósele a Rosalía más vivo que nunca; pero consideró aquella belleza rubia como la más sosa perfección del mundo. No le faltaba más que la vara de azucenas para pasar a figurar en la cartulina de los cromos de a peseta que se venden por las calles. A Rosalía empezó a repugnarle tanta circunspección, y ya estaba reuniendo todo su desprecio para dedicárselo por entero, cuando la idea de los compromisos del día 9 la acometió con furia. Pez, leyendo en su cara, le dijo:

—Está usted pálida.

Rosalía no le contestó. Estaba embebecida en su pena, diciendo: «Pecar, llámote necesidad y digo la mayor verdad del mundo... Pues no necesitando, ¿qué mujer habrá tan tonta que no desprecie a toda esta canalla de hombres?»

Pez, un poco más tierno, díjole que notaba en ella algo de extraño, tristeza, quizá preocupaciones graves. Esta indicación la consideró ella como una feliz coyuntura para decir algo. Iba a probar si Pez era el mismo caballero vivaracho y rumboso de antes, o si se había trocado en un empedernido egoísta. La dama, haciendo también graciosos alardes de reserva, replicó:

—Cosas mías. Lo que a mí me pasa, ¿a quién interesa más que a mí sola?

Lentamente mi amigo descendía de aquellas cimas de virtud en que se había encaramado. Inclinóse más hacia ella y le habló de ingratitud en tono de queja amorosa. Rosalía vislumbró horizontes de salvación que alumbraban con débil luz las tinieblas de aquel funesto día 9, ya tan próximo. Como llamaron de súbito a la puerta y entraron los pequeños, no pudo la de Bringas ser más explícita, ni Pez tampoco; únicamente tuvo ella tiempo de hacer constar una cosa:

—Deseaba mucho que usted volviese. Tengo que hablarle...

Los besuqueos de los niños interrumpieron esta grata conferencia, que iba tan conforme al plan de la Pipaón. Pero más tarde, después del regreso de Bringas y del largo párrafo que él y Pez echaron sobre las cosas políticas, Rosalía tuvo ocasión de cambiar con su amigo más de una palabra en la *Saleta,* secretamente, con lo que él puso punto a la visita y se retiró.

Más bien triste que alegre estuvo la Pipaón toda aquella tarde y noche. Su esposo advirtió en ella una sobriedad verbal que rayaba en mutismo, y, según su costumbre, no hizo esfuerzo alguno por corregirla. En toda casa es preferible siempre la concisión de una mujer a su locuacidad, y Thiers no tenía gran empeño en alterar esta regla. En la mañana del día 8, Rosalía, vestida con pulcra sencillez, se despidió de su marido. Iba a misa, como lo demostraba el devocionario con tapas de nácar que llevara en la mano... Su marido no debía extrañar que tardase algo, pues iba a ver a la de Cucúrbitas que estaba en peligro de muerte.

—Oí que le daban hoy los Sacramentos —dijo Bringas con verdadera pena.

Salió después de dar sus disposiciones para el almuerzo, en la presunción de tardar algo, y Thiers se quedó en manos del barbero, pues desde la enfermedad no confiaba en su vista lo bastante para afeitarse solo. A su lado estaba Paquito de Asís, a quien el papá echaba una reprimenda amistosa por varios motivos: era el uno que mi niño, no pudiendo sustraerse a la influencia que sobre la juventud ejerce toda idea expansiva, se había dejado contaminar en la Universidad del mal de simpatías por la *llamada* revolución. Entre sus compañeros tremolaba el estandarte del oscurantismo; pero de poco acá había en su pensamiento reservas, condescendencias, debilidades...; en fin, que el angelito estaba algo tocado del virus... «Del virus revolucionario —repitió Bringas dos o tres veces mientras le rapaban—, y es preciso que eso se te cure de raíz. Ya verás, ya verás la que se arma si triunfa esa canalla. Los horrores de la Revolución francesa van a ser sainetes en comparación de las tragedias que aquí tendremos.» Otra maña del mozalbete traía muy quemado a don Francisco, y era que empezaba a dañar su espíritu el maleficio de una perversa doctrina titulada *krausista*[117]. Bringas la había oído calificar de *pestilente* a un sabio capellán amigo suyo. De algún tiempo acá, Paquito de Asís andaba con unas enredosas monsergas del *yo,* el *no yo,* el otro y el de más allá, que sacaban de quicio al buen don Francisco. Este le dijo, en resumidas cuentas, que si no echaba de su cabeza aquellas filosofías, le iba a quitar de la Universidad y a ponerle de hortera en una tienda.

Transcurrió toda la mañana, y, cansados de esperar a Rosalía, almorzaron. La señora llegó a eso de la una, un poco sofocada. «Muy malita la pobre», dijo, adelantándose a su marido, que ya tenía la boca abierta para preguntarle por la hermana de Cucúrbitas. Y se encerró

---

[117] «doctrina... *krausista»:* filosofía derivada de Krause, introducida en España por Sanz del Río (1814-1869). De los discípulos de Sanz del Río nació la Institución Libre de Enseñanza, dirigida por Giner de los Ríos (1839-1899). Los krausistas fueron expulsados de la Universidad al final del reinado de Isabel II. En su aspecto pedagógico, el *krausismo* fue una fuerza decisiva en la historia de las ideas españolas hasta bien entrado el siglo XX. Giner y otros krausistas fueron amigos personales de Galdós y admiradores de su obra.

en el *Camón* para quitarse el velo y cambiar de vestido. Por la tarde salieron todos a paseo con los trapitos de cristianar, en correcta formación, los pequeños muy compuestitos, mamá y papá tan graves y apersonados como siempre. Bueno será decir que nunca, en tiempo alguno, había la Pipaón de la Barca tenido a su esposo por más respetable que aquel día... Le miraba y le oía con cierta veneración y se conceptuaba extraordinariamente inferior a él, pero tan inferior, que casi casi no merecía fijar sus ojos en él. Atontada y distraída estuvo en el paseo, y en su casa, por la noche, más aún. Su espíritu, apartado de las sencillas escenas domésticas y de cuanto allí se hizo y se dijo, vivía en región distinta, atento a cosas remotas y desconocidas absolutamente para los demás. «Vaya, que estás en Babia esta noche», dijo Bringas algo enojado, al notar la tercera o cuarta de sus equivocaciones.

Y ella no se atrevió a chistar. Después, mientras el padre y los pequeños jugaban a la lotería, encerróse ella en el *Camón,* y allí, sentada, cruzados los brazos, la barba sobre el pecho, se entregó a las meditaciones que querían devorar su entendimiento como la llama devora la arista seca.

CAPÍTULO XLIV

«¡Qué cara puso!... Aunque lo disimulaba, conocí que le había sabido mal... *Este viaje me ha arruinado... A las niñas se les antojaba todo lo que veían en Bayona... He gastado la renta de un año... A pesar de eso, veremos, yo lo arreglaré..., lo buscaré...* ¡Oh, Virgen! Venderse y no cobrar nuestro precio, es tremenda cosa... Pero no; él hará un esfuerzo por no quedar conmigo en una situación desairada y ridícula... *(Exhalando tres suspiros seguidos, que formaban como un rosario de congoja.)* Mañana lo veremos. Mañana a las diez recibiré la contestación definitiva de lo que puede hacer... ¡Oh! Él reventará antes que ponerse en ridículo... Si no lo tiene, que lo busque. Es su deber. ¿No valgo yo más, muchísimo más? ¿No le doy un tesoro por una miseria? ¿Qué es esto en comparación de las fortunas que han consumido otras? Vergüenza da nombrar tal cantidad delante de un caballero... Tengo en mi boca todas las hieles que una boca puede sentir...»

En dolorosa incertidumbre pasó la noche, despertando a cada instante al aguijonazo de su idea candente y aguda. El cuerpo dormía y la idea velaba. No podía la esposa mirar sin envidia la dulce paz de aquella conciencia que a su lado yacía. El dormir de don Francisco era como el de un mozo de cuerda que ha tenido mucho trabajo durante el día y que al cerrar los ojos se quita de encima también todas las cargas del espíritu. ¡Dichoso hombre! Él no tenía necesidades y era feliz con su traje mahón. No veía más allá de su corbata cursi y barata, de aquellas que venden los tenderos al aire libre instalados en la esquina de la Casa de Correos. «Dime tus necesidades y te diré si eres honrado o no.» Este refrán le salía a Rosalía del cerebro sin que ella se diera cuenta de ser maestra en filosofía popular.

«Porque los santos, ¿qué fueron? —decía—. Personas a quienes no se les importaba nada salir a la calle hechos unos adefesios. Indudablemente, no tengo yo esta despreocupación, que es la base de la virtud. Digan lo que quieran, el santo nace. No se adquiere este mérito con la voluntad, ni hay quien lo posea si no lo ha traído consigo del otro mundo. Mi marido nació para cursi y morirá en olor de santidad.» Esto no quitaba que le envidiase, pues iba viendo los sinsabores que trae y lo caro que cuesta el no querer ser cursi. La infeliz estaba rodeada de peligros, llena de zozobras y remordimientos, mientras su esposo dormía tranquilo al lado del abismo.

Dormía como si tuviera muy lejos la vergüenza que tan próxima estaba realmente. Y por más que la vanidosa quisiera aplacar su conciencia con sofismas, la conciencia no se dejaba embaucar y se revolvía inquieta. Su aspecto, horriblemente acusador, no podía ser visto por Rosalía mientras a ésta no se le quitaran de delante de los ojos, primero, el conflicto del día 9, cuya solución exigía sacrificios grandes, sin exceptuar el de la honra; segundo, ciertas telarañas de seda que le envolvían la cara, pues en la inquietud febril de aquella noche, todas sus ideas, sus remordimientos mismos, pasaban, como la luz por un tamiz, al través de un confuso imaginar de galas y perendengues de otoño.

Por la mañana, cuando llevó el chocolate a Bringas, hallóle alegre y decidor, tarareando canciones. Ella, por el contrario, se acobardaba considerablemente. Más tarde, Cándida, que era la encargada de traerle de casa de Sobrino las compras, para no infundir sospechas al ratoncito Pérez, le llevó varias cosas. Tan abstraída estaba la dama, considerando los peligros de aquel día, que no tuvo espíritu más que para contemplar el organdí y la felpilla durante breves minutos, y lo guardó todo precipitadamente en una de las cómodas... A las once recibiría lo que esperaba de Pez. Sobre las diez y media iba Bringas invariablemente a su oficina. Aquel día fue menos puntual que de costumbre, y mientras almorzaba, todo aquel regocijo con que despertara se desvaneció, porque Paquito le leyó unos papeles clandestinos que corrían por Madrid amenazando a la Reina y asegurando la proximidad de su caída. «Si me vuelves a traer aquí esas asquerosidades —dijo Thiers, bufando de ira—, te quito de la Universidad y te pongo de hortera en una tienda de la calle de Toledo.»

Se fue trinando, y.al poco rato recibió Rosalía el papel que esperaba con tanta ansia. «Abulta poco», pensó con el alma en un hilo, metiéndose en el *Camón* para abrir el sobre a solas, pues andaba por allí Cándida con cada ojo como una saeta. «Abulta poco —repitió, sacando del sobre un papel—; aquí no viene nada.» Y en efecto, no era más que una carta, escrita con la limpia y correcta letra del director de Hacienda. La cólera que invadió el alma de la Pipaón al ver que la carta no traía consigo compañía de otros papeles, le impedía leer. En su mano temblaba el pliego, escrito por tres carillas. Leía a saltos, buscando las cláusulas terminantes y positivas. En pocos segundos recorrió la dichosa epístola... Cada frase de ella le desgarraba las entrañas como si las palabras fueran garfios... «Estaba afligidísimo, desolado, por no poder complacerla aquel día...» «Érale imposible de todo punto...» «Se había encontrado la casa en un atraso lamentable, con un cúmulo enorme de cuentas por pagar...» «Su situación era angustiosa y muy otra de lo que al exterior parecía...» «Declaraba sin rebozo, en el seno de la confianza, que todo el boato de su casa no era más que apariencia...» «A pesar de esto, él hubiera acudido presurosísimo en auxilio de su amiga, si casualmente en aquel mismo día no tuviera un vencimiento ineludible...» «Pero más adelante...»

Rosalía no pudo acabar de leer. La ira, la vergüenza la cegaron... Rompió la carta y estrujó los pedazos. ¡Si pudiera hacer lo mismo con el vil!... Sí, era un vil, pues bien le había dicho ella que se trataba de una cuestión de honra y de la paz de su casa... ¡Qué hombres! Ella había tenido la ilusión de figurarse a algunos con proporciones caballerescas... ¡Qué error y qué desilusión! ¡Y para eso se había envilecido como se envileció! Merecía que alguien le diera de bofetadas y que su marido la echara de aquel honrado hogar... Ignominia grande era venderse; ¡pero darse de balde...! Al llegar a esto, lágrimas de ira y dolor corrieron por sus mejillas. Eran las primeras que derramaba después de casada, pues las que había vertido cuando sus hijos tenían alguna enfermedad grave eran lágrimas de otra clase.

Y lo peor de todo era que estaba perdida... Si a las tres de la tarde no entraba en casa del inquisidor, dinero en mano... El tal la esperaría hasta las tres, hasta las tres, ni un minuto más. Pensando esto, Rosalía sentía un volcán en su cabeza. ¿Y a quién, Virgen del Carmen, volvería sus ojos, a quién?... Ni para encomendarse a todos los Santos y a todas las Vírgenes tenía ya serenidad su espíritu. En él no cabía más que la desesperación... Pero cuando se entregaba a ella, sin defensa, un rayo de esperanza cruzó por la atmósfera tempestuosa de aquel cerebro... Refugio...

Sí, Torres le dijo pocos días antes que Refugio había cobrado en casa de Trujillo diez mil reales que su hermana le mandaba para poner el establecimiento.

Capítulo XLV

El tiempo ahogaba; la situación no admitía espera. Sin detenerse a meditar la conveniencia de aquel paso, se aventuró a darlo. Eran las doce. «Antes que Bringas me descubra —decía poniéndose precipitadamente la mantilla—, prefiero pasar por todo, prefiero rebajarme a pedir este favor a una...»

Refugio vivía en la calle de Bordadores, frente a la plazoleta de San Ginés, en una casa de buena apariencia. Sorprendió a Rosalía el aspecto decente de la escalera. Creía encontrar una entrada inmunda y vecindad malísima, y era todo lo contrario. La vecindad no podía ser más respetable: en el bajo, una tienda de objetos de bronce para el culto eclesiástico; en el entresuelo, un gran almacén de paños de Béjar, con placa de cobre en la mampara; en el principal, la redacción de un periódico religioso. Esto dio a la de Bringas muchos ánimos, y bien los necesitaba la infeliz, pues iba como al matadero, considerando lo que aquel paso la degradaba. «¡Lo que puede la necesidad! —pensó al tirar de la campanilla del segundo—. Y quién me había de decir que yo bebería de esta agua. Ahora sólo falta que me eche a cajas destempladas, para que sea mayor mi vergüenza y mi castigo completo.»

La misma Refugio le abrió la puerta, y sorprendióse mucho de verla. Rosalía, turbadísima, vacilaba entre la risa y la seriedad; no sabía si aplicar a la de Sánchez el trato familiar o el trato fino. El caso era muy extraño y encerraba un problema de sociabilidad de muy difícil solución. Desde la puerta a la sala no hubo más que medias palabras, frases cortadas, monosílabos.

—Pase usted por aquí —dijo Refugio a la señora de Bringas, indicándole la puerta del gabinete—. Celestina, ayúdame a desocupar estos sillones.

La que respondía al nombre de Celestina debía de ser criada. Así lo pensó nuestra amiga en los primeros momentos; mas luego hubo de rectificar este juicio. El aspecto de Celestina era tan extraño como el de Refugio, y al mismo tiempo tan semejante al de ésta, que no se podría fácilmente decir cuál de las dos era la señora. «Lo probable —pensó la de Bringas, sentándose en el primer sillón que se desocupó—, es que ninguna de las dos lo sea.»

La de Sánchez tenía su hermoso cabello en el mayor desorden. No se había peinado aún. Cubría su busto ligera chambra, tan mal cerrada, que enseñaba parte del seno ubérrimo. Arrastraba unos zapatos de presillas puestos en chancleta, y los tacones iban marcando sobre el piso de baldosín un compás de pasos harto estrepitoso.

—Iba a echarme la bata —dijo Refugio, después de revolver en un montón de ropas que estaba sobre el sofá—; pero como usted es de confianza...

—Sí, hija, no te molestes —replicó la de Bringas, afirmándose en la necesidad de ser amable—. Con este calor...

Mientras esto decía, observó la pieza en que estaba. Nunca había visto desbarajuste semejante ni tan estrafalaria mezcla de cosas buenas y malas. La sala, cuya puerta de comunicación con el gabinete estaba abierta, parecía una trastienda, y encima de todas las sillas no se veía otra cosa que sombreros armados y por armar, piezas de cinta, recortes, hilachas. Destapadas cajas de cartón mostraban manojos de flores de trapo, finísimas, todas revueltas, ajadas en lo que cabe, tratándose de flores contrahechas. Algunas, aunque parezca mentira, pedían que las rociaran con un poco de agua. También había *fichús* de azabache y felpilla, camisetas de hilo y algunas piezas de encaje. Esta masa caótica de objetos de moda extendíase hasta el gabinete, invadiendo algunas de las sillas y parte del sofá, confundiéndose con las ropas de uso, como si una mano revolucionaria se hubiera empeñado en evitar allí hasta las probabilidades de arreglo. Dos o tres vestidos de la Sánchez, enseñando el forro, con el cuerpo al revés y las mangas estiradas, bostezaban sobre los sillones. Una bota de piel bronceada andaba por debajo de la mesa, mientras su pareja se había subido a la consola. Un libro de cuenta de lavandera estaba abierto sobre el velador, mostrando apuntes de letra de mujer: *Chambras,* 6; *enaguas,* 14, etc. El velador era de hierro con barniz negro y flores pintadas. Sobre la chimenea, un reloj de bronce muy elegante alternaba indignamente con dos perros de porcelana dorados, de malísimo gusto, con las orejas rotas. Las láminas de las paredes estaban torcidas, y una de las cortinas desgarrada; el piso, lleno de manchas; la lámpara colgante, con el tubo ahumadísimo. Por la mal entornada puerta de la alcoba se veía un lecho grande, dorado, de armadura imperial, sin deshacer y con las ropas en desorden, como si alguien hubiera acabado de levantarse.

Refugio creía que la señora de Bringas la visitaba, cediendo al fin a sus instancias para ver los artículos de su industria.

—Ha venido usted un poco tarde —le dijo—. ¿Sabe usted que estoy vendiendo todo? Yo no sirvo para esto. No sé en qué estaba pensando mi hermana cuando se le ocurrió que yo podía meterme a comerciante... Para que usted se haga cargo... Desde que estoy en esto, no he hecho más que perder dinero: pocos pagan, y yo no tengo genio para importunar... Así, cuanto más pronto salga de estos pingajos, mejor. Muchas señoras han venido y se van llevando lo poco que me queda.

—Sin embargo —dijo Rosalía, sacando de una caja varios *marabuts y aigrettes* y de otra lazos y cordones—, aún hay aquí cosas muy bonitas.

—¿Le gustan a usted esas *aigrettes?*... —manifestó Refugio, gozosa de poder ser rumbosa con ella—. Puede llevárselas... Se las regalo.

—¡Oh! No... No faltaba más...

—Sí, sí, que tengo mucho gusto en ello... Para que alguna me lo compre y no lo pague, vale más... Mire usted —añadió, pasando a la sala—, también le doy este sombrero: está sin arreglar; pero puede usted llevarse la cinta que quiera.

Rosalía, asombrada de esta generosidad, y un tanto dispuesta a mirar a Refugio con ojos más benévolos, insistía en rechazar los obsequios.

—¿Me desaira usted porque soy pobre? —le dijo con acerada reconvención.

Si Rosalía no hubiera ido a verla con el objeto que sabemos; si su afán de proporcionarse dinero no fuera tal que la obligaba a pasar por todo, seguramente habría rechazado las finezas con que aquella mujer, tan inferior a ella por todos conceptos, quería subir hasta su elevada esfera; pero no quiso mostrarle esquivez en el momento de pedir un favor... ¡Y qué favor tan denigrante! Cuando le venía al pensamiento la idea de formular su petición, se empapaba todo su ser en repugnancia, como si por los poros le entrara un licor asqueroso y amargo y corriese por sus venas y le subiera al paladar. Varias veces quiso hacer su demanda y faltáronle fuerzas para ello. Hasta pensó no decir nada y huir de aquella casa. Pero la lógica inflexible de su necesidad la amarraba allí y no viendo a su compromiso otro remedio, érale forzoso apechugar con aquel cáliz. «Ya que he hecho el sacrificio de venir —pensaba—, no me voy sin probar fortuna.» El tiempo apremiaba; ya había dado la una... Dos o tres veces trajo las palabras de la mente a la boca, y allí se le quedaron revueltas con una saliva que era hiel pura. «¡Qué tonta soy! —pensaba—. ¡Tener reparo delante de esta chiquilla...!» Por fin, tanto luchó, que las palabras salieron tropezando. La infeliz se abanicaba, fingiendo poco interés en el asunto, y hacía esfuerzos para aparecer se-

rena y ahuyentar de sus mejillas el borbotón de
sangre.

—Bueno... Pues ahora, Refugio, vamos a hablar de
otra cosa. Yo he venido a pedirte un favor.

—¿Un favor? —dijo la otra con vivísima curiosidad.

—Un favor, sí —añadió la de Bringas, a quien aquella curiosidad desconcertó un poco—. Es decir, si puedes; que si no, no hay que hablar.

—Usted dirá...

—Pues..., es decir, si puedes —prosiguió la dama,
tragándose la hiel que tanto le estorbaba—. Yo necesito
una cantidad. Me consta que tú tienes... Sé que has
cobrado en casa de Trujillo no sé cuánto... Pues bien, si
quieres prestarme por unos días cinco mil reales, te lo
agradeceré mucho... Se entiende, si puedes; si no, no.

Capítulo XLVI

¡Qué descansada se quedó cuando lo dijo! Parecía que el gran peso que en su pecho tenía se aligeraba. Refugio la oyó con calma, no pareciendo sorprendida. Después hizo con la boca unos mimos muy particulares. Su contestación no tardó mucho.

—Le diré a usted... dinero tengo; pero no sé si podré disponer de él. Me traerán mañana unas cuentas muy gordas...

Mirábala a los ojos con impertinente fijeza. Rosalía hubiera deseado que no la mirase tanto y que le diese pronto el dinero. Después de una pausa en que Refugio parecía hacer estudios de cálculo en el entrecejo de la de Bringas, tornó a decir:

—Lo que es el dinero..., lo tengo: vea usted.

Revolvió un cajoncillo que parecía costurero, y del fondo de él sacó un puñado de cosas. Eran trapos, hilos desmadejados y billetes de Banco, formando todo una masa.

—Vea usted... no me falta. Pero...

A Rosalía se le encendieron los espíritus cuando vio los billetes. Pero se le llenaron de tinieblas cuando la condenada chica de Sánchez volvió a meter el dinero en lo profundo, y moviendo la cabeza, le dijo:

—¡Ay!, no puedo, señora, no puedo...

La Pipaón pensó así: «Lo que quiere esta bribona es que yo me humille más, que yo le ruegue y le suplique y haga algún puchero delante de ella... Quiere que me

279

arrastre a sus pies para pisotearme... ¡Ah!, cochinísima, si yo no estuviera como estoy, ¿sabes lo que haría? Pues levantarte la falda y coger el palo de una escoba y llenarte de cardenales ese promontorio de carnes que tienes... Grandísima loca, ¿que más honra quieres que prestar tu dinero a una persona como yo?»

Como es natural, nada de esto que pensaba la dama fue dicho. Al contrario, hubo de recurrir a expresiones melosas y apropiadas a lo crítico del caso.

—Piénsalo bien, hija. Quizá puedas... Lo que tienes que pagar tal vez pueda aplazarse por unos días, mientras que lo mío...

—Qué más quisiera yo —dijo la otra con afectada conmiseración—. Bastante siento que se vaya usted con las manos vacías...

El sentido altamente protector de esta frase humilló a Rosalía más de lo que estaba. La hubiera cogido por aquellos pelos tan abundantes para restregarle el hocico contra el suelo.

—¿No podrías hacer un esfuerzo...? —indicó, sacando valor de lo íntimo de su pecho.

—¡Qué más quisiera yo!... Me da tristeza de no poder socorrer a usted. Crea que lo siento muy de veras. Yo haría cualquier cosa en obsequio de usted y de don Francisco...

—No —dijo Rosalía con viveza, lastimada de oír el nombre de su marido—. Esto es cosa mía exclusivamente. Ni hay para qué enterar a Bringas de nada... ¡Oh!, es cosa mía, mía...

—¡Ah... ya! —murmuró Refugio, mirándola otra vez fijamente en el entrecejo.

Rosalía advirtió que después de observarla, la maldita revolvía de nuevo en el costurero... ¿Se ablandaba al fin y sacaba los billetes? No... Hizo un gesto como de persona que se esfuerza en tener carácter para vencer su debilidad, y repitió:

—No puedo, no puedo... Y lo que usted no consiga de mí, ¿quién lo conseguiría? Por usted o por don Francisco haría los imposibles, y me quitaría el pan de la boca. Crea usted que tengo miedo a mi falta de carácter; yo soy muy tonta, y si usted me llora mucho, puede que me ablande y caiga en la tontería de prestarle el dinero; la tontería, sí, porque me hace muchísima falta.

«Nada —pensó Rosalía hecha un basilisco—. Esta sinvergüenza quiere que me ponga de rodillas delante... No lo verá ella.»

En voz alta, afectando una calma que estaba muy lejos de tener, le dijo:

—Si tanta extorsión te causa, no hay nada de lo dicho.

—No puedo, no puedo. Es un compromiso tan grande el que tengo... —manifestó la Sánchez en el tono de quien corta una cuestión.

—Bueno, no te apures...

—Conque..., ¿y cómo no han ido ustedes a baños?

Este cambio completo en la conversación puso a Rosalía sobre ascuas. Se doblaba la hoja. No había que pensar en el préstamo. A la estúpida pregunta del veraneo contestó la señora con la primer sandez que se le vino a la boca. En aquel momento sentía tanto calor, que se habría echado en remojo para impedir la combustión completa de su cuerpo todo.

—Hija, hace aquí un bochorno horrible.

—Espere usted; entornaré las maderas para que entre menos luz.

Durante un rato, la Pipaón, con el alma en un hilo, miró las estampas de toreros que adornaban la pared. Veíalas confundidas con la desazón angustiosa de su alma. Aquel afán sojuzgaba su dignidad de tal modo, que no vaciló en humillarse un poco más. Dando con su abanico un golpecito en la rodilla de Refugio, pronunció estas palabras, a las cuales hubo de dar, no sin esfuerzo, un tonillo ligeramente cariñoso:

—Vaya, mujer; préstame ese dinero.

—¿Qué? —preguntó Refugio sorprendida—. ¡Ah! El dinero. Crea usted que no me acordaba ya de semejante cosa... ¿Pero qué, tanta falta le hace? ¿Es tan fuerte el sofoco? Francamente, yo creí que usted daba a rédito, no que tomaba.

A esta maliciosa observación habría contestado Rosalía tirándole de aquellas greñas despeinadas. ¿Pero qué había de hacer? Tragar acíbar y someterse a todo.

—Sí, hija, el compromiso es fuertecillo. Si quieres, se te dará interés... Como te convenga.

—¡Jesús!, no me ofenda usted. Si yo le prestara a usted lo que desea, y siento mucho no estar en situación, lo haría sin interés. Entre personas *de la familia* no debe ser de otra manera.

Cuando oyó la de Pipaón que aquella buena pieza se contaba entre los *de la familia,* estuvo a punto de perder los estribos... Era demasiado suplicio aquél para resistirlo sin estallar. Rosalía apretaba los dientes, haciendo cuantas muecas fueron necesarias para imitar sonrisas. «Debo estar echando espuma por la boca —pensaba—. Si no me voy pronto de aquí, creo que me da algo.»

Refugio volvió a meter su mano en el costurero y sacó el envoltorio de los billetes. ¡Jesús divino! ¡Si al fin se resolvería...! La de Bringas la vio, con disimulada ansia, sobar y repasar los billetes como si los contara. Después, moviendo la cabeza en señal de desconsuelo, dijo la muy...:

—Si no me queda ya nada... ¡Ay!, señora, no es posible, no es posible.

Pero no guardó el envoltorio en donde estaba, sino que lo puso sobre la chimenea. Este detalle avivó las muertas esperanzas de Rosalía.

—Porque, mire usted —agregó la otra, estirándose en el sillón como si fuera una cama, y tocando casi con sus pies las rodillas de la dama—, aquí donde me ve, estoy arruinada. Me metí en un negocio que no entiendo, y como no tengo carácter, todos se han aprovechado de mi *pavisosería* para explotarme. Al principio, muy bien; la mar salada y sus arenas... Yo recibía el género, venían las señoras y se lo llevaban como la espuma. Como que era todo de lo mejor, y nada caro por cierto.

Pero cuando tocaban a pagar..., aquí te quiero ver. «Que me espere a la semana que entra...» «Que pasaré por allí...» «Que vuelva...» «Que no tengo...» «Que torna, que vira», y a fin de fiesta, miseria y trampas. ¡Ay!, qué Madrid éste, todo apariencia. Dice un caballero [118] que yo conozco, que esto es un Carnaval de todos los días, en que los pobres se visten de ricos. Y aquí, salvo media docena, todos son pobres. Facha, señora, y nada más que facha. Esta gente no entiende de comodidades dentro de casa. Viven en la calle, y por vestirse bien y poder ir al teatro, hay familia que se mantiene todo el año con tortillas de patatas... Conozco señoras de empleados que están cesantes la mitad del año, y da gusto verlas tan guapetonas. Parecen duquesas, y los niños, principitos. ¿Cómo es eso? Yo no lo sé. Dice un caballero que yo conozco, que de esos misterios está lleno Madrid. Muchas no comen para poder vestirse; pero algunas se las arreglan de otro modo... Yo sé historias, ¡ah!, yo he visto mundo... Las tales se buscan la vida, se negocian el trapo como pueden, y luego hablan de otras, como si ellas no fueran peores... Total, que de lo que vendí no he cobrado más que la mitad; la otra mitad anda suelta por ahí, y no hay cristiano que la cobre. ¡Soplaollas, fantasmonas! Y luego venían aquí dándose un pisto... «Grandísimas... —les digo para mí—, yo no engaño a nadie; yo vivo de mi trabajo. Pero vosotras engañáis a medio mundo y queréis hacer vestidos de seda con el pan del pobre.» Y óigalas usted echar humo por aquellas bocas, criticando y despreciando a otras pobres. Alguna ha habido que después de mirarme por encima del hombro y de hacer mil enredos para no pagarme, ha venido aquí a pedirme dinero... ¿Y para qué sería?... Tal vez para dárselo a su querido.»

Al soltar esta retahíla con un énfasis y un calor que declaraban hallarse muy poseída de su asunto, echaba

---

[118] «Dice un caballero... lleno Madrid»: este «caballero» probablemente sea el narrador de nuestra historia.

sobre la infeliz postulante miradas ardientes. Esta, hinchando enormemente las ventanillas de la nariz, los ojos bajos, el resuello fatigoso, oía y se amordazaba y contenía sus ganas furibundas de hacer o decir cualquier disparate.

Capítulo XLVII

«Por ese descaro —le hubiera dicho ella—, por este cinismo con que tú hablas de señoras, cuyo zapato no mereces descalzar, se te debía arrancar esa lengua de víbora y luego azotarte públicamente por las calles, desnuda de medio cuerpo arriba, así, así, así...»

En su mente, le daba los azotes y la ponía en carne viva. Tan volada estaba ya la de Bringas y tan grande esfuerzo tenía que hacer para contenerse, que halló preferible cualquier catástrofe doméstica al tormento horroroso que padecía. «Me voy —pensaba—, no puedo aguantar. Prefiero que mi marido me desprecie y me esclavice, a que esta miserable me escupa la cara como me la está escupiendo.»

Pero al pensar esto figurábase ver al señor de Torquemada exponiendo a don Francisco, con la rosquilla por delante, la obligación de satisfacer la deuda; representábase luego al irritado esposo... No, con todo el poder de su imaginación, no podía representarse la noble ira de aquel santo hombre, tan enemigo de enredos. «Antes que eso —concluyó por decir—, todo, todo, incluso que esta frutilla temprana me pisotee... Yo sola paso la vergüenza; nadie me lo sabe, ni nadie me lo ha de sacar a la cara.»

—Un caballero amigo mío —dijo Refugio pasando de aquel tono convencido al de la jovial ligereza— me ha dicho que aquí todo es pobretería, que aquí no hay aristocracia verdadera, y que la gran mayoría de los que pasan por ricos y calaveras no son más que unos cursis... Porque vea usted... ¿En qué país del mundo se ve que una señora con título, como la de Tellería, ande pidiendo mil reales prestados, como me los ha pedido a mí? Aquí ha habido quien se ha pegado un tiro por haber perdido seiscientos reales a una carta. Y cuando un señorito se gasta cien duretes con una mujer, dicen que ha arruinado a la familia. Pues no quiero hablar de los que viven de gorra[119], como muchitos a quienes yo conozco, que van a los teatros con billetes regalados, que viajan gratis y hasta se ponen vestidos usados ya por otras personas... ¡Todo por aparentar!... Cuando veo a estos tales, me pongo yo muy hueca, porque no debo a nadie, y si lo debo lo pago; vivo de mi trabajo, y nadie tiene que ver con mis acciones, y lo primero que digo es que no engaño a nadie, que el que no me quiera así, que me deje, ¿está usted?, porque de lo mío como... Celestina, vete a Levante y di que nos traigan café. ¿Quiere usted café?

—Gracias —replicó Rosalía con desabrimiento, ya gastadas las fuerzas.

Levantóse para retirarse. Aquella mujer le repugnaba tanto y hería de tal modo su orgullo con lo ordinario de aquellas expresiones y la ruindad de aquellos pensamientos, que no quiso humillarse más. Refugio la detuvo por el brazo, diciéndole en una carcajada:

—¿De veras no quiere usted tomar café con nosotras? Espérese, que se me está ocurriendo darle el dinero.

Rosalía se sentó, y alegrósele el alma con estas palabras. Aquel diablillo que tenía delante y que le hacía mil muecas indecentes, tornóse humano y aun agradable.

—Son las dos y cuarto —suspiró la de Bringas sin poder dejar de sonreír, y encontrando una gracia particular en la boca grande y en la dentadura mellada de Refugio.

—¿A qué hora tiene que pagar?

[119] «vivir de gorra»: de gratis, de regalo.

—A las tres —se dejó decir la otra con gran espontaneidad.

—Aún sobra tiempo.

Oyóse el ruido de la puerta que Celestina había cerrado de golpe al salir en busca del café. La del diente menos, estirándose más y tomando una actitud más que perezosa, chabacana, le dijo entre risas muy descorteses:

—Si estuviera aquí la *Señora*, no pasaría usted esos apurillos, porque con echarse a sus pies y llorarle un poco... Dicen que la *Señora* consuela a todas las amigas que le van con historias y que tienen maridos tacaños o perdularios. Ya se ve: si yo tuviera en mi mano, como ella, todo el dinero de la nación, también lo haría. Pero déjese usted estar, que ya le ajustarán las cuentas. Dice un caballero que viene a casa, que ahora sí que se arma de veras.

«¿Pero cuántos caballeros conoces tú, grandísimo apunte? —le habría dicho Rosalía, si hubiera estado en situación de ser severa—. Tú tratas con todos los caballeros del género humano. ¿No habrá uno que te tire, de una bofetada, todos los dientes que te quedan, y que, por cierto, son muy bonitos?»

—Sí, lo que es ahora —añadió Refugio con desparpajo— cambiaremos de aires... Vayan con Dios. Habrá libertad, libertades...

Esta falta de respeto, esta manera de hablar de Su Majestad, enfadó tanto a la dama, que estuvo a punto de dar al traste con toda su circunspección y llegarse a la infame y decirle: «Para que aprendas a hablar como se debe, toma este arañazo...» Contentóse con dos o tres monosílabos de reprobación. Su cara estaba ya como un pimiento. En una de aquellas manotadas que daba la Sánchez, tiró un cestito que sobre la chimenea estaba, y de él cayó una cajetilla de cigarros.

«¿También fumas, cochinaza?», habríale preguntado Rosalía, si hubiera podido hablar con espontaneidad; pero miró a la otra recoger del suelo la cajetilla, y no dijo nada.

Al poco rato entró el mozo con el café y dejó el

servicio sobre el velador. Fue preciso quitar muchas cosas para hacerle sitio. Refugio y Celestina, después de repetir la invitación a la de Bringas, se prepararon a tomarlo. Ambas se daban respectivamente el mismo tratamiento y se tuteaban con igual franqueza. Lo dicho, no se sabía cuál de las dos era la criada y cuál la señora, aunque realmente Celestina estaba un poco más derrotada que la otra.

«¡Virgen del Carmen! —exclamó para sí Rosalía—. ¡Con qué gente me he metido!... Si el Señor me saca en bien de este mal paso, nunca más volveré a dar otro semejante.»

—Celestina —dijo la mellada en tono amistoso—, ¿y yo no me peino hoy?

La otra explicó su tardanza con lo mucho que tenía que hacer. Todo estaba aún sin arreglar; el gabinete, como una leonera; la alcoba, lo mismo... Cuando Refugio acabó de tomar su café y Celestina empezaba a poner algún orden en el gabinete, Rosalía, no pudiendo refrenar su impaciencia, cerró con estrépito su abanico...

—Debe de ser muy tarde. Las tres menos cuarto quizá.

—Lo peor de todo —dijo Refugio, jugando con su víctima— es que... Ahora me recuerdo... Si no puedo, no puedo darle a usted nada. Ya se me había olvidado que hoy mismo, esta tarde misma, tengo que pagar dos mil y pico de reales.

Rosalía creyó firmemente que una culebra se le enroscaba en el pecho, apretándola hasta ahogarla. No tuvo fuerzas para decir nada. Hubiérase abalanzado a la miserable para clavarle en aquella cara diablesca las diez uñas de sus extremidades superiores. Pero esto que algunas veces se piensa y se desea, rara vez se hace. Levantóse... Sólo pudo articular un sonido gutural, débil expresión de su ira, atenazada por la dignidad.

«Está jugando conmigo como un gato con una bola de papel... —pensó—. Me voy; si no, la ahogo...»

—Aguarde usted —dijo Refugio—. Se me ocurre una cosa. Basta que haya prometido socorrer a usted, para

288

que no me vuelva atrás. La palabra de una Sánchez Emperador es palabra imperial... Y, sobre todo, tratándose de la *familia*...

«Suelta la familia de tu boca, asquerosa», le hubiera dicho Rosalía.

—Pues se me ocurre que puedo pedir eso a una amiga.

—¿Pero te haces cargo de la hora que es? —dijo la de Bringas, recobrando la esperanza.

—Si vive muy cerca de aquí, en la calle de la Sal...

—¿Pero te estás con esa calma?

—¡Quia...! Tendré tiempo de peinarme. ¡Celestina!

—Mujer..., no tienes tiempo.

Refugio se levantó. Rosalía, dando algunos pasos hacia ella, cogió el vestido y lo ahuecó, haciendo ademán de ponérselo...

—Échate este vestido... Te pones un manto, un pañuelo por la cabeza...

Refugio pasó a la alcoba. Desde ella dijo: «¿Mi corsé?», y la de Bringas corrió a llevárselo y le ayudó a ceñírselo. Cuando estaba en tal operación, la taimada se dejó decir esto:

—Bien podía el señor de Pez librarla a usted de estas crujías... Pero no siempre se le coge con dinero. Tronadillo anda el pobre ahora...

Rosalía no dijo nada. La vergüenza le quemaba el rostro y le oprimía el corazón. Lo que hizo fue apretar el corsé y tirar furiosamente del cordón, como si quisiera partir en dos mitades el cuerpo de la diablesa.

—Señora, por Dios, que me divide usted... Yo no me aprieto tanto. Eso se deja para las gordonas que quieren ponerse un tallecito de sílfide... Qué le parece, ¿me peinaré?

—No... Recógete el pelo con una redecilla, con una cinta... Así estás muy bien..., estás mejor... con esa melena alborotada... Pareces una Herodías que hay en un cuadro de Palacio... Vamos, avíate... Súbete esos pelos... Mira que es muy tarde... A ver, yo te ayudaré.

Sentóse Refugio, y la de Bringas le arregló la abundante cabellera en un periquete.

—Vaya doncella que me he echado... —dijo la de Sánchez, riendo—. ¡Tanto honor...![120]

Y luego, cuando parecía dispuesta a salir, se puso a cantar y dar vueltas por el gabinete. Rosalía vio con terror que se sentaba en un sillón con mucha calma.

—¡Pero mujer!... —exclamó la de Bringas sulfurada.

Había en su cerebro un rebullicio como el de los relojes de pared momentos antes de dar la hora.

Y la otra, con refinada calma, dijo así:

—Hace mucho calor; no tengo ganas de salir.

—Pero tú..., ¿juegas..., o qué...?

—No se apure usted, señora, no se encabrite, no se encumbre —replicó la Sánchez—. Si me viene con sofoquinas y con aquello de *ordeno y mando,* no hemos hecho nada. Usted en su casa y yo en la mía. Los cinco mil reales... Mírelos usted: aquí están. Por no salir se los voy a dar, y yo buscaré lo que necesito.

---

[120] Se han invertido aquí los papeles de *Tormento,* donde Amparo y, muy de vez en cuando, Refugio, servían a los Bringas. Cfr. nuestra introducción.

Capítulo XLVIII

Como, a pesar de esto, no se los ponía en la mano, Rosalía estaba en ascuas.

—Y le voy a dar un consejo —prosiguió la miserable—, un buen consejo, para que vea que me intereso por la *familia*. Y es que no ande en líos con doña Milagros, que es capaz de volver del revés a la más sentada. Métase en su rincón, *a la vera* del pisahormigas y déjese de historias... No vaya más a casa de Sobrino y créame. Es mucho Madrid este. No se fie de los cariñitos de la Tellería, que es muy ladina y muy cuca.

Rosalía daba cabezadas de aquiescencia. Por fin, la Sánchez puso en su mano los billetes... ¡Oh!, qué descanso sintió en su alma la desdichada señora... Por si a la diablesa se le ocurría quitárselos, decidió marcharse sin tardanza.

—¿Qué, se va usted?

—Es muy tarde. No puedo perder ni un minuto. Ya sabes que te lo agradezco mucho. ¡Ah!... ¿Quieres que hagamos un recibito?

—No hace falta —dijo Refugio con arranque, echándoselas de noble y desprendida—. Entre personas de la *familia*... ¡Ah!, esta tarde le mandaré el sombrero y las demás cosillas.

—Como quieras.

—Aguarde un momento, que le voy a decir una cosa.

—¿Qué? —preguntó Rosalía aterrada otra vez.

—Le voy a contar lo que dijo de usted la marquesa de Tellería.

—¿De mí?

—De usted... Ahí, sentadita en ese mismo sillón. Me parece que la estoy oyendo. Fue el día antes de marcharse a baños. Vino a comprarme unas flores artificiales. Habló de usted y dijo..., ¡qué risa!..., dijo que era usted ¡una cursi!

Rosalía se quedó petrificada. Aquella frase la hería en lo más vivo de su alma. Puñalada igual no había recibido nunca. Y cuando bajaba presurosa la escalera, el dolor de aquella herida del amor propio la atormentaba más que las que había recibido en su honra. *¡Una cursi!* El espantoso anatema se fijó en su mente, donde debía quedar como un letrero eterno estampado a fuego sobre la carne.

«Dios mío, lo que he padecido hoy sólo Tú lo sabes... Creo que me han salido canas —pensaba al ir en coche a casa de Torquemada—. ¡Qué Gólgota!...»

Y fue y subió anhelante, porque ya habían dado las tres. Pero tuvo la suerte de encontrar al inquisidor [121], ya impaciente y dispuesto para ir a Palacio. La recibió sonriendo y preguntóle por la salud de la familia. La adoración de la rosquilla formada con los dedos no la mortificó tanto como otros días. El gusto de conjurar aquel gran peligro y de librarse de acreedor tan antipático no le permitía fijarse en exterioridades más o menos cargantes. Abreviando la sesión lo más posible, se despidió. Las humillaciones de aquel día la tenían tan nerviosa...

«No puede ser que Milagros haya dicho eso de mí —pensaba, camino de Palacio, atormentada por aquella inscripción horrible que le quemaba la frente—. Es mentira de esa bribona... ¡Qué día! Cuando llegue a casa, lo primero que he de ver es si me he llenado de canas. La cosa no ha sido para menos.»

---

[121] el «inquisidor»: se trata, por supuesto, del prestamista Torquemada.

Y lo primero que hizo fue mirarse al espejo. Digámoslo para tranquilidad de las damas que en situación semejante se pudieran ver. No le había salido ninguna cana. Y si le salieron, no se le conocían. Y si se le conocieran, ya habría ella buscado medio de taparlas.

Lo que sí está fuera de toda duda es que, a consecuencia de los contratiempos de aquellos días, estaba la señora tan aplanada y con los espíritus tan decaídos, que su esposo llegó a figurarse que había perdido la salud. «Tú tienes algo; no me lo niegues. ¿Quieres que venga el médico?... Ya ves, si hubieras tomado los baños de los Jerónimos, otro gallo te cantara.» Pero ella aseguraba no tener nada, y si no se opuso a que viniera el médico, tampoco declaró a éste ninguna dolencia terminante. Todo era cosa de los pícaros nervios, esos diablillos que se divierten en molestar a las señoras distinguidas cuando no les ayudan en sus disimulos. Lo positivo en la desazón de la de Bringas era su tristeza, temores de todo y por la menor causa, inapetencia y principalmente una manera especial y novísima de considerar a su marido. Si en la estimación que por él sentía había una baja considerable, las formas externas del respeto acusaban cierto refinamiento y estudio. A diversos juicios se prestaba esto; pero en la imposibilidad de poner en luz de evidencia las causas de tal sibaritismo de afectos exteriores, hay que recurrir a la hipótesis, y ver en ellos algo semejante a las zalamerías que se emplean para catequizar a un empleado de Aduanas cuando se quiere pasar contrabando. Rosalía probaba el sistema pacífico y venal para el alijo de sus trapos. Poco a poco iba exhibiéndolos. Cada día reparaba don Francisco algo nuevo, trabándose una discusión que ella intentaba aplacar con graciosos embustes y con caricias y términos dulzones. Pero no siempre lo conseguía, y el honrado señor llegó a preocuparse seriamente de aquellos lujos que salían por escotillón, como las sorpresas de teatros. Más de una vez se manifestó inflexible en la demanda de explicaciones, preparándose a oírlas con un arsenal de lógica, ante cuyo aparato temblaba la esposa como un criminal ante las pruebas. Pero ya ella se iba curtiendo poco a poco, o, mejor dicho, blindándose contra aquella fiscalización impertinente. Empezó por no tomarla muy a pechos y por no importársele mucho que el ratoncito Pérez creyera o no lo que ella decía. Ya estaba resuelta a explicar sus irregularidades con la incontrovertible lógica del *porque sí,* cuando un acontecimiento gravísimo vino a librarla de aquella pena, porque el aduanero se volvió como tonto y olvidó completamente sus papeles. Aquel trastorno moral y mental de Bringas fue de la manera siguiente:

Una mañana bajó a la oficina tan tranquilo como de costumbre, y todavía no había puesto los codos sobre la mesa, cuando uno de sus compañeros, el señor de Vargas, se llegó a él y le dijo al oído: «Se ha sublevado la Marina.» Parecióle a Bringas tan absurda la noticia, que se echó a reír. Pero Vargas insistía, daba detalles, recitaba el texto de los telegramas... Don Francisco estuvo largo rato aturdido, como el que recibe un canto en la cabeza. Ni aún podía respirar... El otro añadió, para acabar de desconcertarle, palabras más lúgubres. «El diluvio, amigo Bringas... Ahora sí que es de veras.» Recobrado un tanto nuestro economista, fue con su amigo y otros empleados al cuarto del subintendente (el intendente estaba en San Sebastián), y allí vio a otros individuos de la casa, todos consternadísimos. «La cosa es muy seria... ¡Qué infamia! ¡La Marina española!... ¿Pero cómo? Ya se ve: en cuanto ha tenido buques... Si parece cuento... Y el Gobierno, ¿qué hará?... Mandar un ejército inmediatamente... Pero ¡quia!, si es un torrente... Cádiz, sublevada; Sevilla, sublevada; toda Andalucía, ardiendo... Pobre *Señora...* Bien se lo decían, y ella sin hacer caso... ¿Y los generales que estaban en Canarias?... Pues en Cádiz. ¿Y Prim? Navegando hacia Barcelona. En fin, la de acabóse.»

Esto ocurría el 19[122]. Bringas subió a su casa más

---

[122] «Esto ocurría el 19»: de septiembre de 1868, al estallar la Revolución.

muerto que vivo. Todo el día y los siguientes estuvo como lelo; no comía, no dormía, no hacía más que pedir noticias, abrazar casi llorando a los que las traían favorables; despedir a cajas destempladas a los que las referían adversas. El pobre señor, abstraído de todo, se olvidó hasta de la administración de su casa. Si en aquellos días se viste su mujer de Emperatriz de Golconda[123], la mira y se queda tan fresco.

Con la pérdida del apetito trastornóse su naturaleza. Francamente, había motivo para temer en él una perturbación grave. Andaba con dificultad, pronunciaba torpemente algunas palabras, y el órgano de la visión había vuelto a sus antiguas mañas, alterando y coloreando de un modo extraño los objetos. ¡Qué lástima, estropearse así cuando iba tan bien de la vista, que determinó concluir la obra de pelo, de la cual faltaba muy poco! «Nada, nada —solía decir—, si esta gran infamia prevalece, yo me muero.»

Rosalía y Paquito de Asís también estaban muy alicaídos, si bien la primera tenía momentos en que la curiosidad podía más que la pena.

La revolución era cosa mala, según decían todos; pero también era lo desconocido, y lo desconocido atrae a las imaginaciones exaltadas, y seduce a los que se han creado en su vida una situación irregular. Vendrían otros tiempos, otro modo de ser, algo nuevo, estupendo y que diera juego. «En fin —pensaba ella—, veremos eso.»

Pez continuaba yendo a la casa; mas ella le había tomado tal aversión, que apenas le dirigía la palabra. Con respecto a esto, los pensamientos de la orgullosa dama eran tantos y tan varios, que no acertaré a reproducirlos. Hacía propósito de no volver a pescar alimañas de tan poca sustancia, y se figuraba estar tendiendo sus redes en mares anchos y batidos, por cuyas aguas cruzaban gallardos tiburones, pomposos ballenatos y

---

[123] «Emperatriz de Golconda»: Golconda, en la India, fue en un tiempo poderoso califato musulmán.

peces de verdadero fuste. Su mente soñadora la llevaba a los días del próximo invierno, en los cuales pensaba inaugurar una campaña social tan entretenida como fructífera. Esquivando el trato de Peces, Tellerías y gente de poco más o menos, buscaría más sólidos y eficaces apoyos en los Fúcares, los Trujillo, los Cimarra[124] y otras familias de la aristocracia positiva.

---

[124] Estos personajes son todos financieros. Ya mencionados antes en la novela.

Capítulo XLIX

Era el acabamiento del mundo... Don Francisco oyó, gimiendo, que también se pronunciaban Béjar, Santoña, Santander y otras plazas. El señor de Pez, con una crueldad sin ejemplo, dijo a su amigo que no pensara en que tal derrumbamiento se podía componer, pues la Reina estaba perdida y no tenía más remedio que meterse en Francia... ¡Bien había dicho él, bien había anunciado, bien había pronosticado y vaticinado lo que estaba pasando!

Cándida, por el contrario, traía buenas noticias... «Novaliches[125] sale con un ejército atroz, pero muy atroz... Verá usted cómo los desbarata en un decir Jesús... Cuentan que en algunos pueblos de Andalucía han rechazado a los rebeldes... Aquí hay mucha gente que quiere alarmar, y pinta las cosas con colores demasiado vivos. Yo he oído que no es tanto como se dice.»

Bringas le dio un abrazo.

—¿Y el titulado Prim, dónde está? —preguntó—. Oí que le habían dado un tiro... Y si no, se lo darán más tarde... Yo sostengo que si la Reina tuviera ánimo para venirse acá y presentarse y echar una arenga, diciendo: «¡Todos sois mis hijos!», se arreglaría esto fácilmente.

---

[125] Novaliches, marqués de: general Manuel Pavía (1814-1896). El de la derrota de Alcolea; el que asaltará las Cortes el 3 de enero de 1874, disolviéndolas y liquidando así la Primera República (11 de enero de 1873-3 de enero de 1874).

Lo mismo pensaba Bringas; pero él hubiera preferido que resucitara Narváez[126], cosa un poco difícil. «¡Oh!, si don Ramón viviera... Pues como esto no se resuelva pronto, vamos a tener en Madrid una degollina, porque, como aquí hay poca tropa, los llamados demócratas o demagogos se echarán a la calle. Tendremos una guillotina en cada plazuela.» Cada día estaba el pobre señor más enfermo. Se admiraba de la tranquilidad de sus compañeros, que habían tomado con calma la catástrofe, y no creían imposible colarse en cualquier oficina, si la revolución hacía tabla rasa del Patrimonio Real. Y tan indecorosa hallaba la idea de la defección, que aseguraba estar dispuesto a pedir una limosna por las calles antes que una credencial a los titulados revolucionarios.

—Pero, hombre, no te apures —le decía su mujer—. Volverás a los Santos Lugares.

—Pero ¿tú crees, tonta, que van a quedar Lugares Santos? Todos serán lugares pecadores. Verás la que se arma: guillotinas, sangre, ateísmo, desvergüenza y, por fin, vendrán las naciones..., no te creas, ya puede que estén viniendo..., en socorro de la Reina; vendrán las naciones, y se repartirán nuestra pobre España.

Casi le da al buen señor un ataque apoplético el día 29 cuando se supo en Madrid lo de Alcolea[127]. Madrid se pronunciaba también. Llevó la noticia Paquito, que había pasado por la Puerta del Sol y visto mucha gente... Un general arengaba a la muchedumbre y otro se quitaba las hombreras del uniforme. Después de esto, la gente corría por las calles con más señales de júbilo que de pánico. Grupos diversos recorrían las calles dando vivas a la Revolución, a la Marina, al Ejército, y diciendo que Isabel II no era ya Reina. Algunos llevaban

---

[126] Narváez. Ramón María (1800-1868): general, jefe del partido Moderado; político de mano dura, muchas veces Presidente del Consejo de Ministros. El gran «espadón» de Isabel II.
[127] «lo de Alcolea»: la gran derrota del ejército isabelino mandado por el general Pavía.

banderas con diferentes lemas y otros quitaban las reales coronas de las tiendas. Todo esto lo contó Paquito de Asís a su papá, atenuando lo que le parecía que había de serle desagradable. El pobre chico tenía que disimular, porque si bien su entendimiento se amoldaba a las ideas de su padre, era niño y no podía sustraerse a la fascinación que la libertad ejerce sobre todo espíritu despierto que empieza a enredar con los juguetes del saber histórico y social. Contando aquellas cosas en tono de duelo y consternación, un gozo extraño, incomprensible, le retozaba por todo el cuerpo. No acertaba a comprender la causa de ello; pero era, sin duda, que su alma no había podido precaverse contra el alborozo expansivo de la capital, y lo había respirado como los pulmones respiran el aire en que los demás viven.

—Ya no hay remedio —dijo Bringas, sacando fuerzas de su extremado abatimiento—. Ahora preparémonos. Que sea lo que Dios quiera. Resignación. Las turbas no tardarán en invadir esta casa para saquearla... No perdonarán a nadie. Mostrémonos dignos, aceptemos el martirio...

Se le atravesaba algo en la garganta... Callaron todos, atendiendo a los ruidos que en los pasillos de la ciudad sonaban y en el patio. Gran zozobra reinaba en toda la casa. Los vecinos salían a las puertas a saber noticias y a comunicarse sus impresiones. Bajaban algunos, ansiosos de saber si ocurrían novedades...; pero en el patio había gran silencio, y aunque las puertas permanecían abiertas, no entraba bicho viviente. Cuando menos se la esperaba, entró Cándida turbadísima, diciendo entre ahogados gemidos:

—Ya..., ya...

—¿Qué, señora, qué hay?

—El saqueo... ¡Ay don Francisco de mi alma!... Por la calle de Lepanto hemos visto bajar las turbas. ¡Pero qué fachas, qué rostros patibularios, qué barbas sin peinar, qué manos puercas!... Nada, que ahora nos degüellan.

—Pero la guardia de Palacio..., los alabarderos...

—Si deben andar sublevados también... Todos son unos. ¡El Señor nos asista!

Hubo un rato de pánico en la casa ; mas no fue de larga duración, porque los Bringas, saliendo al pasillo, vieron que por allí discurrían algunos vecinos de la ciudad, tan sosegados como si nada pasara.

—¿Pero qué hay?

—Nada: unos cuantos chiquillos que están alborotando en el portal; pero no hay cuidado. Del Ayuntamiento han mandado un guardia.

Paquito de Asís bajó, contra la opinión de su padre, que temía cualquier catástrofe inesperada, y a la media hora subió contando lo que ocurría:

—Abajo hay una guardia de paisanos.

—¿Con armas?

—Sí, de las que cogieron esta tarde en el Parque... Pero es gente pacífica. Unos llevan sombrero, otros gorra, éste montera y aquél boina. Parece que están de broma.

—Sí, para bromitas estamos... ¿Y la tropa?

—Se ha retirado al cuartel.

—De modo, ¡Santo Cristo del Perdón!, que estamos en poder de la canalla, de los descamisados, de *las llamadas* masas...

—Han puesto un cartel que dice: *Palacio de la Nación, custodiado por el Pueblo.*

—Sí, buena cuenta darán... —dijo Bringas con dolor vivísimo—. No va a quedar en Palacio ni una hilacha. La suerte es que antes de llegar aquí tienen mucho en qué cebarse, y cuando suban a estos barrios, ya estarán tan hartos, que...

Continuó durante la noche la intranquilidad. Bringas y otros muchos vecinos no se acostaron e hicieron traer provisiones para muchos días. A cada instante temían verse acometidos por las turbas. Pero, con gran sorpresa, observaron que ningún ruido turbaba la paz augusta del alcázar. Parecía que la institución monárquica dormía aún en él, tranquila y sosegada, como en los buenos tiempos.

En la mañana del 30, Cándida entró muy sofocada.

—¿No saben lo que pasa? —dijo antes de saludar.

—¿Qué, señora, qué? —preguntaron todos con la mayor ansiedad, creyendo que algo muy estupendo había ocurrido.

—Pues que esa pobre gente que custodia a Palacio no ha cenado en toda la noche. Desde media tarde de ayer están ahí, y nadie se ha acordado de mandarles algo con qué alimentarse. Yo no sé en qué piensa la Junta, porque han de saber que hay una Junta que llaman revolucionaria, ni el Ayuntamiento. Crea usted que da lástima verlos. Yo bajé esta mañana y estuve hablando con ellos. No crea usted, señor don Francisco, unos pobrecillos, almas de Dios... Como no nos manden acá otros descamisados que ésos, ya podemos echarnos a dormir. Algunos se subieron a las habitaciones reales y andaban por allí hechos unos bobos, mirando a los techos. Otros preguntaban por las cocinas. ¡Era un dolor, una cosa atroz, hijo, verlos muertecitos de hambre! Me daba una lástima, que no puede usted figurarse. Mis vecinas y otras muchas personas del tercero les han bajado al fin alguna cosilla, y en el portal grande están sentados en grupos. Para una tortilla hay treinta bocas; para una botella de vino, cincuenta. En fin, es una risa. Baje usted y verá, verá. No hay miedo; son unos angelotes. ¿Robar? Ni una hebra. ¿Matar? Si acaso, alguna paloma. Dos o tres de ellos se han entretenido en cazar a nuestras inocentes vecinas; pero con muy mala fortuna. Los revolucionarios tienen mala puntería.

—¡Pobres palomas!... En efecto —dijo Bringas—, yo he sentido tiros esta mañana.

—Pocas han caído. A mí me han regalado tres gordísimas... Le digo a usted que esos infelices son la mejor gente del mundo.

—A mí que no me digan —exlamó Bringas amostazado—. Eso no cuela, eso es patraña. Aquí hay algún intríngulis. Y si es verdad lo que usted dice, ésa no es canalla, lo repito ésa no es canalla; son caballeros... disfrazados.

Capítulo L

Cuando las cosas marcharon con regularidad y se aseguró en Madrid el orden, apenas turbado, y la Junta se apoderó de Palacio en toda regla, nombrando quien lo custodiase, y estableciendo en él una guardia del Ejército, los habitantes del barrio palatino se tranquilizaron por completo respecto de su seguridad personal; mas otra especie de inquietud les embargaba, y era que no tardarían en ser expulsados de lo que había venido a ser el *Palacio de la Nación*. Muchos empezaban a hacer sus cábalas para quedarse. Otros, como Bringas, querían manifestar a la revolución su desprecio, desalojando en seguida la vivienda que no les pertenecía. Tuve ocasión de conocer y apreciar los sentimientos de cada uno de los habitantes de la ciudad en este particular, porque mi suerte o mi desgracia quiso que fuese yo el designado por la Junta para custodiar el coloso y administrar todo lo que había pertenecido a la Corona[128]. Desde que me instalé en mi oficina faltábame tiempo para oír a los veinos angustiados de la ciudad. A algunos, por razón de su cargo, no había más remedio que dejarles, pues ellos solos conocían ciertos pormenores administrativos que debían conservarse. En este caso estaban los guardamuebles y la guardarropa. Otros exponían sutiles razones para no salir, y no faltó quien

---

[128] Esta reaparición final del narrador es una de las claves para la comprensión de la novela. Cfr. nuestra introducción.

alegase méritos revolucionarios para ser inquilino de la Nación, como antes lo había sido de la Monarquía. Todos traían cartas de recomendación de diferentes personajes caídos o por caer, levantados o por levantar, pidiendo con ellas, o bien alojamiento perpetuo, o bien prórroga para mudarse. La viuda de García Grande trájome una carga tan espantosa de tarjetas y cartas, que por no leerlas le permití que ocupara su cuarto todo el tiempo que quisiera.

Yo sabía que Bringas deseaba salir inmediatamente. Pero su esposa fue a verme para suplicarme que les permitiese estar un mes en Palacio, mientras buscaban casa, a lo que accedí de muy buen grado. Hablando de aquellos extraordinarios y nunca vistos sucesos, díjome la distinguida señora que ella no miraba la revolución con ojos tan implacables como su marido; que confiaba en la vuelta de la Reina, porque los españoles no se podían pasar sin ella, y que, en tanto, había que esperar los sucesos para juzgarlos. Vendrían seguramente tiempos distintos, otra manera de ser, otras costumbres; la riqueza se iría de una parte a otra; habría grandes trastornos, caídas y elevaciones repentinas, sorpresas, prodigios y ese movimiento desordenado e irreflexivo de toda sociedad que ha vivido mucho tiempo impaciente de una transformación. Por lo que la de Bringas dijo, fuera en estos términos o en otros que no recuerdo, vine a comprender que la imaginación de la insigne señora se dejaba ilusionar por lo desconocido.

Quise tener con Bringas la consideración de subir a notificarle que podía permanecer en la vivienda todo el tiempo que quisiera. Pero él, dándome las gracias, aseguró que no quería deber favores a la titulada Nación y que no veía las santas horas de salir de allí. Pez estaba presente, y hablamos todos de los sucesos de aquellos días y de la Junta y del Gobierno provisional que se acababa de formar. A Bringas le sacaba de quicio que Pez no estuviera tan indignado como debía esperarse de sus antecedentes. Pero éste, con reposado lenguaje y juicioso sentido, se defendía enalteciendo la teoría de los hechos consumados, que son la clave de la Política y de la Historia. «¿Pues qué, vamos a derramar torrentes de sangre? —decía—. ¿Qué ha pasado? Lo que yo venía diciendo, lo que yo venía profetizando, lo que yo venía anunciando. Hay que doblar la cabeza ante los hechos y esperar, esperar a ver qué dan de sí estos señores.» Además, el gran Pez creía que la Unión liberal en la revolución era una garantía de que ésta no iría por caminos peligrosos. Él esperaba tranquilo y cesante, y había dicho a los setembrinos: «Ahora veremos qué tal se portan ustedes. Yo creo que lo harán lo mismo que nosotros, porque el país no les ha de ayudar...» ¡Y qué feliz casualidad! Casi todos los individuos que compusieron la Junta eran amigos suyos. Algunos tenían con él parentesco, es decir, que eran algo Peces. En el Gobierno provisional tampoco le faltaban amistades y parentescos y dondequiera que volvía mi amigo sus ojos, veía caras pisciformes. Y antes que casualidad, llamemos a esto Filosofía de la Historia.

Mis reiteradas instancias no hicieron desistir a Bringas de su propósito de desalojar la casa. Su señora, que entró en mi despacho a darme gracias el día de la mudanza, díjome que habían tomado una casa muy modesta, pero que tomarían otra mejor, pues ella no podía vivir en un tugurio estrecho y más alto que la torre de Santa Cruz. ¡Bringas cesante, Paquito cesante! Esta situación era verdaderamente un cataclismo económico-bringuístico, y no inducía a pensar en grandezas. Pero de un modo o de otro, la familia tenía que hacer esfuerzos para no desmerecer de su dignidad tradicional y mostrarse siempre en el mismo pie decoroso. «En estas críticas circunstancias —me dijo después de una larga conferencia en que me agradeció con miradas un tanto flamígeras—, la suerte de la familia depende de mí. Yo la sacaré adelante.»

Cómo se las compondría para este fin es cosa que no cae dentro de este relato. Las nuevas trazas de esta señora no están aún en nuestro tintero. Lo que sí puede asegurarse, por referencias bien comprobadas, es que en lo sucesivo supo la de Bringas triunfar fácilmente y con cierto donaire de las situaciones penosas que le creaban sus irregularidades. Es punto incontrovertible que para saldar sus cuentas con Refugio y quitarse de encima esta repugnante mosca, no tuvo que afanarse tanto como en ocasiones parecidas, descritas en este libro. Y es que tales ocasiones, lances, dramas mansos, o como quiera llamárseles, fueron los ensayos de aquella mudanza moral, y debieron de cogerla inexperta y como novicia.

Francamente, naturalmente, les vi salir con pena. El día que salieron, la ciudad alta parecía una plaza amenazada de bombardeo. No había en toda ella más que mudanzas, atropellado movimiento de personas y un trasiego colosal de muebles y trastos diversos. Por las oscuras calles no se podía transitar. Gozaba extraordinariamente con aquel espectáculo Alfonsito Bringas, que habría deseado encargarse del transporte todo en carros de su propiedad.

Al ratoncito Pérez daba lástima verle. Apoyado en el brazo de su señora, andaba con lentitud, la vista perturbada, indecisa el habla. Serena y un tanto majestuosa, Rosalía no dijo una palabra en todo el trayecto desde la casa a la plaza de Oriente, mas de sus ojos elocuentes se desprendía una convicción orgullosa, la conciencia de su papel de piedra angular de la casa en tan aflictivas circunstancias.

En términos precisos oí esto mismo de sus propios labios más adelante, en recatada entrevista. Estábamos en plena época revolucionaria. Quiso repetir las pruebas de su ruinosa amistad, mas yo me apresuré a ponerles punto, pues si parecía natural que ella fuese el sostén de la cesante familia, no me creía yo en el caso de serlo, contra todos los fueros de la moral y de la economía doméstica.

FIN DE «LA DE BRINGAS»

Colección Letras Hispánicas